内蒙古民族大学博士科研启动基金项目,编号 BS381

U0663115

# 社会历史视域下的美国文学

# 探索与研究

Shehui Lishi Shiyuxia de Meiguo Wenxue Tansuo yu Yanjiu

孙宏哲　著

东南大学出版社
SOUTHEAST UNIVERSITY PRESS
·南京·

**图书在版编目(CIP)数据**

社会历史视域下的美国文学探索与研究/孙宏哲著.
南京:东南大学出版社,2019.9
ISBN 978-7-5641-8471-1

Ⅰ.①社… Ⅱ.①孙… Ⅲ.①文学研究—美国
Ⅳ.①I712.06

中国版本图书馆 CIP 数据核字(2019)第 133229 号

出版发行:东南大学出版社
社　　　址:南京市四牌楼 2 号　　邮编:210096
出 版 人:江建中
网　　　址:http://www.seupress.com
电子邮箱:press@ seupress.com
经　　　销:全国各地新华书店
印　　　刷:虎彩印艺股份有限公司
开　　　本:700mm×1000mm　1/16
印　　　张:10
字　　　数:220 千字
版　　　次:2019 年 9 月第 1 版
印　　　次:2019 年 9 月第 1 次印刷
书　　　号:ISBN 978-7-5641-8471-1
定　　　价:45.00 元

本社图书若有印装质量问题,请直接与营销部联系。电话(传真):025-83791830

# 前　　言

美国文学的特点在于一个"新"字,它还比较年轻。从 17 世纪初叶北美拓展殖民地开始迄今也还不到 4 个世纪的时间,而真正独立的美国文学的出现,应当说是在 19 世纪,距今 200 多年。美国人一向以新世界的新人自诩,他们不愿受传统的约束,决心走出一条新路。这种求"新"的心理状态和精神面貌明显地体现在美国文学机体的质地中。历代美国作家都努力以其独特的创作方式做出探索和尝试,从未满足先辈留下的遗产,自始至终都竭尽全力地丰富和改进它。

美国文学于各个发展阶段受到不同的文学运动思潮的影响。这些文学运动思潮有的从欧洲传入,有的发源于美国本土,它们使美国文学流派异彩纷呈,赋予其多样化的特点。为了全面透彻地研究美国文学,本书以"社会历史视域下的美国文学探索与研究"为主题。第一章从殖民地时期的美国文学研究入手;第二章对极具开拓精神、追求独立以及豪放三种类型的浪漫主义小说家进行多角度的论述;第三章对现实主义时期的美国文学研究进行了剖析;第四章和第五章分别对自然主义和现代主义美国文学研究进行探讨;第六章从概括的角度对美国多元化时期的文学研究进行理论透视。全文引用了大量的知名作家及作品,有层次地对美国文学进行梳理、探索及研究。

本书具有如下三个特点。

(1) 以简明的语言,整体勾勒出美国文学 200 多年来的发展历程,内容重点以美国文学史上具有代表性的作家及其主要作品为例进行分析探讨,论点直接明了,简单易懂。

(2) 本书结构清晰,内容翔实,逻辑严谨,对美国文学进行了深入的研究,具有较强的科学性、学术性和可读性。

（3）极具知识性和欣赏性。从殖民地时期的纯文学到极具开拓精神、追求独立、豪放三种类型的浪漫主义时代作家，再对现实主义作家、自然主义作家及作品进行分析论述，论点新颖，名家名著数量可观，质量也很高。

本书在写作过程中，参考和借鉴了国内外学者的相关理论和研究，在此深表谢意。书中不足之处在所难免，烦请读者提出宝贵意见，以便修正。

孙宏哲

2018 年 6 月

# 目　　录

# 第一章　殖民地时期的美国文学研究

17世纪初,伴随着早期殖民地的拓展,深受清教主义熏陶的白人群体创作的文学自然也带有明显的宗教色彩,这是美国文学最初的形态特征。本章对北美拓殖与清教主义在新英格兰的蔓延和美国殖民地时期的纯文学进行探讨。

## 第一节　北美拓殖与清教主义在新英格兰的蔓延

### 一、北美殖民地的大肆拓展

自美洲被发现后,从16世纪起,西班牙、法国、英国先后在北美大陆建立自己的殖民地。

西班牙于16世纪上半叶,先后在大西洋沿岸、墨西哥湾一带建立殖民据点。到16世纪末17世纪初,西班牙在北美建立了新西班牙殖民地,包括现在的佛罗里达、得克萨斯、新墨西哥、亚利桑那和加利福尼亚[①]。

16世纪中叶,法国第一批探险者到达纽芬兰、缅因一带。到17世纪末,法兰西宣称占有加拿大东部及密西西比河流域的广大地区。自诺法斯科西亚、路易斯安那到新奥尔良,被称为新法兰西殖民地。

英国17世纪初期,开始向北美洲移民。当时英国的资本主义经济已经相当发达,资产阶级和新贵族要求进行海外掠夺。1606年,英国的一些大商人和大地主组织了"伦敦公司"和"普利茅斯公司",他们从英王那里得到"特许状"取得在北美洲建立殖民地的特权。1607年,"伦敦公司"派出一支殖民地拓展队伍在北美洲东海岸建立了第一座城镇——詹姆斯敦,后来由此发展成为弗吉尼亚殖民地。从1607—1732年的120多年中,英国殖民者在北美洲东部先后建立了13个殖民地,

① 刘佳.多元文学运动影响下的美国文学研究[M].北京:中国水利水电出版社,2017.

占有东起大西洋沿岸西至阿巴拉契亚山脉的整个狭长地带。以后，英国又通过1756—1763年的英法战争，迫使法国宣布退出对北美霸权的争夺，英国获得了加拿大以及阿巴拉契亚山脉以西直到密西西比河岸的广大地区。这样到18世纪中叶，北美大西洋沿岸殖民地主要成了英国的势力范围。

英属北美13个殖民地的经济，于18世纪以后开始发展迅速，各殖民地之间的经济往来与日俱增。新英格兰一带的殖民地把工业品运销到南方，南方的几个殖民地则以一部分粮食和原料供应北方。同时，殖民地城市人口也日益增加。当时北美最大的城市宾夕法尼亚的首府费拉德尔菲亚（简称"费城"）拥有居民约3万人，纽约已有居民约2万人，马萨诸塞的首府波士顿有居民约2.2万人。这些城市逐渐成为13个殖民地的政治和经济中心。殖民地还建立了自己的高等学校，如哈佛大学、威廉大学、玛丽大学等，并开创了自己的报纸和图书馆，构成近代民族的因素逐渐具备，美利坚民族开始形成。

## 二、新英格兰清教主义的兴起及发展

### （一）清教主义兴起

殖民地时期的美国人，即英属北美的13个殖民地的移民多数来自英国，他们带来了英国的社会思想、宗教信仰和生活习俗，其中清教主义尤为重要。

1620年，102位英国清教徒乘着"五月花号"船来到马萨诸塞湾，并成功建立了新英格兰的第一块殖民地。他们的领导人是一群激进的清教徒。早在10年前，为抗议詹姆斯一世（1566—1625）对地方政治和宗教自治权的破坏，他们就奔赴欧洲大陆，在荷兰的莱登组成了公理会。后来，他们决定移居美洲，建立独立的宗教和政治秩序。在海上航行途中，清教徒们签订了一份《五月花号公约》，把远征的目标定为"荣耀上帝，推进基督教，荣耀国王和祖国"，表达了同弗吉尼亚殖民者同样的宗教和政治宗旨。《五月花号公约》还反映了清教徒们建立新的宗教和政治制度的理想，明确宣布以上帝为证，移民们相互订立契约，共同组建一个民治政体。所以，公约既是一份社会契约，也是人与人、人与上帝之间确立的宗教誓约。正是这种古老的人神契约观，为清教领袖们鼓动民众、组织行政体系和战胜天灾人祸提供了强大的精神动力。

### （二）清教思想深入人心

这些清教徒不仅继承了基督教的思想传统，将《圣经》所宣扬的教条牢记于心，而且从欧洲文艺复兴运动中继承了崇尚知识、追求自由的人文主义精神。由于是在两种历史传统中成长起来的一代人，虽然那些清教徒在英国受到了政治迫害和宗教迫害，但是他们始终怀有一种"宏伟"的宗教理想和政治抱负——他们认为自己肩负着神圣的历史使命，有责任在地球上的人类中间传播上帝的福音。

在那些清教徒的宗教理想和政治抱负的背后隐藏着这样一种根深蒂固的观念：他们相信自己与上帝之间有一个盟约。这种观念是由 16 世纪末 17 世纪初欧洲国家的一些神学家提出的——它把人与上帝之间的关系规定为一种神圣的盟约关系，宣称人与上帝之间的关系是由一系列可以理解的规则规定的，人与上帝之间具有相互责任——这就是所谓的"盟约"说。基于这样一种观念，那些清教徒把他们不远千里前往北美大陆的行程看成一种伟大的、光荣的、神圣的征程。

清教徒在北美大陆开天辟地，建立了一个又一个殖民地居民点。各个殖民地都实行政教合一的管理模式，所有政治领导人物都是牧师，或至少是清教徒。在日常管理工作中，领导的讲话往往和宗教活动掺合在一起。在那种政教合一的管理模式中，基督教牧师发挥了难以想象的社会管理作用。基督教牧师是清教徒生活中的权威，而基督教则是联结和召集清教徒的根本手段。在清教主义时代，宗教活动在统一人心方面具有难以替代的作用。

清教徒都是一些追求思想自由的基督徒。他们强烈要求把无关紧要、非根本性的信念和习惯从英国国教中清除掉。为了彻底告别"过去"，他们决心在北美大陆焕然一新，建立真正的新社会、新世界，这个新社会、新世界必须能够真正体现他们作为有宗教信念人的价值和荣耀。他们从根本上坚信，世界万物都是为"造物主"即上帝的荣耀而存在的——不仅人依赖造物主而存在，自然依赖造物主而存在，而且人和自然的存在意义和价值只能在造物主的意志中体现出来。人必须按照造物主的意志或规划来生活，否则，人将一无是处，一无所有。他们还相信人有"原罪"。所谓"原罪"，就是与生俱来的罪，就是生前就有定数的罪。人可以为他的罪忏悔，但不能凭借自身的努力赎罪。这种基督教观念规定了清教徒对待道德的一个基本态度：人不能自主、自由地追求德行和善的行为，但人必须为他们的不道德行为或原罪受到道德上的指责；然而世界上存在由造物主择优选用的人，他们更加接近神性，并给予那些被世俗欲望所累、具有原罪的其他人帮助。人有种类之分。虽然任何人都不能依靠自身的努力赎罪，但是有些人是造物主的"优秀"信徒。他们诚心诚意地服从造物主，为他提供诚心诚意的服务；诚心诚意地传播他的旨意，诚心诚意地给他增添荣耀。因而，他们会被造物主优先拯救。然而，在他们获得拯救之前必须有一个重生的过程，这个过程是为了让人接受一种超自然的"神佑"。因此，人并不是因为好的表现而获得拯救，而仅仅是凭借信仰的虔诚而获得拯救。

殖民地时期的美国弥漫着一种清教主义的氛围,人的一举一动都必须体现行为主体对上帝的尊敬和服从。他们把神圣的基督教理想与日常工作、日常生活的细节联系在一起,谨慎、节俭、清洁、勤奋、公正等是他们奉行的美德——他们奉行这些美德的最终目的不是为了追求幸福,而是为了给上帝增添荣耀。他们勤奋工作,艰苦奋斗,但他们在工作方面的优异表现只能归功于神的恩赐或神的选择,因而不能被看成他们应该获得救赎或获取幸福的原因。在工作和生活中,他们不得不面对各种悲惨的事情,感到痛苦和失望,但他们仍然应该坚持不懈地好好工作,奋斗不息,因为只有这种工作才能证明他们是上帝择优选用的人。清教伦理要求人们过的道德生活是一种"勤奋 + 虔诚"的生活。

接下来,随着历史的不断演变,17 世纪末,由于各个殖民地实行政教合一管理模式的社会基础和政治基础开始消融,清教徒垄断政治权力的形势每况愈下。尤其是各种非清教主义思想流派纷纷崛起,思想启蒙运动在各个地方如火如荼地开展了起来,清教伦理思想开始了逐渐衰落的过程。

## 第二节　美国殖民地时期的纯文学

埃德蒙德·沃勒(Edmund Waller)将"纯文学"一词从法国引入斯图亚特王朝宫廷的文学传播中①。纯文学在 17 世纪 70 年代随着都市交往的兴起而在英国大行其道。有着共同情趣、友谊或兴趣爱好的新社区,在战后的伦敦和日益繁荣的度假地形成。在男女混杂的温泉聚会中或在只有男性出入的都市酒店俱乐部中,渴望教养的人们欣然接受了宫廷的这种充满风趣的新的社交方式。在这些社交圈子中,写作为交谈提供服务,为口头表演提供脚本(俱乐部中的专题演讲、社交韵文),并记录风趣诙谐的俏皮话(妙语、祝酒词、即席演说、警句)。纯文学否认写作,却接受对话的伪装。随后,对话承担了对社会和对文字思考的重要角色。正如 1728 年成立的哈佛费拉缪撒林(Philomusarian)俱乐部在其宪章序言中宣称,对话是"友谊的基础,社会的基本准则,人类伟大的特权"。尽管社会享乐可能是纯文学对话的最直接后果,而另一个更深层次的结果却是它带来了社会礼仪的进步。社会评论家相信,纯文学的"优雅"促进了文明礼貌。"纯文学"被译成英语时,一般译为"优雅的文字"。

---

① 朱刚. 新编美国文学史:第二卷 1860—1914[M].上海:上海外语教育出版社,2002.

## 一、纯文学的代表人物

英国殖民时期的北美纯文学的三个代表人物——亨利·布鲁克(Henry Brook)、本杰明·科尔曼(Benjamin Coleman)和威廉·伯德二世(William Bird II)——都是从英国温泉中获得了灵感。

布鲁克于1692年从牛津布雷齐诺斯(Brasenose)学院获得学位后,衣着考究地穿梭于伦敦和一些度假胜地近十年,之后才辗转至宾夕法尼亚发展。1699年回到波士顿主持布拉托大街(Brattle Street)教堂之前,本杰明·科尔曼在巴斯向信仰基督教的淑女们出售即席演说稿。1700年,伯德二世在坦布里奇韦尔斯(Tunbridge Wells)赢得"极有才干的人"称号;他的诗词刊登在《坦布里戈里亚》(*Tunbridgalia*, 1719)上,它收集了温泉中出现过的最风趣诙谐的对话和"水诗"。

来到美国时,布鲁克、科尔曼、伯德二世都认为他们自己是优雅的代言人。亨利·布鲁克在费城、纽卡斯尔的酒店中努力改良对话,大的地方旅馆——蓝锚酒店和皮特·普拉特(Pewter Platter)酒馆,以及伦敦咖啡屋——都遭遇到了男性社会的共同苦恼:诙谐沦为世俗的戏谑,政治论辩沦为相互诅咒,而餐桌谈话则演变为商铺对谈。布鲁克的《论戏谑》(*A Discourse upon Jesting*, 1703),是一篇写给俱乐部会友罗伯特·格雷斯(Robert Grace)的诗体书信,在这封信中,他说明真正的风趣是一种通过重复而激起愉悦的能力。而戏谑,是"短命的思想/被罗德尼(Rodney)嘲笑,并很快会被遗忘"[①]。在好几句警句中,尤其在《论身着盔甲的P[潘恩]画像》(*On P[Paine]Painted in Armor*)中,布鲁克阐明暗喻怎样使政治批评更有力。在《向某俱乐部建议的对话的规则》(*A Rule of Conversation Suggested to a Certain Club*, 1710)中,布鲁克对充满狭隘的商人思想的聪明人进行了指责。为了夸张地说明充满商业气氛世界的荒唐可笑,布鲁克将一个流传于费城旅店的不幸商业事件改编成《新的蜕变》(*The New Metamorphosis*, 1702)一文,故意曲解原有含义。在故事中,维纳斯惩罚了一个没有经验的烟草商人,将他的烟草变成了鸟,起因是他的赖账行为。布鲁克对于商业企业的愚弄和对于合同的神圣描述不同于对没有经验的烟草商人的另一种喜剧处理,这就是埃比尼泽·库克(Ebenezer Cooke)的《烟草商》(*The Sot-Weed Factor*, 1707)。库克讽刺了对马里兰原始状态的都市狂想,他的诗歌在伦敦出版发行。布鲁克则希望戏弄费城进驻旅店者们商业上的焦虑,他的诗在宾夕法尼亚以手稿的形式流传。布鲁克死于1735年(或1736年),

---

① 袁可嘉,董衡巽,郑克鲁.外国现代派作品选:C卷[M].北京:北京燕山出版社,2006.

他是促成优雅社交圈中的知名人士。而库克死时默默无闻,卒年不详。伊丽莎白·麦格雷(Elizabeth Magawley)是费城最犀利的批评家,认为布鲁克是该地区一位真正的诗人。

在布鲁克将礼仪注入宾夕法尼亚的旅店和俱乐部的同时,本杰明·科尔曼则将优雅介绍到马萨诸塞教堂的讲坛、会客室和大学中。与他的朋友伊萨克·瓦兹(Isaac Watts)一样,科尔曼将纯文学与基督教结合在一起,给予精神表达以美学光芒。尽管他在布道中运用的引起美感的语言被一些人认为是"音节崇拜",但他使用各种语言产生的雅致的对话在波士顿引起了轰动,而他最伟大的宗教诗歌《有关伊利亚的翻译的诗》(*A Poem on Elijah's Translation*,1707)在蓬勃发展的新英格兰文学界激起了层层涟漪。

## 二、纯文学的演进

### (一)盛行匿名出版

在殖民时期的美国,与出版界联系最密切的人——报纸的组织者、出版商、作者以及政治小册子的作者——都尝试使用匿名。与出版界匿名之风盛行形成鲜明对比的是,社交圈的手稿传播则使用绰号。作者采用他或她希望在优雅对话中大家所熟知的名字,并使用名字所暗示的另外一个自我进行交流。这种臆想身份在参与优雅的对话过程中一直被使用[阿芙拉·贝恩(Aphra Behn)在她的圈子中总是"阿敏塔";而布鲁克对费城的社交圈来说也总是被称作"塞尔维尔"]。使用虚拟身份被证实很有意义,因为使用真实姓名会产生压力。

威廉·伯德二世的作品真正体现出了抛开真实身份而使用虚拟自我的好处。伯德二世在他的信中探究了虚拟身份的问题。1703 年,在他向爱尔兰裔贝蒂·克伦威尔(Betty Cromwell)求爱失败后,他开始在给她的信中编织伤心的"威拉莫"对"费西蒂亚"的渴求。"在所有的悲伤中,对他而言最致命的则是她将下嫁科拉姆西尼的消息,听到这个消息就足以让他疯掉。"后来他在信中写道:"如果她把心给别人,他就会对自己实行暴力。"使用绰号所带来的虚幻意味着允许伯德二世淋漓尽致地表达自己,而这却是在优雅的礼仪社交中无法办到的。同时,它在作者与激情之间拉开距离,并让感情成为一种表情的游戏,就像使用克伦威尔女士的绰号"费西蒂亚"一样。如果粗暴的感情可以用美学表演得到控制,那么它的表达就不会危及文明社会的平和。

### (二)纯文学促进社会交往

社会交往依赖有节制的友好感觉而不是纵容自己成为相互之间的爱情奴隶。

出现在温泉聚会中的非社交对话机智地将热情转移成礼貌;确实,女性的机智挫败了艺术热恋表白的傲气。通过一种追逐游戏和美化了的情感,两性对话中的互相谦恭的快乐取代了社交愉悦并获得了更大的自由度。这与抱着将友好的对话转变为更加亲密的快乐的希望进行游戏并不相悖,但是规则的要求是抛开感情。

纯文学培养的温和情感,也给 18 世纪早期带来不利后果——缺乏爱情诗篇,即使有也表现平平。北美殖民时期出版的最优秀的爱情诗是 18 世纪 20 年代在巴巴多斯(Barbados)"一位女士"写给"大门"的 28 首系列抒情诗。这些抒情诗于 18 世纪 30 年代被刊登在《巴巴多斯报》上,爱人的分别使他们之间的对话成为千古绝唱,大致经历了 10 年,对这些诗的手稿的热情才逐渐消退。那位"女士"知道,她热情洋溢的表白与当时人们普遍接受的趣味相违背:

> 我不会禁锢自己的自由想法,
> 尽管所有诗歌都可能是属于我的,
> 不,让我的神灵来决定吧,
> 我会依然遵从我的神;
> 他们愚蠢的规则,无法控制,
> 我灵魂中跳动的神圣的脉搏。

值得一提的是作为她艺术保护神的神灵的身份。在整个 18 世纪的前半叶,纯文学对于个体对神灵的呼唤都是无动于衷的。优雅的文字是具有美感的交流的理想表达,那种沙夫茨伯利(Shaftesbury)在《共同感:有关机智和幽默的自由文章》(Sensus Communis:An Essay on the Freedom of Wit and Humour,1709)一文中所揭示的共有的坦诚友谊精神是温和社会的灵魂,也赋予俱乐部以生机勃勃的精神。

俱乐部在英国和美国的兴起昭示了社交活动的广泛开展。尽管基于友谊的会员的存在贯穿于整个历史,但俱乐部却是在 17 世纪创建。在早期,俱乐部出现了两种模式:苏格兰互助会社(单性社交、自律、等级森严、感情含蓄而且拘泥于仪式),以及本·强森(Ben Jonson)的阿波罗俱乐部(异性社交、热情、忠诚、自律、平等、重视审美)。在这些组织间有一些重要的相似点。二者都将他们的俱乐部定义为"私人社团"以有别于"一般社团",并都以虚构来彰显这种区别——互助会社用他们归隐的神话,而强森们则使用"阿波罗神庙"。二者都用共同进餐作为主要的对话场合,都鼓励艺术作品的产生,并使用俱乐部仪式以加强俱乐部的声望。二者都有一整套律条,而又严格限制新会员进入。

### 三、纯文学迅速发展

互助会社在 17 世纪迅速发展,1710 年左右风靡世界。它的餐桌礼仪和社交仪式以歌唱、演说和世俗的问答为特色。

阿波罗俱乐部通过文学方式在社交界发挥影响,尤其通过亚历山大·布罗姆(Alexander Brome)翻译的强森的《欢乐法律》(Leges Conviviales)。这些经过改写的规则成为俱乐部寻欢作乐的模式,并将俱乐部的社交满足等同于新古典美学的游戏。当巴巴多斯(Barbados)的托马斯·沃达克船长(Captain Thomas Walduck)1790 年 11 月 12 日写信给他的朋友詹姆斯·皮特沃(James Petiver)提及西印度群岛时,谈到新异教的都会模式的社交:"在(俱乐部)最里面,可以看到一幅巨大的画面,整个房间,人们进行着社交活动;人们各自享受自己的快乐,有人吃着,有人喝着,还有人在跳舞,也有人玩着各种音乐。"

18 世纪 20 年代,艾葵拉·罗斯(Aquila Rose)的社交圈[这是一个包括诗人雅各布·泰勒(Jacob Tailor)、大卫·弗伦奇(David French)、约瑟夫·布雷特纳尔(Joseph Breintnall)和加吉·理查德·希尔(Judge Richard Hill)的圈子]模仿奥维德·塞西亚(Ovid Cecia)①流放的诗表达不合时宜内容,以推进社交的愉悦。1731 年,共读社会员乔治·韦伯(George Webb)对俱乐部的赞美诗《单身汉大厅》(Bachelors Hall)在私下发表,为愉悦的机智开出配方:

幽默的愉悦应该带来一夜狂欢:
它不是被欺骗的世人所美慕的虚伪的诙谐,
而是水手或乡绅的欢乐;
不是一语双关者的机敏,
也不仅仅是文字游戏;
也不是奎德南克(Quidnunc)的墓穴,他充满疑问的头脑塞满了陈年往事;
它谦卑、真实,切题而适度。
善良的本性是真正诙谐的源泉;
尽管热闹,但不松懈;尽管学识渊博,但依旧头脑冷静;
大胆,但谦虚;以人为本,但严厉;
尽管渴求真诚,受着诙谐的诱惑,却仍有友谊的名声。

---

①　奥维德·塞西亚(公元前43—17):古罗马抒情诗人。他在《情诗》(Amores)里形容美人的头发时说:"就像黑皮肤的中国人身上披的纱罗。"——译注

8

韦伯一语道破俱乐部诙谐的真谛：优雅而不世俗；礼貌而不粗俗；本性善良而不矫揉造作；友好而不无礼。它表达出一种坦白而自律的社会生活准则。在斯古吉尔钓鱼会所(Schuylkill Fishing Company)，私密社会的自律被作为一种斯古吉尔钓鱼会所俱乐部的神话，构成了"斯古吉尔状态"。

这些短暂的费城文学景象的特征显示，俱乐部显然成了殖民时期纯文学交流的最重要的组织框架。

**（一）纯文学的作用：为政治服务**

纯文学对文学效果的关注在辉格派的伤感主义中是为政治目的服务的。一篇与英国乡村党派文学相关的反对文章，即辉格派的伤感文学通过讲述被当成代罪羔羊的没有权利的人的遭遇，对大众的同情心予以抨击。儿童(尤其孤儿)、穷人、被奴役的人、老实的乡下人和普通人在有权势人——家中长辈、朝臣、国王的手下受到不应该受到的虐待。托马斯·奥特维(Thomas Otway)的戏剧《孤儿》(*The Orphan*)和约瑟夫·艾迪生(Joseph Addison)的《凯托》(*Cato*)都是这种表达的代表。当权者劫掠财产有着公共的而非私人的意义，这揭示了社会良善的脆弱。尽管辉格派的伤感主义一直到了革命以后才主导政治纯文学，但作为文学武器，它的首次出现是在从18世纪20年代到18世纪30年代针对统治者特权的殖民地斗争中。其中最有能力的实践者之一路易斯·莫里斯二世(Louis Morris II)是一个孤儿。他获得遗产的执行人是一个读过奥特维的悲剧的有权势的人，此人从剧中学到那些恶人骗人的伎俩，几乎剥夺了莫里斯二世的继承权。

路易斯·莫里斯二世师从一位杰出的异教徒、辉格派知识分子乔治·凯斯(George Keith)。凯斯学习文学，随后他被指派为东新泽西州的高等民事法庭法官，20岁便开始了他的政治生涯，很快又被任命为纽约最高法院首席检察官。在任职中，他激起了州长科斯比(Cosby)的不满和愤怒，后者策划了他的免职。1783年，科斯比去世时，莫里斯二世被任命为新泽西州的州长。在职业生涯的十字路口，他利用文学使他的政治目标更进一步。作为一个议会议员，他讽刺伦敦的殖民代办。1725年，他创作了《有关贸易的对话》(*Dialogue Concerning Trade*)以抗衡阿道夫·菲利普斯(Adolph Phillips)为首的商人利益。当科斯比州长与菲利普斯做成交易意欲攫取政府权力并为谋取个人私利而榨取财政经费时，莫里斯二世写了一篇文章讽喻纽约市政府腐败成了《假君主》或《猿的王国》(*The Mock Monarchy or Kingdom of Apes*)。他创作了科斯比下令由绞刑吏焚毁的两首民歌之一。科斯比对出版界镇压后，莫里斯二世写了《注定要被某某和某某付之一炬的曾格先生(sic)日报最后的先知演讲》，作为对他在1735年至1736年间去伦敦为了请求枢密院让他复职和让州长科斯比下台而未能如愿的讽刺。他还创作了《梦想，一个谜》(*Dream, a Riddle*)，讲述了一个诚实的乡下人对发现的旧英国的腐败现象的看法。作为新泽西州的州长，他在《论埃塞克斯暴乱》(*On the Essex Riots*)一文中表达了自己的观点，反对那些煽动土地暴乱的人并为自己辩护。他在《致新泽西州州长大人：立法会议希望他处理自己的位置》(*To his Excellency: The Governor of New Jersey, upon the Assembly's Desiring him to fix his own Seat*)一文中，通过对围绕新泽西州州长选举进行的各种游说活动进行讽刺，很好地把立法机关嘲弄了一下。只有一篇文章刊印出来，即《备受谴责的竞选歌曲》。其他文章被认为只有舆论制造者的精英读者才能看到。这些读者可能在与白宫关系密切的纽约城市俱乐部中或伦敦的咖啡馆里。讽喻故事——《模拟君主制》(*The Mock Monarchy*)和《梦想，一个谜》(*Dream, a Riddle*)——面向都市读者反映出殖民时期的一般情况。其他作品——《论已故英勇而高贵的骑士之死》(*On the Death of a Late Valorous and Noble Knight*)和《论埃塞克斯暴乱》——暗指一些内部政党文件。所有创作基于这样一个假定，即纯文学工具可以传播具有特定政治目的的群体舆论。值得一提的是这种形式的半公众性质。莫里斯二世并不想成为自己的桂冠诗人，神谕式的谴责风格对他认为的舆论影响政策进而影响政府行为这一观念是不利的。

### (二) 纯文学代表作

当时的三个纯文学作者创作了主要殖民地中种植园方面的代表作品：查尔斯·伍德梅森(Charles Wood mason)的《英迪克》(*Indico*, 1757)、詹姆斯·格雷吉尔(James Grainger)的《甘蔗》(*The Sugar-cane*, 1764)以及乔治·奥格尔维(George Ogilvie)的《卡罗莱娜》，又名《种植者》(*Carolina or The Planter*, 1776)。这些作品都是有关农业的，运用了维吉尔(Virgil)①诗中的罗马帝国的民族精神，以及对农务的关心。它们都是平民诗歌，具有双重读者：当地的精英分子和大英帝国的好奇者。

伍德梅森的《英迪克》从来都没有被其目标观众所阅读，因为未能如期筹集到出版的捐助基金。然而，在为这本书所做的广告中，印刷的节选片段使得诗的论点得以重现。伍德梅森认为，主要殖民地的土地"要比英国人自己的土地富饶很多"。然而，对英国的劳动者而言，殖民地的天气太热了，超出了他们所能承受的范围。非洲人的体质"可以抵抗炎热/由于土生土长在这里/可以忍受似火的骄阳和艰苦的劳作"。詹姆斯·汤普森(James Thomson)的《自由》(*Liberty*, 1736)和约

---

① 维吉尔：古罗马最伟大的诗人。重要作品有牧歌十章,田园诗四卷和史诗《埃涅阿斯纪》。

翰·戴尔(John Dyer)以都市农业为主题的《羊毛》(*The Fleece*, 1757)则认为,奴隶制破坏了贸易道德准则,必将导致将来的暴力。

新世界种植园文化中参加弥撒的人不会忽略劳动的问题。相反,他们对此极为忧虑。詹姆斯·格雷吉尔的《甘蔗》中根据"非洲天才"的观点来看待圣·克里斯托夫岛的种植园文化,而对西印度奴隶所处的社会境况和物质条件的关注和叙述并不周详。诗中还讲到了不同非洲部落之间的任务分配问题,以及这些部落所遭受的痛苦、居住的房屋、花园、舞蹈、民间治疗和他们的信仰。这首诗在伦敦出版时,受到塞缪尔·约翰逊(Samuel Johnson)博士的赞许,他认为这是新世界以来第一首有意义的公众诗。约翰逊特别欣赏格雷吉尔对理想种植园的描述。格雷吉尔(他之后又有奥格尔维)指出在道德方面,种植园文化中唯一值得称道的是积德行善的种植者的性格。种植者的理性、公正以及人性是防止非洲奴隶将来复仇的唯一壁垒。

《甘蔗》和《卡罗莱娜》向当地读者传达的信息是劝诫种植者在行使权力时要小心。两位作者虽都提出了劝诫,但不知种植者是否会听从他们的建议。格雷吉尔因奴隶制的存在而感到悲伤,在诗末,他建议大都市通过制定一项英国黑人法典来对主要殖民地进行干涉。奥格尔维则仍怀着佐治亚慈善家未完成的愿望:在南方创建自耕农,让他们自己为自己劳动。描写西印度和南印度人自我了解的主要文学作品一再认为种植园制度是一个道德问题,因为这种制度的存在需要以奴隶制为基础。格雷吉尔的悲伤被描述西印度群岛的平民诗歌的流派所沿袭,表现在约翰·辛格顿(John Singleton)的《西印度群岛简述》(*A Description of the West-Indies*, 1777)和《牙买加诗歌三部曲》(*Jamaica, a poem, in three parts*, 1777)、奈维斯岛圣·约翰(St. John)院长写的《有关英国和西印度群岛问题的诗集》(*Poems on subjects arising in England and the West Indies*, 1783)以及爱德华·拉什顿(Edward Rushton)的《西印度田园诗》(*West Indian Eclogues*, 1787)中。这些素材被英国的废除主义诗人,如汉纳·莫尔(Hannah More)、约翰·梅杰里班克(John Marjoribanks)、威廉·罗斯科(William Roscoe)加以运用。奥格尔维所说的希望在南方建立自耕农的想法出现在托马斯·杰斐逊(Thomas Jefferson)的《弗吉尼亚札记》(*Notes on the State of Virginia*)中,令人难忘。矛盾的是,海地奴隶的复仇,影响了南方奴隶主考虑奴隶制的替代品。难民们的反抗把南方种植者吓得魂飞魄散,不敢再想着去放松他们对奴隶的控制。

**(三)纯文学的发展过程**

戏剧文学还未充分发展,美国独立战争就已经爆发了。大部分殖民时期的美国居民都只是被动地接受大部分的作品,等待着由巡回的戏剧公司演出的最新作品从大都市传来。至于殖民时期的美国居民对伦敦剧场的印象,理查德·坎伯兰德(Richard Cumberland)广为流传的讽刺作品《西印度人》(*The West Indian*, 1772)是唯一一部具有深远影响力的向殖民时期的美国大都市居民传播的代表作。这并不是一部谄媚的作品,实际上它是对剧场批评家的猛烈抨击。

在殖民时期,小说发展还不充分。由于受到寒士街不道德氛围的玷污,以及受市民家庭秩序观念的影响,小说被部分反对者列入对手的名单内。对一个文雅的精英人士而言,小说正因为受欢迎所以才是庸俗的。在一个忧虑礼貌要发展到何种程度的发展中的国家,殖民地礼貌统治者并没有明确一种模式来预示什么样的小说才符合中产阶级的幻想和情感品位。文学历史上有名的"殖民地小说"——阿芙拉·贝恩(Aphra Behn)的《欧努诺克》(*Oroonoko*, 1688)、亚瑟·布莱克默(Arthur Blackamore)的《背信弃义的同胞们》(*The Perfidious Brethren*, 1720)和夏洛特·莱诺克斯(Charlotte Lennox)的《哈里叶特·斯图亚特的生活》(*The Life of Harriot Stuart*, 1751)——在伦敦出版,供大都市居民阅读①。经济、文化方面的原因使小说的创作从殖民地迁移出去。在殖民时期的美国居民中,有人既阅读小说又阅读剧本,但是其形式不合乎逻辑,所以没有得到当地作家的支持。小说在美国战后才逐步兴起,这种现象与英国的独裁统治被推翻后的很多文化和经济现象相联系。

后来产生了一些新的文学表达法,但同时也废除了一些以前的文学表达法。站出来为这个新国家发言的作家对殖民时期的美国的先驱们来说根本没必要。市民纯文学的创作者,如本杰明·扬·普莱姆(Benjamin Young Prime)、亚历山大·马丁(Alexander Martin)、弗朗西斯·霍普金斯(Francis Hopkins)摒弃了革命前的作品,或者将它们遗忘或者对其进行彻底修改。殖民地俱乐部文化的很多中心任务是保持保守党的忠诚。很多人离开了美国,其他一些人则仍受人怀疑,如波士顿的约瑟夫·格林(Joseph Green)、马瑟·拜尔斯(Mather Byles)以及本杰明·丘奇(Benjamin Church),查尔斯顿的乔治·奥格尔维和威廉·派克罗(William Packrow),马里兰的乔纳森·布歇(Jonathan Boucher)以及罗伯特·埃利斯(Robert Ellis),费城的威廉·史密斯(William Smith)和伊丽莎白·格雷姆·佛格森(Elizabeth Graham Ferguson)。爱国主义作家称自己为美国的第一代天才人物,自荐为美国文学史的开创者。有趣的是,威廉·利文斯顿(William Livingston)的诗

---

① 袁可嘉,董衡巽,郑克鲁.外国现代派作品选:C卷[M].北京:北京燕山出版社,2006.

《哲学孤独》又名《乡村生活的选择》(*Philosophic Solitude or The Choice of a Rural Life*, 1747)是个例外。这首诗表达了对菲利普·弗瑞诺(Philip Freneau)浪漫主义的一种崇高的自然期待,表明殖民地纯文学的整个主体正在从成长中的一代美国人的记忆中被抹杀掉。

不利于殖民时期的美国纯文学发展及美国文学传统形成的第二个因素是文学印刷市场的巩固。革命时期,出版成为文学价值的标志。俱乐部和文艺沙龙中的手稿文学已经销声匿迹了,只是在出版前征求别人意见时传阅的仍是手稿。艾利胡·哈布德·史密斯(Elihu Hubbard Smith)在日记中对纽约友好俱乐部(New York Friendly Club)的描述,显示了俱乐部如何从文学交流的主要场所转变为公众表演的预演厅。当美国的第一批文学史家——塞缪尔·纳普(Samuel Knapp)、伊赛亚·托马斯(Isaiah Thomas)、塞缪尔·米勒(Samuel Miller)、约翰·尼尔(John Neal)——将他们的注意力转向美国纯文学的兴起时,他们并不了解这种文学创立的历史,因而提出文学价值的标准不适合源于市场经济中印刷文化的当代作品。结果,他们得出结论:殖民时期的美国几乎没有什么文学活动,即使有一些,也是粗糙的;其兴趣主要在历史方面而非美学方面。这种观点一直到20世纪还很盛行,直到被几代作者的作品所征服。这几代作家始于劳伦斯·C.罗斯(Laurence C. Wroth)、拉尔夫·鲁斯克(Ralph Rusk)和路易斯·B.赖特(Louis B. Wright),接着是理查德·比尔·戴维斯(Richard Beale Davis)和C.勒纳特·卡森(C. Lennart Carlson),在肯尼斯·斯尔曼(Kenneth Silverman)和利奥·勒梅(J. A. Leo Lemay)时告终。这些文学史家的学术成就为理解殖民时期的美国纯文学作品提供了参考。

# 第二章　浪漫主义时期的美国文学研究

18 世纪末开始,欧洲的浪漫主义文学逐步发展,到 19 世纪的前 30 年,真正对美国文学的发展产生了极为重要的影响。本章从浪漫主义时期的时代概览入手,对该时期的极具开拓精神的浪漫主义小说家、追求独立的浪漫主义散文家、豪放的浪漫主义诗人进行论述。

## 第一节　浪漫主义时期的时代概览

19 世纪的前 50 年是美国独立文化与文学炼铸成型的时期。独立后的美国在政治、经济和思想领域内都表现出一片生机盎然。杰克逊时代的民主和政治平等成为这个新国家的理想。政治生活开始出现急剧变化。美国当时的共和党和民主党的雏形已经出现,开始争权夺势,新的政治体制正在形成。开拓者的板斧继续挥舞,边地疆界迅速西移。欧洲移民大批涌入,使国家人口剧增,40 年间增长 2 000 余万人。工业迅速蓬勃发展,全国经济空前膨胀。这一切在人民中催生了高度的乐观主义精神和对未来的美好憧憬。人们以"上帝的选民"自诩,以实现"上帝所命"(manifest destiny)为己任。

新英格兰加尔文主义的解体,长期束缚思想的精神枷锁的消失,使人的精神获得自由,使文学想象力有了得以施展的良机。国家呈现出生机勃勃,人民有了开创新生活的热烈渴望。国家的开朗情态,时代的上进精神,促进了浪漫主义感情的迸发。外国的思想和文化影响激发了美国浪漫主义思潮的蔓延。二三十年以前波及欧洲的浪漫主义运动,对 19 世纪早期美国文学的成长发挥了相当重要的作用。

美国的浪漫主义文学自一开始便有其独特的属性。它不同于英国或欧洲大陆的浪漫主义的根本原因在于,它是许多"美国"因素和条件熔为一炉的产物。从本质上讲,它所表达的乃是"一种真正的新的经历",包容着"一种异样的性质",因为"这个地方的精气神"和欧洲的迥然不同(诚如 D. H. 劳伦斯所评论的)。

　　受美国清教主义文化遗产的影响,美国的道德观在漫长的时期内在本质上是属清教主义的。公众舆论的清教氛围浓郁,社会生活和文化趣味基本上是由清教氛围所限定的。从整体讲,清教主义传统给美国人性格上留下了深刻的印迹;美国清教徒在把自己的思维方式强加在北美大陆人民方面,做得最彻底、最成功。虽然时至 19 世纪,清教主义业已衰落,超验主义业已兴起,导致了思想的解放和随之而来的文艺复兴,但是清教主义烙在人的意识上的印迹是深刻的,它貌似无形却有形。清教主义对美国浪漫主义文学的影响是明显的,美国浪漫主义作家和欧洲同行相比更富说教特色,就是这种影响的突出表现之一。

　　美国浪漫主义文学的另一明显特点在于一个"新"字,即它所表现的美国民族之"新"。美国人是"新人",是北美大陆新伊甸花园里的新亚当。到 19 世纪,这一观点业已逐步发展成为"美国神话"。在神学、历史和文学领域,随着时间的推移,这一神话的轮廓愈来愈清晰,内容愈加充实。神学家、历史学家和文学艺术家的想象愈益丰富,表达也愈益明确。"美国神话"把世界视为刚刚诞生,人类被赋予第二次机会以建立全新的理想的生活。它给文学引进一个新主人公,带来一整套全新的理想的道德标准。新主人公活动在全新的美洲舞台上,这成为美国 19 世纪,特别是浪漫主义时期文学的占主导地位的素材。新主人公无疑是堕落前的亚当。他的思想洁白无瑕,世界和历史都展现在他的面前。美国人将自己形容为有别于欧洲人的新人,把欧洲称为"旧世界"。或许,他们的理想只是空谈,他们的梦想已化作泡影,或自一开始便是人们的冥想和虚构,然而,它们以某种形式存在于美国人的头脑之中,这个事实的历史意义断然不可小觑。它们使人们感到"新",感到不同于他人,这种感觉激发了作家的浪漫主义想象和灵感,使他们创作出不同于别的国家的作品来。于是,人们感觉到美国浪漫主义作家进行文学创作时那种强烈的描绘新地、新人、新生活的使命感。

　　美国浪漫主义运动中产生的浪漫文学作品,既有模仿,也有独立创造的特征。像欧文、库珀,尤其是世人称之为"剑桥诗人"(the Cambridge Poets)或"新英格兰诗人"(the New England Poets)的布莱恩特、朗费罗、惠蒂埃、霍姆斯(Oliver Wendell Holmes,1809—1894)和洛威尔(James Russell Lowell,1819—1891)等人,都在不同程度上有师法欧洲文学大师的倾向。他们怀旧的目光投向大西洋彼岸,常从英国 18 世纪新古典派作家,如德莱顿(John Dryden,1631—1700)、蒲柏(Alexander Pope,1688—1744)、艾迪生(Joseph Addison,1672—1719)、威廉·库珀(William

Cowper，1731—1800）、哥尔德斯密斯（Oliver Goldsmith，1728—1774）、彭斯（Robert Bums，1759—1796）、扬格（Edward Young，1683—1765）、格雷（Thomas Gray，1716—1771）、拜伦及华兹华斯等处汲取精气及模式。比如欧文便有"美国的哥尔德斯密斯"之称，库珀便有"美国的司各特"之称，凡此称谓，从历史看，绝非恭维。这些作家可被概称为"模仿派"或"保守派"（欧文、库珀稍有不同）。他们在作品中突出某些题材，而忽略其他内容，比如他们喜欢写家庭、子女、自然界及理想化的爱情的题材，而忽视当时美国生活所面临的主要问题，如向西拓殖、民主与平等、现代美国的崛起等等。从技巧角度看，他们偏爱传统的格律和诗歌形式；他们的语言通常是英国英语；他们的比喻有时属俗套老调，其象征意义因过于明显而流于皮相。这些人曾名噪一时，以朗费罗论，他在很长的时间内被视作美国的丁尼生；他们为"新英格兰的文化复兴"做出了不可磨灭的贡献。然而，由于他们未能和后世读者交流，他们的声名和作品让人有时过境迁的感觉。另外一些同代作家如爱默生、爱伦·坡、梭罗、霍桑、麦尔维尔、惠特曼及狄金森等，思维方式和创作经历则迥然不同。早在菲利普·弗瑞诺的《崛起的美洲的荣耀》这种殖民主义时代的作品中①，就已有了美国人所特有的声音。但是，关于创作独立美国文学、创作一种可与新的国家的政治地位齐名并肩的民族文学的议论，直到19世纪30年代才变得沸沸扬扬。其时钱宁（W. E. Channing，1780—1842）的《论民族文学》（Remarks on National Literature）、《民族文学的重要性和途径》（The Importance and Means of a National Literature），爱默生的《论自然》（Nature）、《美国学者》（The American Scholar）和《论诗人》（The Poet），以及惠特曼的《草叶集》（Leaves of Grass）的初版前言，先后面世，一股强劲的文学独立之风正从新兴的美国大地上吹拂而起。这些人不满足于尾随在他人之后，不满足于餐桌上的残杯冷炙，他们要革新，要寻觅反映新国度、新生活的新文学表达方式，即美国文学的表达方式。他们要建立美国自己的新文化，以体现美国自己的新经历。虽然他们当中不少人受到同代人的冷嘲或白眼，如梭罗、麦尔维尔、爱伦·坡和惠特曼，有些人似乎"生不逢时"，如狄金森，但他们却是本国和世界性浪漫主义的深层动力。他们完成了自己的历史重任，在美国文学的园圃中播种下奇葩异卉的种子。独立美国文学的开花结果多归功于他们的辛勤耕耘。这是今天人们依然记起他们的根本原因。

① 郭继德. 美国文学研究：第七辑[M]. 济南：山东大学出版社，2014.

# 第二节 极具开拓精神的浪漫主义小说家

## 一、极具开拓精神的浪漫小说家：华盛顿·欧文

华盛顿·欧文（Washington Irving，1783—1859）是第一位享誉欧洲的美国小说家，1783 年 4 月 3 日生于纽约一个富裕的商人家里。兄弟姐妹八人，他排行最小。受两个哥哥威廉和彼得的影响，他从小喜爱文学。1799 年，其父迫使他中途辍学入法律事务所工作。1804 年，他离开事务所赴欧洲考察三年，获得大量写作素材。许多民间故事和历史传奇令他十分感动。1806 年，欧文返回故乡，1807 年与哥哥合办《大杂烩》杂志，并抽空写了一系列讽刺纽约社会弊病的杂文。1809 年，他第一部作品《纽约外史》问世，受到欢迎。不幸的是，他的未婚妻玛蒂尔特突然去世，令他伤心不已，他发誓终身不娶。

## 二、极具开拓精神的浪漫小说作品解析

### （一）欧文的代表作：《瑞普·凡·温克尔》

《瑞普·凡·温克尔》（Rip Van Winkle）是当时美国著名的短篇小说，深受欧美读者的喜爱，该作品也是欧文的代表作。

#### 1.《瑞普·凡·温克尔》作品概述

《瑞普·凡·温克尔》是欧文以德国民间传说为素材，结合纽约地区荷兰移民的生活和美国独立战争前后的变化加工创作而成的。瑞普·凡·温克尔是荷兰人殖民统治末期纽约州乡下一个普通的农民。他为人忠厚老实，助人为乐，但很怕老婆。一天，他回家迟了，深怕老婆骂他，干脆背着猎枪，带上猎狗"狼"，登上哈德逊河畔的卡兹吉尔山打猎去。他在山上遇到一个白胡子矮老头背着一桶酒蹒跚而行，便替老头把那桶酒背到山顶。那里有一群怪人在玩九柱游戏。他们面容古怪，身穿马甲，腰挂长刀，为首的头戴一顶插羽毛的高帽，脚着高跟鞋和红袜子……瑞普招呼他们喝酒，自己也偷偷喝了几口，不久就迷糊地睡着了。

瑞普睡醒时，太阳已高高升起。那玩游戏的怪人们都不见了。他的狗也不见了，他的猎枪锈得变了样。他无可奈何，只好辨认路回到村里，可抬头一看，一切都变了。他好不容易找到自己的家，只见屋顶塌了下来，大门倒了，窗子破了。他只好到他以前常去的小旅店。可谁也不认识他。他也不认识周围的人们。一些人在发传单，发表演说，说什么"共和"啊，"联邦"啊，他一个词也听不懂。旅店招牌上

荷兰国王乔治的画像也换成了身着军装的华盛顿将军。经过好久的惊奇和诧异，有个老婆子认出了他：原来是失踪了二十年的温克尔！他儿子已长大成人，女儿已结婚生小孩，可他们站在瑞普面前，他一点儿也认不出来！

小说成功地塑造了普通农民瑞普的形象，显得朴实可爱、栩栩如生、令人难忘。故事带有民间传说的色彩，情节并不复杂，但想象奇特，叙述流畅，充满幽默、诙谐和讽刺，饱含象征意义，发人深思。

**2.《瑞普·凡·温克尔》作品风格**

《瑞普·凡·温克尔》将德国民间传说与美国独立战争前后的情况相结合，反映了北美大陆民众早年善良勤劳的品德，生动描绘了美国农民的形象，揭示了美国独立战争给当地殖民社会造成的影响。艺术形式比较新颖，受到文艺界的广泛重视。

**3.《瑞普·凡·温克尔》作品影响力**

《瑞普·凡·温克尔》的成功对后来的美国文学产生了深远的影响。具体包括以下三点：

（1）它塑造了瑞普等普通农民的形象，吸引了广大草根读者对文学的兴趣。它改变了以前一些文学作品着力描写牧师、贵族和殖民者的倾向，展示了劳动人民勤劳朴实、乐于助人的优秀品质，与当时的殖民者和资产者的唯利是图、尔虞我诈形成了鲜明的对照。这充分体现了欧文对当时美国社会的深入观察和其朴实的社会理想。

（2）小说巧妙地借用德国的民间传说来表现美国当时的社会生活，开启了学习英、法、德艺术手法"为我所用"的范例。它打破了对欧洲文化的简单模仿和依赖，为形成美国自己的文学风格打下了基础。

（3）小说将英国艾迪生、斯梯尔和哥尔德斯密斯的文风与美国现实生活的描述结合起来，形成通俗易懂、平易流畅的欧文式的散文风格，促进美国文学走向民众，关注民众，使文学深入发展。

**（二）欧文的其他作品**

**1. 历史传记小说**

《纽约外史》(*A History of New York from the Beginning of the World to the End of the Dutch Dynasty*, 1809, *revised* 1848)

**2. 小说、散文和随笔集**

《见闻札记》(*The Sketch Book*, 1819—1820)

《布雷斯布里奇田庄》(*Bracebridge Hall*, 1822)

《一个旅行家的故事》(*Tales of a Traveller*, 1824)

《华尔夫特杂记》(*Chronicles of Wolfer's Roost and Other Papers*, 1855)

**3. 游记故事集**

《征服格拉纳达》(*The Chronicle of the Conquest of Granada*, 1829)

《阿尔罕伯拉》(*The Alhambra*, 1832)

《草原之旅》(*A Tour on the Prairies*, 属于《彩色杂绘》*The Crayon Miscellany*, 三卷集, 1835)

《邦纳维尔队长历险记》(*The Adventures of Captain Bonneville*, 1837)

《西部日记》(*The Western Journals*, 1844)

**4. 传记**

《奥利弗·哥尔德斯密斯传》(*Oliver Goldsmith*, 1840)

《哈德孙事略》(*A Book of the Hudson*, 1849)

# 第三节　追求独立的浪漫主义散文家

## 一、追求独立的浪漫小说家：拉尔夫·瓦尔多·爱默生

拉尔夫·瓦尔多·爱默生(Ralph Waldo Emerson, 1803—1882)是 19 世纪倡导建立独立的美国文学和文化的杰出散文家和诗人, 1803 年 5 月 25 日生于波士顿郊外康科德①。父亲原是清教徒家庭一员, 后成为一个唯一神教牧师。其父早逝后, 他由母亲和一位姑妈养大。他从小爱读书, 十四岁升入哈佛大学。1821 年毕业后, 他接管了他哥哥办的青年女子学校, 任教两年多, 接着到哈佛大学神学院深造。他曾任波士顿唯一神教第二教堂牧师, 承袭他父亲的职业。1832 年, 他质疑该教圣餐的意义, 加上身体不好要去佛罗里达疗养, 便辞去牧师职务。1829 年, 他结婚成家。1831 年, 妻子不幸去世。

## 二、追求独立的浪漫小说作品解析

### (一) 爱默生的代表作：《论自然》

在爱默生的散文作品中, 最突出的是《论自然》。它是爱默生的代表作, 集中

---

① 杨仁敬. 20 世纪美国文学史[M]. 青岛：青岛出版社, 1999.

体现了他的超验主义哲学思想,也是他影响力最大的散文杰作。

**1.《论自然》作品概述**

《论自然》于1836年匿名发表,1849年以《论自然、致辞和演讲》为题重印。它是爱默生以他早年演说为基础的第一部阐述超验主义主要原则的专著。全文由序和八个短章组成。序明确地指出:"我们的时代是倒退的。"为什么? 作者认为人们是通过前几代人的思想和经验的第二手资料来观察上帝和观察自然的。他大声质问道:"为什么不该与宇宙分享一种创新的关系?"他反对因循守旧,要求以全新的目光审视上帝和自然界。

在八个短章里,探讨了热爱自然界的人内心与外向的相互自我调整、自然界对人类的用途、唯心主义的自然界哲学观、物质世界的精神因素以及人的灵魂的扩展潜力等。"商品""美感""语言"和"修行"四章里阐述了自然界对人类的四大用途:

(1)提供生存的物质条件、商品和用品。

(2)以它的自然美的形式给人类美的享受,这对人类来说是崇高的精神因素和知识真理。

(3)给人类心灵传递超验的意蕴和象征性以及语言。

(4)为人类揭示自然法则,在教导人们理解时发挥自然环境的作用。人的灵魂扩展潜力可以变成与自然环境直接的及时的接触。

"唯心主义"一章深入阐述唯心主义自然观,提倡人们用直觉体验自然界内无处不在的上帝。在"精神"一章里,作者指出,精神是万物之本,无处不在,贯穿了自然界的方方面面。精神即超灵。它存在于宇宙万物之内,它不是上帝,而是人的灵魂。"展望"一章则强调人要修身养性,返璞归真,自我完善。上述这些观点在爱默生其他论著如《论自助》《神学院献辞》《论超灵》等中有进一步的发挥①。他反复强调个人就是一切,一切自然规律都在你心中。所以,人只要靠自己努力,潜心修养,发挥自己的个性,便可自我完善。人是世界的主人。"世界为你而存在。"最关键的是人的心灵。因此,重视心灵,相信自己,不断自我完善,世界就改观了。

**2.《论自然》作品风格**

爱默生对美国文学的贡献主要是散文。他的散文《论自然》等往往是在演说的基础上写就的。因此,它常常从内容的需要出发,考虑读者的需要,用简洁有力的语言,加上形象化的比喻来说明复杂的哲理,充满雄辩的说服力,形成了独特的

---

① 袁可嘉,董衡巽,郑克鲁.外国现代派作品选:C卷[M].北京:北京燕山出版社,2006.

"爱默生式"风格。

爱默生是个散文家,又是个诗人。他在散文里常爱用形象化的比喻来加深读者的印象。有时,爱默生采用对比的手法,使他的观点更加鲜明生动、通俗易懂。在语言方面,爱默生强调:"生活是我们的字典……唯一的目的是要从各方面掌握语言,用它来描绘和反映我们的见解。"他主张采用民众日常生活中的语言,反对华丽的雕琢和华而不实的辞藻。他散文中的语言十分精练、简洁和生动,有不少精句成了名闻遐迩的格言流传至今。

**3. 《论自然》作品影响力**

《论自然》被誉为美国超验主义的宣言。它是资产阶级民主主义思想在哲学上的表现。它反映了时代精神,促进了人们的思想解放,推动了 19 世纪美国浪漫主义文学运动的发展,为资本主义自由发展提供了理论基础。因此,它具有重要的现实意义和巨大的社会效应。

爱默生处于美国 19 世纪动荡的年代,物欲横流,社会变态,道德危机重重。作为杰出的散文家、思想家和诗人,他站在时代的前沿,不怕清教主义的束缚,大胆倡导自己的主张,成了新英格兰超验主义运动的主要代表,有力地推动了美国浪漫主义文学的繁荣。到了 20 世纪,他的声誉有些减弱。有人认为他对生活过分乐观,也有人感到他反对权威和相信自己成了以自我为中心的极端个人主义,给社会带来了负面影响。这也许是历史的局限性。不过,他的超验主义反映了时代精神,促进了美国第一次文艺复兴的到来,在美国文学史上留下了灿烂的一页。

**(二) 爱默生的其他作品**

**1. 散文**

《美国学者》(*The American Scholar*, 1837)

《论文集》(一)(*Essays, vol. I*, 1841)

《论文集》(二)(*Essays, vol. II*, 1844)

《代表人物》(*Representative Men*, 1850)

**2. 诗歌**

《诗集》(*Poems*, 1847)

《五一及其他》(*May-Day and Other Pieces*, 1867)

**3. 其他**

《札记和杂记》(*The Journals and Miscellaneous Notebooks*, 16 vols., 1960—1982)

## 第四节　豪放的浪漫主义诗人

### 一、豪放的浪漫主义诗人：埃德加·爱伦·坡

埃德加·爱伦·坡(Edgar Allan Poe，1809—1849)是美国著名的沉郁诗人和侦探小说的奠基人，1809 年 1 月 19 日生于波士顿①。1815 年，他六岁时随养父母去伦敦读书，成绩优秀。1826 年回国后，他升入弗吉尼亚大学，不幸赌博成性，债台高筑，与养父断绝来往，迁居波士顿。他试写诗歌。1827 年，模仿拜伦早期诗作的第一部诗集《帖木儿及其他》出版，销路很不好。同年，他只好去参军，在西点军校待了几个月被开除。他去纽约找出路。1834 年，他养父不幸去世。他没能继承遗产。此前，在友人资助下，他分别出版了第二本和第三本诗集，创作日益成熟。1835 年，爱伦·坡去里奇蒙任《南方文学信使报》编辑，但收入不多，又染上酗酒，不久被老板解雇。1836 年 5 月，他与表妹举行婚礼，生活安定些。他试写一些书评，靠卖文为生，生活清寒。1838 年，爱伦·坡举家迁往费城，继续写诗和短篇小说，以维持生计。第二年，他找到稳定的工作，担任《伯顿绅士杂志》两主编之一，撰写了他最好的诗，出版了两卷恐怖小说《荒诞奇异的故事集》，进入他创作的黄金时代。1840 年 5 月，他因酗酒被老板解雇，后到《格拉姆杂志》任编辑。他写的音乐性的性感小诗流传很广，《钟》更受欢迎。他的推理小说《毛格街血案》(*The Murders in the Rue Morgue*)成了美国侦探小说的鼻祖。接着，他又发表了《大漩涡底余生记》和《红死魔的面具》等小说，引起了无数读者的关注。

1844 年，爱伦·坡到纽约，为报刊写稿。1845 年，他的诗《乌鸦》(*The Raven*)一经发表，立即吸引了文艺界的注目，名扬全国①。爱伦·坡深受鼓舞，想接办销路不好的《百老汇杂志》，但 1846 年该杂志倒闭了，爱伦·坡十分失望，加上酗酒，家境非常穷困，难以应付日常生活。1847 年元月，他爱妻患病，没钱就医，爱伦·坡眼巴巴地看着她死去，身心交瘁，卧病一年不起，但依然贪杯。他的创作生涯几乎已近尾声。1848 年，爱伦·坡曾向一位富孀和马萨诸塞州一位夫人求婚未成，滋生自杀的意念。

第二年，他去里奇蒙巧遇少年时的恋人。她答应嫁给他。后来，他回纽约筹办婚事，途经巴尔的摩时又去酗酒，醉倒在马路旁不省人事，后被送往医院抢救，待了

---

① 杜明甫.传承与嬗变——美国浪漫主义文学浅说[J].青年文学家,2009(1):16-17.

四天后于 10 月 7 日去世,年仅四十岁。过了二十多年,直到 1875 年人们才在巴尔的摩市威斯敏斯特教堂公墓举行他的遗骨安葬仪式,让他与爱妻、岳母和祖父长眠在一起。

## 二、豪放的浪漫主义诗人作品解析

### (一) 爱伦·坡的代表作:《乌鸦》

埃德加·爱伦·坡一生坎坷,英年早逝,但留下许多宝贵的文化遗产。他是个独特的诗人。他的诗作共五十首,其中如《尤拉路姆》《致海伦》《献给母亲》《安娜贝尔·李》《梦中梦》《种》和《乌鸦》等都很受欢迎。《乌鸦》成了他诗歌的代表作。

#### 1.《乌鸦》作品概述

爱伦·坡的名诗《乌鸦》(*The Raven*)1845 年 1 月 29 日第一次刊于纽约的《明镜晚报》,立即引起轰动,备受各界称赞。这首诗描写一个暴风雪的冬夜,一只乌鸦飞到一个灯光微弱的窗台上,想闯入屋里。只见屋里有个青年为情人的死亡悲伤。他看到乌鸦时非常吃惊,问它姓啥名啥,乌鸦只回答:"永不再会!"这使那青年更加悲伤地怀念失去的亲人。全诗情意缠绵,基调沉郁,令人反思不已。

#### 2.《乌鸦》作品风格

作为风格独特的小说家,爱伦·坡写了六七十篇心理小说和六七篇推理小说,这些作品都深受读者喜爱①。跟他的诗歌一样,心理小说的主要题材是神经错乱、梦幻和死亡。小说主人公是一些精神病患者,不是现实中鲜活的正常人。他们往往在发疯的状态下干出丧失理智的事情,造成恐怖的后果。爱伦·坡擅长描写一些南方贵族自我反省的无意识或下意识活动,揭示他们内心深处的感情起伏,实际上也反映了他们精神自我崩溃的过程。

小说中这些主要人物大都身份不明,无名无姓,身心反常,游离于民众之外。他们大都是爱伦·坡本人和他已故的母亲或妻子的化身。他们酗酒、吸毒,甚至自残或残害别人,与社会格格不入。有的到处流浪,找不到栖身之地;有的为亡妻悲伤,痛不欲生。他们感到人世如地狱,备受煎熬。有的堕落成杀人犯,有的自我毁灭,了结一生。爱伦·坡的小说世界展现了一个充满恐怖和罪恶的变态社会。他笔下的怪人忧郁寡欢,既不工作,又没有社交,终日躲在阴森森的城堡里。他们的密室见不到阳光,却有华丽的地毯、古老的藏书、奇特的艺术品和乐器以及东方珍宝。《厄舍古屋的倒塌》(*The Fall of the House of Usher*)描写一对孪生兄妹的悲惨

---

① 袁可嘉,董衡巽,郑克鲁.外国现代派作品选:C 卷[M].北京:北京燕山出版社,2006.

遭遇。哥哥罗德克克·厄舍是故事叙述者"我"的同学和莫逆交。妹妹玛德琳体弱多病,郁郁寡欢。兄妹住在荒野一栋满目苍凉的古屋里。"我"应邀前去探访,只见哥哥神情怪诞、悲观失望,感到自己"快死了",而妹妹久病不愈,令他憔悴。突然,当天夜里妹妹死了。哥哥将她放在地窖中停尸十四天。一天深夜,她意外地出现在她哥哥的卧室里复活了。她倒在他身上,把他吓死了。末了,那幽深而乌黑的山池淹没了倒塌的厄舍古屋。《黑猫》(The Black Cat)则写了一个已婚的青年"我",有一天酗酒后丧失理智,竟用小刀挖掉自己的宠物黑猫一只眼珠,后来又无故残忍地吊死了它。结果,他床上的帐子当晚起火,将全屋烧成灰烬。后来,他利令智昏,又砍死了妻子,将她的尸体切碎砌进地窖的墙里,最后被警察侦破抓进监牢。作者想通过这个可悲的故事揭示人的天生罪恶会导致自我毁灭。

《毛格街血案》(The Murders in the Rue Morgue)是爱伦·坡最有名的推理小说。他在这部小说及其续篇《玛丽·罗杰秘案》(The Mystery of Marie Roget)里塑造了一个智勇双全的侦探杜宾。他是个默默无闻、喜欢深夜独处的巴黎少爷。他爱读书,善思考,富有想象力,相信直观感觉,重视每个细节,如楼梯上传来的争吵声、被害人尸体的微小变化等。他深入毛格街一对母女被杀的案发现场,细察少女尸体被塞进烟囱的变化,推断凶手逃走的方法,认定凶手从床头上那扇窗口逃脱。他研读了多位证人的证词和警方的误判,抓住证词中的特殊点,合理地推论、判断凶手的杀人动机,从而准确又及时地破案。原来作案的凶手是一只潜逃的猩猩。爱伦·坡的设计周密,小说结构严谨,推理科学,判断准确。小说中,在杜宾身边常常安排一个助手。此人其貌不扬,但聪明过人,往往为破案起了重要作用。爱伦·坡往往参与其中,或发发议论,与杜宾沟通;或引用报刊报道,找出警方办案的破绽,以衬托杜宾的光辉形象。他这种艺术构思巧妙自然、悬念丛生,深受好评。后来,英国著名侦探小说家柯南·道尔也采用此法,效果非常好。杜宾在爱伦·坡的其他小说里多次出现,成了许多读者喜爱的人物。

### 3. 爱伦·坡的作品影响力

与其他同代成名作家不同,埃德加·爱伦·坡的声誉曾大起大落。他生前没有受到文艺界的重视,去世后很长的一段时间内,一直成为最有争议的作家。超验主义诗人爱默生称他为"打油诗人",对他评价不高。诗人惠蒂埃、朗费罗等不表态。大诗人惠特曼勉强地承认他的才华,但有所保留。大作家马克·吐温则批评他的文风极差,认为"他的散文不值一读"。直到 20 世纪初,现代诗人艾米·洛威尔提出爱伦·坡是个像惠特曼一样的伟大诗人,学界才有了转变。1909 年爱伦·坡一百周年诞辰纪念时,爱伦·坡受到了热情的对待。到了 20 世纪 50 年代,诗人艾略特和休斯明确地肯定了爱伦·坡的文学地位。60 年代至今,美国学界和广大读者都认同爱伦·坡的作品的重要价值。

事实上,爱伦·坡早在法国就受吹捧出了名。法国三大象征主义诗人波德莱尔、马拉美和瓦莱里对爱伦·坡特别青睐,评价很高。波德莱尔将爱伦·坡的作品译成法文,格外赞赏爱伦·坡对人物精神病态的描绘和探索,认为这为欧美文学打开了心理描写的新天地。马拉美则酷爱爱伦·坡的诗论,并将他的诗精心译介给法国读者。瓦莱里喜欢爱伦·坡的美学原则。此后,法国人出版了第一部详尽评价爱伦·坡的专著。他们的观点促使美国学界改变了对爱伦·坡的认识,并肯定爱伦·坡对美国文学的重大贡献。

爱伦·坡的推理小说不仅描写了社会黑暗的一面,而且塑造了维护社会正义的一面。爱伦·坡又是个具有独特见解的文论家。他的文学观受过英国湖畔派诗人柯勒律治的影响。今天,美国学界终于达成共识:爱伦·坡对美国文学做出了巨大贡献。他在美国文学史上占有一席之地。

**(二) 爱伦·坡的其他作品**

**1. 诗歌**

《埃德加·爱伦·坡诗集》(*Poems by Edgar Allan Poe*, 1831)

《乌鸦及其他诗》(*The Raven and Other Poems*, 1845)

**2. 短篇小说**

《荒诞奇异的故事集》(*Tales of the Grotesque and Arabesque*, 1840)

《故事集》(*Tales*, 1845)

**3. 文学评论**

《创作哲学》(*The Philosophy of Composition*, 1846)

《诗歌原理》(*The Poetic Principle*, 1848)

# 第三章　现实主义时期的美国文学研究

对美国文学影响最大的事件莫过于美国内战(1861—1865)了,它是一个突出的分水岭。它是一个时代结束的标志,一个新时代的开始。美国内战持续5年之久。19世纪后半叶,美国文坛所出现的现实主义之风在某种意义上乃是对极端浪漫主义的一种反动①。新兴的现实主义作家对希望和现实之间存在着鸿沟表现出迷惑不解。本章通过对来自欧洲文坛的两股新风——现实主义和自然主义,以及揭丑派文学运动与现实主义的深化进行论述,解析了现代主义的出现与斯坦因的作品,探讨了美国现代派诗歌的起点——意象派诗歌和美国当时的勇于突破的现代主义小说家们。

## 第一节　来自欧洲文坛的两股新风:
## 现实主义和自然主义

1865—1895年,西方国家发生巨变,不仅美国面临着激烈的社会变革,而且欧洲各国也经历了革命的冲击和边界的变动。法国、意大利和刚获得统一的德国,由于工业的发展和科技的进步,发生了像美国一样迅速的变化。革命的年代过去了,人们正在适应新的生活方式,为生存而奋斗;到处涌现民族主义精神,各国都致力于开拓海外的新帝国和建立国内新的社会模式。

### 一、现实主义的诞生与演进

整个西方文坛,像美国文坛一样,更多地关注急剧变化中的现实生活。作家们对"自己的后院"感兴趣,注视着平民日常生活的变化,同时试验更多的文学艺术技巧和方法。现实主义取代了理想主义的想象。长篇小说代替了戏剧和诗歌,成

---

① 朱刚.新编美国文学史:第二卷 1860—1914[M].上海:上海外语教育出版社,2002.

了最受读者欢迎的艺术形式。在英国,狄更斯、萨克雷、乔治·艾略特、特罗洛普和哈代转向平民百姓,研究和表现他们生活中的不幸遭遇,引起了无数读者的共鸣。他们成了马克思所赞赏的"英国小说家光辉的一派"。在法国,一批新兴的小说家称霸文坛。巴尔扎克在长篇巨著《人间喜剧》中为各国小说家提供了新的范例。他塑造的人物的典型性格和真实的现实主义细节描写受到马克思和恩格斯的高度评价。左拉在《萌芽》中的自然主义描写引起了各国作家的兴趣。在俄国,托尔斯泰巧妙地描绘了贵族家庭的崩溃,揭示了沙俄时代的专制愚昧,创作了《复活》《安娜·卡列尼娜》和《战争与和平》等多部不朽的名著。屠格涅夫则深深地关注农村生活,反映了普通人的命运。陀思妥耶夫斯基则更多地剖析了没落社会里人们的精神创伤。他的名著《罪与罚》和《卡拉马佐夫兄弟》等所体现的心理现实主义手法,令人耳目一新。这些从欧洲文坛吹来的新风,给处在全国大发展的美国文坛带来了新的视角和新的艺术方法。

早在美国南北战争以后,马克·吐温、豪威尔斯和德·福雷斯特就意识到欧洲文坛的变化。爱默生的超验主义强调对普通事物所产生的点滴经验的重视。英国哲学家休谟注重通过观察事物来了解事物。这种崭新的科学观点当时在美国各大院校里形成了浓厚的学术氛围,后来传入许多报刊,对青年一代的生活态度产生了巨大影响。他们接受了这种观点:做任何事,尤其是写作,一定要仔细观察、如实反映,才能达到真实的效果,特别是提高小说的审美价值。马克·吐温认为真实高于一切。豪威尔斯则指出,唯有自己经历过的生活才值得写。艺术的唯一秘密在于用自己的肉眼观察生活。豪威尔斯一代徘徊在霍桑和爱伦·坡之间,但豪威尔斯本人更喜欢那些描写与人类社会环境变化有关的作家,力图摆脱英国浪漫主义诗人华兹华斯和柯勒律治、历史小说家司各特和哥特式小说家爱伦·坡的影响,迅速放弃对德国诗人海涅的模仿和对英国 18 世纪感伤主义小说的留恋。在他担任《大西洋》杂志助理编辑职位以后,他坦言赞同洛威尔诗人的主张,写他自己所看到的和所了解的,并暗示小说创作要以个人经验为基础。他认为现实主义是随着社会的发展而出现的,并非任何事物所造成的。

显然,豪威尔斯的见解不无可取之处,但在美国还没有真正形成现实主义理论系统,倒是在法国出现了哲学家孔德(Auguste Comte,1798—1857)和批评家泰纳(Hippolyte Taine,1828—1893)。奥古斯特·孔德是实证主义哲学理论的创始人。他主张对各种社会问题要采取科学的态度,并用它来解开物质世界的秘密,因此,科学的态度是解决各种社会道德问题的唯一途径。孔德的目的在于使人类的社会思想从神学的枷锁中解脱出来。他认为人类社会已经进入新的阶段,应该抛弃将

27

一切归于超自然力量影响的玄学观点,用观察、分析和分类的科学方法取代它。

泰纳将实证主义理论引进文艺理论,提出了文学源泉和文学的表现作用等原理。它成了美国现实主义的理论基础。1870 年以前,美国几乎没有人知道泰纳。虽然,《北美评论》1861 年在介绍法国文学批评的最新发展情况时曾提到泰纳的名字,但表示对他的观点不能完全同意。1870 年,爱德华·埃格斯顿在纽约的《独立》周刊上著文评介泰纳的《艺术哲学在荷兰》,后来他又写了几篇文章介绍泰纳的观点:一个人要成为一个伟大的作家,必须表现他所处的时代,反映他们民族人民的态度。荷兰艺术的伟大之处在于它愿意使用普通的材料和熟识的题材。埃格斯顿受到鼓舞,自己动手写短篇小说,也请弟弟乔治一起努力创作。后来,乔治宣称,一个艺术家要创作出最佳作品,必须选择他所了解的生活题材。1871 年,埃格斯顿发表的长篇小说《胡西尔校长》,成了现实主义文学在美国早期发展的里程碑。它真实地描写了印第安纳州不妥协的农民和他们的贫困生活,运用了丰富的地区方言。1874 年,他又出版了《巡回骑手》,在前言里简明地介绍了现实主义文学的目的。它清楚地反映了泰纳的影响。埃格斯顿要求读者记住:一个小说家的庄严职责是讲真话。

豪威尔斯称赞《胡西尔校长》对现实主义文学在美国的发展并形成自己的民族特色做出了贡献,但豪威尔斯和他的追随者仍欣赏历史浪漫传奇和幻想故事。到了 1872 年,豪威尔斯自己读到泰纳的《英国文学史》,才对泰纳的理论有了更深刻的了解。

泰纳将孔德的社会实证主义哲学应用于文学理论。他提出著名的"种族、环境和时代"的文学发展三要素。他认为文学从本质上来说应该是观察和分析人与社会的主要方法。小说是社会的科学实验室。在这个实验室里,社会制度的各种复杂因素混淆在一起,各个种族可以观察它的实验和结果,能够较好地做出影响生活的种种决定。

豪威尔斯对现实主义在美国作家身上的表现做了进一步的探讨,并强调小说的定义和真实性。他发觉有不同的文学"真实",小说家霍桑所走的路和亨利·詹姆斯所选择的路,从浪漫传奇到小说之间存在一道鸿沟。这道鸿沟必须加以缩小。作家可以写上层社会,也可以写下层社会,但首先必须为普通人讲真话,通过小说来讲真话,写出平民世界的生活经历。要这么做,大体上可以写传记,用小说的技巧和视角揭示自己的经验。豪威尔斯觉得,长篇小说也许成了唯一真实的传记。作者可以戴上叙述者的假面具显示他在现实生活中的真面貌,将他看到的、听到的和感觉到的,如实地反映出来,表现美国现代氛围中个人的经历和社会的变迁。

总之,作为一种文学模式或创作方法,现实主义在美国的出现比在英国或法国迟一些。早期来到美国的移民并不是原住民,他们带来的是英国伊丽莎白时代的文学,其中具有强烈的现实主义因素。由于种种原因和美国社会的实际情况,现实主义文学落后了一步。霍桑的长篇小说《红字》问世同一年,巴尔扎克去世了。随着威廉·迪恩·豪威尔斯作品的出现,现实主义正式在美国登上文坛。到了 19 世纪 90 年代,英法两国的现实主义运动告一段落,美国才涌现了一些优秀的现实主义作家。

## 二、自然主义的诞生与演进

随着科学的发展和现实主义作家的涌现,法国出现了以左拉(Emile Zola,1840—1902)为代表的自然主义作家。左拉在《实验小说论》(1880)一文中指出:以 19 世纪为标志的自然主义进化论,一点一滴地促使人类知识的一切表现走上跟科学一样的道路。他认为实验小说家就是接受被证明过事实的人。不管是人或社会,现实的机制都被科学所控制,并不注入个人的感情。他的创作实践了他的观点,比如《卢贡-马卡一家人的自然史和社会史》和《萌芽》等。前者是左拉花了 26 年完成的巨著,包括 20 部长篇小说,出场人物 1 000 多人,内容涉及法兰西第二帝国和第三共和国时期的各个社会阶层和各个领域。作者想用事实和感觉描写他所处时代的社会风貌。

左拉在文艺理论家泰纳、生理学家贝尔纳以及小说家龚古尔兄弟的影响下,参考了孔德的实证主义哲学,把社会当作生物学的有机体,认为人的生物本能支配着他的社会行为。小说家应充当事实的收集者,成为"人与人的情欲的审问官"。他的小说开拓了新的题材,特别是描绘了社会的底层,对社会结构进行了更加深刻的分析,开拓了更广阔的人物的内心世界,从而扩大了读者对人物同情的基础。在语言风格上,左拉将重心从严格的文学传统移到普通人日常的口语上。

自然主义对于个人、家庭和民众的看法,在文化上和历史上具有一种逻辑的一致性。官僚和金钱已取代了自然和感情的作用。一方面,社会文明越来越进步,另一方面,社会却越来越腐败。左拉深信,透过社会的表层,可以看到下面一堆溃烂的脓疮。它的中心就是查尔斯-路易斯(Charles Louis)拿破仑·波拿巴(Napoléon Bonaparte)和第二帝国。帝国的腐败从巴黎向外扩散,伤及社会的每根肋骨,从封建贵族到银行里的资产阶级,从交易所到农民和矿工。左拉希望巴黎获得新生,从祖国的大地、从善良的平民中间获得力量。

不管现实主义作家也好,自然主义作家也好,他们都不是从相同的概念出发的,而是十分注重人物的塑造和细节的描写。作为一种文学运动,现实主义和自然主义着重表现一个崭新的工业化和商业化的过程如何打乱了欧洲大地的旧的生活节奏,使社会处于变动之中,旧文化受到冲击。两者都是西方资本主义工业化的产物,既有联系,又有区别,在大西洋两岸的文学界产生了深远的影响。

### 三、现实主义与自然主义的关联与区别

来自欧洲文坛的现实主义和自然主义的两股新风吹遍了美国大地,找到了美国文艺界的同路人。左拉和诺里斯、巴尔扎克和德莱塞之间都有不容否认的联系。他们的小说都以越来越工业化的现实世界为背景,揭示了这种新的变化带给城市和农村各阶层人物的精神冲击和物质世界的前所未有的变迁。当然,美国的现实主义和自然主义文学有它自己的特色,不是欧洲的现实主义和自然主义的简单移植。事实上,南北战争以后,美国发生了类似法国在 1848 年至 1870 年的历史性变化,迅速从农业经济变成工业化的国家。正如前面所介绍的,在这个时期,美国工业飞快发展,商业财团纷纷涌现,城市日益扩大,移民大量涌入,工厂的工作条件不好,贫民窟逐渐形成。少数人以多数人的痛苦和牺牲为代价,积累了巨大的财富。财富支配着社会的一切。这种贫富悬殊的景观深深地触动了美国新一代的作家。他们终于写出了反映自己社会新变化的小说,吸引着美国日益扩大的读者群。

如果说 19 世纪 90 年代以前,美国文学主要受英国文学的影响,那么 90 年代以后至 20 世纪初,法国文学的影响就更大了。作为一种创作方法,自然主义从 1870 年至 1890 年支配着欧洲,尤其是法国,但它在美国的影响却从 1890 年一直延续到第二次世界大战以后,时间的跨度很不一样。同时,在一些美国作家的小说里,现实主义和自然主义常常交融在一起,从艺术形式到思想内容与欧洲的自然主义小说也有所区别。20 世纪初,现代主义对自然主义的基本概念提出挑战,成了欧美文艺界的新潮流。但现实主义并未完全退出历史舞台,它常常被一些著名的美国作家与现代主义一起融入他们的作品里。


# 第二节　揭丑派文学运动与现实主义的深化


### 一、揭丑运动的兴起促进了现实主义的深化

工业化发展带来的社会问题引起了美国作家的关注,全国各地的报刊给予特

别的重视。从 1902—1912 年,历时约 10 年的揭丑派运动①,使一些报纸杂志的出版商和编辑,与一些国内知名的小说家、诗人、律师、历史学家、经济学家、大学教授一起,大胆地揭露美国社会的阴暗面,反映社会底层人们的生活困境,形成了要求社会改革的强大舆论。他们的作品被称为"暴露文学",促进了现实主义在美国的深化。

揭丑派运动触动了当时的美国政府,而且影响了许多作家。在职的总统老罗斯福对舆论界揭发的问题颇为反感。他在 1906 年 4 月 14 日的一次讲话中批评他们像"耙粪的人"(muck-raker),只顾低头耙粪,看到黑乎乎一片。"揭丑派"一词引自英国 17 世纪小说家约翰·班扬(John Bunyan)的著名长篇小说《天路历程》(1678),并非老罗斯福自己的发明创造。他引用这个故事来指责那些揭发社会弊病的记者和作家以偏概全,看不到美国社会光明的一面。但是,他后来读了厄普顿·辛克莱的小说《屠场》后大为震惊,不得不承认作者所揭露的芝加哥屠场的丑闻是令人无法容忍的,而且在白宫召见了辛克莱,给予热情的肯定。美国国会也通过了有关食品卫生的管理条例。"暴露文学"在美国社会各界引起了巨大的轰动效应。

## 二、揭丑运动推动产业发展

### (一)促进新闻事业的发展

20 世纪初,美国新闻事业有了较大的发展,报纸杂志如雨后春笋般涌现。"报刊文学"应运而生。1860 年后,电报的广泛应用大大地促进了新闻传播,新的排版技术的出现又加快了报刊的印刷。《先驱报》《论坛报》《纽约时报》相继成立新闻联合组织,后来又有《哈泼斯周报》《独立报》《民族报》《芝加哥每日新闻》《世界报》和《圣路易斯快送邮报》等。这些报纸不但登载各地新闻,讲究采访的技巧和报道的艺术,而且关注国外消息。大约从 1880 年至 20 世纪初,它们特别追求骇人听闻的消息报道,采用各种手法以吸引读者。匈牙利移民、著名记者约翰夫·普利策先后买下了《圣路易斯快送邮报》和纽约的《世界报》,在几年内获得巨大的成功。他的办报方针颇有特色,既报道耸人听闻的消息,又反映读者的意见,以推动政治改革和社会改革。他提倡征收个人所得税,提高行政机构的办事效率,惩办腐败的政府官员,人人机会均等,享受同样的就业权利等等。因此,他办的报纸成了民众的喉舌,在国内外影响很大。后来,威廉·赫尔斯特遵循并发展了普利策的办

---

① 杨仁敬.20 世纪美国文学史[M].青岛:青岛出版社,1999.

报方针,追求"人人喜爱的动人消息,注意每件事的神秘细节",并尽量降低报纸的零售价,所以,他所办的《周刊》销售到美国东西海岸的每个角落。

随着报纸发行量的增加,读者要求报纸有更丰富的内容。办报人逐渐注意报道体育消息和增加妇女儿童特别感兴趣的栏目,并配上插图。到了20世纪初,骇人听闻的消息有所节制,报纸上增辟了幽默小品、健康咨询、宗教问答和社会福利等专栏。新闻风格趋向简洁明快,富有表现力。具有大学文化程度的记者取代了早期老派的报人。新闻界出现了不同风格的好多流派。记者成了一种专门的社会职业。新闻与文学关系日益密切。许多记者成了出色的小说家和诗人。

### (二) 推动文学杂志的兴起,为现实主义创造了条件

文学杂志的兴起是美国出版事业繁荣的重要标志。早在19世纪中叶,文学杂志就出现了。但由于缺乏经验,许多人失败了,少数人获得了成功。当时文化不高的读者占多数,读杂志的人比读书的人多得多。对学文化有兴趣的人,每家都有一份文学杂志,而且家里人人必读。因为文学杂志常刊载最有名的作家的作品,插图生动,印刷精美,售价也比单行本便宜。作品的体裁多样,既有短篇小说,又有诗歌、散文和历史人物评介。长篇小说则先分期连载,再出单行本。

当时的文学杂志大致可分为两类:一类是具有较高的文学艺术水准的,比如《大西洋月刊》《哈泼斯月刊》《斯克莱纳月刊》以及后来的《世纪插图月刊》和《斯克莱纳杂志》等;另一类是面向普通读者的,比如《妇女家庭杂志》《麦克卢尔杂志》和《美国杂志》等。还有些综合性的周刊和季刊,比如《北美周刊》《布朗逊季刊评论》《基督教检查者》《南方文学信息》等等。这些文学刊物为作家提供了发表作品的园地,但它们往往掌握在出版商或财团手中。他们通过大登广告,牟取暴利。

在众多文学杂志中最畅销的是《大西洋月刊》《哈泼斯月刊》和《斯克莱纳月刊》。《大西洋月刊》是由诗人奥立弗·霍尔姆斯命名,弗兰西斯·安德沃德创办的。它曾发表了著名诗人爱默生、朗费罗、洛威尔,小说家霍桑等人的作品,在文艺界颇有影响力。它既有美国的民族特色,又有新英格兰的地方色彩。《哈泼斯月刊》是第一家有插图的大型杂志,由哈泼兄弟于1850年在纽约创办。起先,它主要转载英国报刊的文章,发行量很大,引起其他杂志的公愤。有人去信责问该刊:你们为了赚钱,完全无视美国同胞的文学才能,将美国当成移植英国文学的一个特殊省,这样做公正吗?在舆论的压力下,《哈泼斯月刊》终于改变了态度,陆续发表了许多美国作家的作品。后来,它发现和扶持了青年作家理查·戴维斯、玛丽·威尔金斯和斯蒂芬·克莱恩等。每期刊登木刻肖像作品,印刷精美,重新获得读者的欢迎。它和《世纪杂志》《斯克莱纳月刊》成了三家最出名的有插图的美国杂志,使欧

洲人刮目相看。

《斯克莱纳月刊》创刊于 1870 年,斯克莱纳去世后,内部意见出现分歧,1881 年出版了《世纪插图月刊》,形成两个期刊并存的局面。《斯克莱纳月刊》起先常常连载英国作家的作品,后来改登美国作家的小说和诗歌评论。《世纪插图月刊》则常常发表有插图的评价历史人物的文章。1887 年 1 月,斯克莱纳公司又出版了《斯克莱纳杂志》,哲学家威廉·詹姆斯、诗人罗伯特·史蒂文森、女小说家莎拉·朱厄特成了该刊早期的主要撰稿人。跟其他著名的文学杂志一样,它还出了伦敦版,扩大它在欧洲的影响。

此外,费城的《妇女家庭杂志》发展也很快。它自封为文学刊物,强调它所发表的文学作品的重要性,并且大力介绍家庭的装潢艺术。它往往影响读者的文学情趣,成了一种畅销的杂志。

1900 年前后,纽约市又涌现了一些杂志,如《四海为家》《麦克卢尔杂志》《人人》《美国人》和《汉普顿》等。这些杂志与其说是文人的写作天地,不如说是商业企业。这些杂志零售价很低,每本 10 美分或 1 年 1 美元,因此,发行量很大,每期达六七十万册,为文学作品的传播和普及铺平了道路。

值得指出的是深受读者喜爱的《麦克卢尔杂志》。它以创办人兼主编 S. S. 麦克卢尔的名字命名。为杂志撰稿的有许多闻名欧美的作家如史蒂文森、吉卜宁、哈代、柯南·道尔、豪威尔斯和乔治·卡伯等。但它的成功不在于发表名家的杰作,而在于刊登轰动社会的文章,大胆而及时地揭露社会弊病,人们称之为"暴露文学"。如曾出版《林肯传》的女记者艾达·塔贝尔(Ida Tarbell)著文揭发了壳牌石油公司大发横财的家史;林肯·斯特芬斯(Lincoln Steffens)揭露了种种政治腐败的事例。这些文章内容真实,文笔简练,令人信服。从 1902 年至 1906 年,《麦克卢尔杂志》发行量激增,大受读者欢迎。它的"暴露文学"反映了民众的心意,顺应了时代的潮流。其他通俗杂志纷纷步其后尘,一时形成了要求社会改革的强大舆论,开创了文学创作的新风,为美国新闻事业的发展和现实主义文学的兴盛创造了条件。尽管"揭丑派"作家的文章遭到一些人的非难,他们的观点各式各样,但他们的作品采用了通俗生动的叙事手法,影响了许多散文家,甚至最保守的作家。一些文学杂志也不得不跟着他们走。他们敢于面向生活,大胆揭露社会的丑恶,让事实与读者直接见面,让读者认识日益恶化的社会环境,要求改变不公正的社会现象。因此,"揭丑派"获得了美国公众的认同和支持,在广大读者中产生了共鸣,促进美国文学走向民主化。

揭丑派运动从 1902 年开始。波士顿弗劳尔主编的杂志《竞技场》,首先披露了私人企业不择手段地牟取暴利和市、州和联邦政府的腐败现象,提倡在文学艺术上走现实主义道路。著名小说家汉姆林·加兰是这家杂志的撰稿人之一。紧接着,揭丑派运动在四年内遍及全国。许多有影响力的杂志纷纷加入这个运动。《人人》《麦克卢尔杂志》《独立报》《柯里尔》和《四海为家》等刊物成了主要角色。纽约的《世纪报》和堪萨斯市的《星》报为运动提供了物质的援助。艾达·塔贝尔(Ida Tarbell)、林肯·斯蒂芬斯(Lincoln Steffens)、查尔斯·卢塞尔(Charles Russell)、欧文·威斯特(Owen Wister)、马克·萨利文(Mark Sullivan)、路易斯·布兰德斯(Louis Brandeis)、雷·贝克(Ray Baker)和塞缪尔·亚当斯(Samuel Adams)等作家成了揭丑派运动的干将和最著名的撰稿人。已成名的小说家弗兰克·诺里斯、厄普顿·辛克莱和杰克·伦敦也置身其中,写了不少杂文和小说,尤其是辛克莱的长篇小说《屠场》将揭丑派运动的精神写进小说,在欧美各国反响巨大。1908年,厄普顿·辛克莱在《独立报》上回答了揭丑派是些什么人、他们的宗旨是什么这些问题。他认为:从个人来说,揭丑派都是一些心地善良、生活简朴的人,没有高贵之处。他们中有玄学家、伦理学家、诗人、小说家和宗教界人士。他们成为揭丑者,不是因为他们喜欢社会腐败,而是他们对社会腐败深恶痛绝。揭丑派一开始的活动并无什么理论纲领。他们只是洞察政界和商界的内幕,抓住那些丑闻不放,然后加以综合和分析,将事实呈现在世人面前。辛克莱指出:揭丑派是"革命的先驱者",像一切革命者一样,他们可能成功,也可能失败。如果失败了,他们被统治者战胜,但仍将保持叛逆性格,做"社会流言的传播者",他们会让人们相信:他们为国家和民族做了好事。

### 三、揭丑运动推动了现实主义的进一步发展

揭丑派运动并不是一些编辑、记者和作家主观搞出来的,而是时代的产物。20世纪头10年,垄断资本主义经济迅速发展,社会财富越来越集中在少数人手中,资本家巧取豪夺,工人劳动条件差,女工、童工的报酬微薄,而政府官员对此熟视无睹,甚至官商勾结,窃取国家财富和资源,加上司法界的腐败,社会治安恶化,引起民众的强烈不满。揭丑派的作品表达了民众的呼声和改革的愿望,因此,他们获得了人民的广泛支持。他们所揭露的种种社会黑幕,既教育了各阶层的读者,又教育了知识界自己。

揭丑派运动从新闻界开始,涉及文学界并扩展至学术界和政治界。在文学上,它从纪实文学发展到暴露文学,使现实主义在美国得到进一步发展。除了上面提到的一些作家外,还涌现了许多知名的记者和作家,如小说家大卫·菲利普斯

（David Phillips）、托马斯·W. 劳森（T. W. Lawson）、乔治·泰纳（George Tainer）、玛丽·霍普金斯（Mary Hopkins）、罗伯特·亨特（Robert Hunt）、威廉·哈德（William Hard）和欧文·费舍尔（Irving Fisher）。特别是大卫·菲利普斯，他不仅写了许多揭露社会问题的文章，而且创作了 23 部长篇小说和一个剧本，如《上帝的成功》（1901）、《流氓头子》（1903）、《代价》（1904）、《洪水》（1905）、《第二代人》（1907）和《冲突》（1911）等，内容涉及政治迫害、经济诈骗和轻视妇女等社会问题。他的最佳小说《苏珊·伦诺克斯的浮沉》（1917）描写一个乡下姑娘通过出卖色相摆脱了贫困，揭露了纽约政治的腐败，反映了贫民窟的苦难生活。作品发表后轰动了全国，成了揭丑派文学的杰作之一。可惜，中年的菲利普斯不幸被一个疯子杀害了。

揭丑派运动于 1911 年达到了高潮。他们通过各种畅销报刊揭露政界和商界腐败的大量事实，成了全国人人关注的热门话题，触动了各级政府的神经中枢，使政府不得不做一些让步和调整。但由于他们缺乏明确的政治纲领和理论指导，又没有扎实的群众基础，所以，随着第一次世界大战的爆发，随着老罗斯福时代的结束，揭丑派运动就宣告结束了。实际上，他们仅想在当时现存的制度下搞些改良措施，以缓和贫富之间、劳资之间、民众与政府之间的矛盾。后来，一些揭丑派重要人物对美国迟迟不参加第一次世界大战表示失望和厌倦，纷纷改行转向。有的去办实业公司做生意，有的去写编年史或回忆录，有的则沦为职业政客。风靡一时的揭丑派运动终于成为历史的插曲。

不过，揭丑派运动开创了美国新闻史上新的一章。它继承和发扬了美国的民主主义传统，充分发挥了报刊舆论的威力，无情地揭发和抨击时弊，呼吁社会改革，使新闻报刊反映民众的声音，使作家们主动关注社会问题。因此，它有力地推动了美国现实主义文学的发展，为美国文学史上伟大的"第二次文艺复兴"的到来鸣锣开道。

# 第三节　现代主义的出现与斯坦因的作品

## 一、现代主义的诞生：象征主义运动

1880 年，法国文学上的象征主义运动揭开了西方现代主义的序幕，主要代表人物有马拉美、波德莱尔和福楼拜。马拉美的诗影响深远。波德莱尔的《恶之花》

(1857)和福楼拜的小说给欧美作家展现了不同于浪漫主义和自然主义的创作方法,即现代主义。它成了席卷20世纪西方文坛的主要的文学新潮流。[①] 文学的中心由英国转往法国。巴黎成了西方现代主义文学创作和理论发展的中心。正如前面所说的,19世纪中叶,科学技术有了新发展,机械的思想方法又时髦起来。达尔文的进化论将浪漫主义诗人所歌颂的英雄偶像变成宇宙中孤立无援的一种动物,显得非常渺小。人性成了遗传和环境的产物。法国小说家左拉在他的作品中实践了这种理论,被称为自然主义作家。自然主义重视古典主义的客观性和严肃性,以科学地观察现实为主要特色。它在法国的表现最明显。19世纪50年代,法国出现了巴那斯诗派。他们强调韵律和技巧,注重描写的准确性,但他们只是尽可能客观而准确地描绘历史事件和自然现象。福楼拜的小说和挪威戏剧家易卜生的戏剧成了自然主义文学发展的高峰。他们的艺术像17世纪的作家们一样,坚持语言的简洁和形式的精练,以及描述的客观性和非个性化。福楼拜是从浪漫主义创作开始的,后来逐渐演变成新的模式,形成新的观点。福楼拜的《包法利夫人》不仅在结构上和写作上跟雨果的小说不同,而且包含着对浪漫主义个性的客观批评。如今,自然主义的客观性的看法和与它相适应的机械的艺术技巧开始使诗人的想象力匮乏,不适于表达其感情。读者对其作品感到厌烦,诗人终于另辟蹊径。因此,法国出现了象征主义运动。

值得指出的是,法国象征主义运动的早期发生过一次重大的历史性事件:波德莱尔对美国诗人爱伦·坡的发现。作为一位后期的浪漫主义者,波德莱尔1847年首次读了爱伦·坡的诗,他感到"经历了一阵奇特的心理骚动"。因此,他开始搜集美国杂志资料里爱伦·坡的作品,1852年翻译出版了爱伦·坡的故事集。从此以后,这位美国作家对法国文学产生了重大的影响。爱伦·坡的评论文章纠正了浪漫主义作品的松散,弃掉了浪漫主义的浮夸,同时,它不着眼于自然主义的效果,而追求超浪漫主义的反响。爱伦·坡坚持和培植了浪漫主义的某些方面,并使它转变为不同的东西,比如他认为"模糊是诗歌真正达到音乐性的一个成分",即真实表达感情的音乐性。这种暗示性的模糊具有精神上的效果。近似音乐的模糊性便成了象征主义诗人追求的一个主要目标。

象征主义运动打破了法国浪漫主义诗人留下的韵律的规则,并且最后完全抛弃了古典文学传统的平白和逻辑性。诗人魏尔伦长期寄居英国,精通英语。马拉美是个大学英语教授。波德莱尔首先翻译了爱伦·坡的散文。还有两位象征主义

---

① 杨仁敬.20世纪美国文学史[M].青岛:青岛出版社,1999.

诗人是久居巴黎的美国人莫里尔和维列·格里芬。他们用法语写作。爱伦·坡能得到法国作家的接受,主要是他与其他英语国家的浪漫主义诗人不同,他对美学理论情有独钟。法国人总是比英国人更爱探讨文学问题。自己在做什么、为什么要这么做等问题一直困惑着他们,文学批评成了其他文学体裁的导航者,不断为各种作品解读。所以,他们对无人注意的爱伦·坡的文艺理论首先进行了研究和诠释。尽管法国象征主义运动与英国文学有直接关系,但它具有法国本土的特色,并形成一种审慎的自我意识的美学,与英国文学完全不同。

马拉美是当时法国最伟大的诗人,但并不太受欢迎。他靠教英文维持生计,写得不多,出版得更少。读书界对他有偏见。但他常在家里接见亲朋好友,畅谈文学,气氛平和、友好,有点宗教色彩。许多作家包括拉法格、格里芬、基德、西蒙、莫尔和叶芝常到他家去,把他尊奉为文学大师。马拉美相信,他在跟着爱伦·坡的方向走,为诗歌的创新而奔忙。

随着时间的流逝,象征主义运动逐渐扩展到整个西方世界,并非开始的主要局限于法国,它的应用原则被扩大到小说等范围,大大超出了它的奠基者的预料。古尔蒙(Remy de Gourmont)不久成了最著名的批评家和小说家。他的评论集《收场白》《文学漫步》《哲学漫步》,长篇小说《迪奥梅德的马》《处女的心》等在欧洲各国备受青睐。巴黎成了欧美新文艺思潮的中心。爱尔兰诗人叶芝、英国小说家乔伊斯、英国诗人艾略特和美国作家斯坦因纷纷寄居巴黎。这些作家的作品大大继承和发展了象征主义文学的创作原则和方法。斯坦因甚至走得更远,将马拉美的美学原则发挥到荒诞的地步,对美国20世纪文学产生了划时代的影响。

## 二、现代主义的发展:心理学

现代心理学的发展为现代主义文学的形成创造了条件。西方哲学在19世纪后半叶对自然主义的基本概念提出了挑战。文学逐渐摆脱进化论的影响,走向神话或象征的新理论,用周期的时空观代替线性的时空观,以主观的现实取代科学的经验,将目光从对现实的细致观察转向人物内心世界"自我"的表露,注重外界事物对人物精神上的刺激和由此引起的反应。内心变化的揭示成了人性的核心的展现。1890年,美国心理学家威廉·詹姆斯(William James)发表了《心理学原理》,将超自然的概念变成现代科学的话语,使"精神"与"自我"协调起来。他认为性格是由无数道德上的选择凝合而成的。性格通过习惯的力量变成一个永恒的心理结构。到了19世纪末,性格在现实中和小说里是相互渗透的,既指文学上的人物性格,又指生活中的人物性格。

威廉·詹姆斯首先提出了"意识流"的术语。早在 1884 年,他在发表的论文《论内省心理学所忽略的几个问题》中就首次用了这个术语。后来,他在《心理学原理》一书中又加以发挥。他认为人的意识像一条小溪,时刻处于流动状态。他的意识流理论成了欧美小说家深入地透视工业化时代西方人的复杂心态,反映他们的现代意识的创作方法。它是西方现代主义小说的一大特色。英国小说家乔伊斯的《尤利西斯》、伍尔芙的《达洛维夫人》和美国小说家福克纳的《喧嚣与骚动》都成了意识小说的经典之作。奥地利心理学家西格蒙德·弗洛伊德(Sigmund Freud)为意识流小说提供了心理学的理论基础。他系统地研究了人的精神活动的规律,揭示了精神与意识的复杂关系。他认为心理过程具有意识的、潜意识的和无意识三个层次,三者是可以相互转换的。他将人的人格结构分成"本我"(id)"自我"(ego)和"超我"(superego)三个部分。如果三者失调,就会产生紧张、焦虑和恐惧心理。同时,弗洛伊德还对"梦"做了解释。他指出,梦是无意识冲动造成的。做梦的人往往以幻觉和梦境的形式来满足自己的心理需要。所以,梦幻中的意象图解了人的精神世界,具有一定的象征意义。作家的创作像白日梦,是幻想的升华,以满足某些被压抑的愿望。1900 年,弗洛伊德在他的《梦的解析》中所做的上述分析深刻地揭开了人的心理的奥秘,引起了西方学术界的震动。他提出的心理分析法(或称精神分析法)对 20 世纪西方现代主义文学创作和批评产生了难以估量的影响。

弗洛伊德在维也纳创立精神分析理论,受到当时欧洲保守学者的攻击。然而,他在大洋彼岸的美国却找到生存和发展的土壤。美国医生 A. A. 布里尔将弗洛伊德的著作译成英文在美国出版。1909 年 8 月,弗洛伊德应马萨诸塞州克拉克大学校长斯坦利·霍尔的邀请,到该校讲学,一周的时间,受到听众的热烈欢迎。新闻界做了友好的报道。威廉·詹姆斯也到会捧场。1911 年,布里尔正式创建了纽约精神分析学会。不久,英国医生厄内斯特·琼斯到巴尔的摩成立了美国精神分析学会。弗洛伊德的精神分析理论引起了美国许多作家和批评家的兴趣和重视,对美国文学,特别是小说创作带来了深刻的变化。

综上言之,不难看出,作为一种文学思潮,西方现代主义的出现有它的历史发展的必然性。它与叔本华的非理性主义哲学、尼采的权力意志和超人哲学、柏格森的生命哲学和海德格尔的存在主义哲学都有一定的联系。

**(一) 现代主义文学的分类**

美国现代主义文学表现在两个方面。

一方面是长期客居巴黎的女作家格特鲁德·斯坦因和围绕在她周围的新一代作家安德森、海明威和菲兹杰拉德等人吸取了欧洲象征主义、表现主义和存在主义等创作方法和艺术技巧,在自己的小说中大胆进行了实验(有的作品被称为"实验小说")。

另一方面是美国哲学家和心理学家威廉·詹姆斯的"意识流"理论、弗洛伊德的精神分析理论以及荣格的集体无意识体系拓展了美国作家的思路和表现手法,使他们重视人物内心深处的心理活动,尤其是对无意识的描写,运用梦幻、内心独白、多层结构、复合基调、象征、重组和怪诞等多种艺术手法来表现西方现代人在资本主义自由竞争条件下所具有的苦恼、困惑和悲观的"自我"。

这两方面的因素互为独立又互相融合给 20 世纪美国文学注入了新的活力。

## (二)现代主义文学的特点

### 1. 强调个人价值和自由

美国现代主义文学强调个人的价值和自由,热衷于表现至高无上的"自我",显示人生的飘忽不定和社会对个性的压抑。在这些作家心目中,传统的价值观念消失了,现代人陷入了难以解脱的精神危机中,终日被一种无形的敌对的势力包围着,成了现实生活中孤独的流浪者,游离于现实与梦幻之间,找不到精神上的归宿。尽管诱人的"美国梦"也许还有几分魅力,但在追寻"美国梦"的道路上充满了荆棘,能否实现,毫无把握。在一个"人人为自己"的自由竞争的社会里,人与人之间的关系十分冷漠无情,"美国梦"难以治愈看不见的精神创伤。因此,对"美国梦"的苦苦求索与对现实社会的失落感相互结合在一起,这成了 20 世纪初美国文学中现代主义的一大特色。它比欧洲现代主义文学中的孤独和悲观,也许多了一点盲目的乐观情绪。

### 2. 以传统为基础进行现代主义文学的创作

美国文学中的现代主义并不完全排斥它的文学传统。它在创作原则和表现手法上也许是跟文学传统相对立的。但不管哪个作家如何标新立异,它还是离不开传统。后期象征主义诗人艾略特在《传统与个人才能》(1917)中指出:任何时代的伟大作品都是在过去一切优秀传统的基础上的创新。欧美文学主要来自三大传统:从古希腊开始的人文主义精神、基督教文化,中世纪文艺复兴以来的人道主义以及康德、黑格尔等人的德国古典美学。西方现代主义文学的产生和发展都离不开这些传统。一些现代作家从熟悉传统走向反传统、反权威、反古典模式,形成现代主义思潮。这是第一次世界大战前资本主义经济发展的产物,也是自由竞争对传统的价值观念冲击的结果。如果说美国文学中的现代主义具有自己的特色的话,那就是美国传统文学中的民主主义精神、对民族特色的探索和对"美国梦"的追求。因此,美国文学中的现代主义往往与现实主义或自然主义交织在一起。它不像欧洲各国涌现了那么多不同的现代主义流派,也不像欧洲产生了那么典型的现代主义大作家如詹姆斯·乔伊斯、弗吉尼亚·伍尔芙、卡夫卡和萨特等。美国作家比较多的是运用现代主义创作技巧来描绘现当代美国现实社会里的人和事,追求内在的自我表现和艺术形式的革新。但他们笔下人物的异化、孤独和失落,与欧洲文学中的现代人是一样的。在这个意义上,美国现代主义文学与欧洲现代主义文学又是一致的。所以,人们通常将欧美的现代主义文学合称为西方现代主义文学或西方现代派文学。

## 三、现代主义文学运动代表人物:斯坦因

### (一)格特鲁德·斯坦因

格特鲁德·斯坦因(Gertrude Stein,1874—1946)是公认的欧美现代主义文学运动的干将之一。她对20世纪美国文学做出了非凡的贡献。如果说亨利·詹姆斯是19世纪末美国文学与欧洲文学沟通的桥梁,擅长描写美国人在欧洲的曲折经历,那么斯坦因就是将欧洲现代主义与美国文学实践相结合的开路先锋。

移居国外对美国人来说并不是一种新现象。19世纪前50年,成千上万的美国人移居意大利的罗马和佛罗伦萨。南北战争以后,巴黎成了美国人向往的圣地。亨利·詹姆斯在《专使》里做了细致的描述。霍桑曾称伦敦是"我们的老家"。他在作品里描绘过在英国生活的美国人。第一次世界大战前,诗人庞德曾在伦敦待过。艾略特则久居那里,后来正式加入英国国籍,成了最出名的移居英国的美国人。

20世纪初,巴黎成了现代主义运动的中心。欧美各国一些文化名人云集巴黎,探讨如何用新的方法建立文化与生活的联系。垄断资本主义的发展带来的严重社会问题,引起了艺术家们的反思。有的主张继续推行象征主义,有的倡导先锋派艺术,有的鼓吹歌颂大机器时代的未来主义。各种文艺流派纷纷登台亮相。风云变幻中的巴黎吸引着不少外国作家。巴黎文化气氛活跃,充满科学的和人文主义的新潮流。作家生活轻松,创作十分自由。巴黎既拥有过去文学的丰碑,又热衷于探讨未来艺术的发展。作为第一位杰出的美国犹太女作家,斯坦因敏锐地意识到适应新时代的新思潮即将到来。她大胆地置身其中,博采众长,独树一帜,成为影响20世纪美国文学发展的名家之一。

格特鲁德·斯坦因1874年2月出生于美国宾夕法尼亚州,祖父是从德国移居

美国的犹太人。她出世时,家里生意兴隆。父母文化水平不高,但不因循守旧。她是7个兄弟姐妹中最小的一个,与哥哥列奥关系密切。1875—1879年,小斯坦因随同家人先后移居奥地利和法国。她先是讲德语,接着学习了法语和英语。返回美国以后,全家迁往加利福尼亚州。斯坦因上中学时,父亲去世了。她从小不满父亲的专断作风,对母亲也没多少感情。1892年,她哥哥列奥从加州大学伯克利分校转学到哈佛大学。她随哥哥去波士顿,在哈佛大学附属的拉德克立夫女子学院攻读医学。经过两年的苦读,她对医学失去了兴趣。1902年,她前往巴黎,开始收集后印象主义绘画,由列奥负责卖画。斯坦因在众多画作中首先选择了法国印象主义画家塞尚的名画,后来又发现了西班牙立体主义画派的主要代表毕加索的画作。

**(二)斯坦因的创作与作品**

斯坦因定居巴黎后,开始了文学创作实验。1903年,她写成了《情况如此》一书,奠定了她的作家声誉。1908年,她又写就了长达1 000多页的《美国人的成长》,该书直到1925年才发表。她在这部作品里将她的家庭和朋友的历史变成不连贯的曲折的叙述,不时插入即兴的议论,大谈人性和人对时间、距离、生产的看法,形成了奇特的风格。斯坦因喜欢重复地使用相同的词句,并大量运用现在分词,以强调她所描述的事件的连续性。在离题的议论中,她爱突出自己的观点,犹如印象派的画作,画面布满不同的色彩,突出鲜明的主题。显然,她学会了威廉·詹姆斯的意识流手法,认识到记忆对概念的重要性、思想与感情的连贯性,因此,她感到话语中的重复或再现可以表达个人身份和经验的"深层本性"。虽然这种"再现"并不是准确的"重复",但微小的变动像心灵闪烁的火花。一系列"再现"的短语可以说明一个"再开始,再再开始"的过程,或者将延长的现在时变成现在进行时。这就是她的语言风格的特色。她的议论不乏精辟的见解,往往给读者留下思索的空间。

《三人传》由三个中篇组成,分别描写了两个移居法国的白人女佣和一个黑人梅兰克莎。黑人小说家赖特曾赞扬斯坦因是"第一个认真地以文学形式表现美国黑人生活的人"。可惜该书得不到出版商的认可,斯坦因只好于1909年自费出版此书。

1909年,艾丽丝·B.托克拉斯成了斯坦因的终身女伴,为她料理家务、打字和编辑。随后几年内,斯坦因常与哥哥列奥发生争吵,最终离开了家。斯坦因的住处——巴黎花园街22号成了美国移居国外的作家和艺术家的聚会圣地。在她的周围聚集了好几位青年作家如海明威、安德森等。他们对法国艺术界的先锋派运动很感兴趣,同时一起探讨 20 世纪美国文学的创作问题。

斯坦因在创作中的语言实验获得了成功。她那怪诞的风格和人格的力量使她成了其艺术沙龙里人们关注的中心。即使人们不承认她所说的对海明威和安德森的有力的影响,她帮助他们讲评他们的早期作品也是不容否定的事实。她强调准确的观察、简洁的叙述和精细的结构以及语言的基本因素对文学创作的重要意义,鼓励他们发展自己的独特风格。因此,她在欧美文坛被尊称为"作家的作家"。

在另一部作品《软纽扣》里,斯坦因尝试以口语的运用来达到抽象派绘画的艺术效果。"软纽扣"意味"蘑菇",因为斯坦因将蘑菇称为"软纽扣"。全书是按"实物""食品"和"房间"三大部分来安排的,没有统一的句法或可以释义的意思,仿佛是用词汇构成的拼贴画或油画。例如《软纽扣》中对黄瓜的选段:

一把剃刀不少,不是一把剃刀,滑稽透顶的布丁,红的而且……稍作停留,依靠一次渺茫进去选择,依靠白的拓宽。

"剃刀"与"黄瓜"毫无关系,作者将它们联系在一起,似比喻非比喻,显得有点荒谬。黄瓜可以做"布丁",但放进去的"红的"是什么?"白的拓宽"指的又是什么?令人摸不着头脑。但斯坦因给读者展示了视觉形象和绿、红、白三种颜色,让读者自己去寻找结论。当然,读者往往是找不到结论的。

有时,斯坦因在作品里试验省略标点符号和叙述时间的模糊性,比如:"一整段时间打发与不打发有什么用如果要有种使它进来的东西的话""一次增加为什么一次增加无意义"等。她用一些动物的动作的修饰词来形容静物。有时她将名词短语重复以加强艺术效果,比如《一顶红帽》写了:"一种深灰色、一种非常漂亮的灰色、一种相当深的灰色通常是可怕的。"斯坦因认为人生就是一个不可分的时间流动,心理时间使各种有意识的状态汇成一个有机的整体。在她看来,语言充满迷人的魅力,运用语言的优势来展现人物的心态,是现代作家的职责。她那独特的创作原则在《软纽扣》中表露无遗。这部作品兼备散文和寓言的特点,具有西方立体主义绘画的艺术效果,将日常生活中很普通的东西写得似是而非、朦胧模糊、亦真亦幻,这部作品倾注了作者个人情感,令读者随意联想。这种独特的语言实验富有表现力,令人耳目一新,为美国现代派作家树立了榜样。

斯坦因终身未婚,埋头写作,后来名声大振。1926 年,她应邀去英国牛津和剑桥两所著名大学讲学,系统地阐述了她的写作理论。1943 年,她返回美国各地讲学,获得了巨大的成功。这些讲座后来整理成书,相继问世,如《作为诠释的写作》

《叙事学》《美国地理历史：或人性与人类精神的关系》和《人人的自传》等。她深受读者欢迎的作品还有：歌剧《三幕剧中四圣人》、自传体作品《艾丽丝·B.托克拉斯自传》、纪实文学《我所经历过的战争》等。她还创作了许多短剧、芭蕾舞剧剧本、儿童文学和文学评论，主要作品近40部，风格独特，多姿多彩，使不少美国作家赞叹不已。斯坦因早年译过福楼拜的《三故事》，受过福楼拜语言风格的影响。她研读过威廉·詹姆斯的《心理学原理》，认为心理时间对个人经验具有重要意义，强调"现在进行时"，这与詹姆斯的理论颇为相似，但仍不同于意识流手法。她特别注重话语的创新，通过文学创作去探索语言的奥秘，挖掘语言内在的潜力，抛弃传统的旧话语，构建了一个声画并茂的文学世界。

《艾丽丝·B.托克拉斯自传》是斯坦因后期的代表作，也是最受读者青睐的作品。她借用终身女伴艾丽丝的真名写成了自传，内容包括作者旅居巴黎30年风风雨雨的生活经历，记录了她与好几位艺术家的交往，他们之间的友谊、谈吐和争议，尤其是对马蒂斯、毕加索等艺术家，诗人庞德、艾略特和小说家海明威做了细致的描写，既有深切的同情和热诚的赞赏，又有善意的批评和冷静的议论。该书文笔优美，语言简洁明快，富有幽默感，艺术风格独树一帜。斯坦因从语言学、文学和心理学的理论高度否定了西方文明的各种传统。她的作品理论色彩较浓，带有哲学家和心理学家的感受，因而主观性和自我封闭性也较明显。《艾丽丝·B.托克拉斯自传》常常随意变换时间顺序，不重故事情节，所展示的是一片片形象鲜明的画面，让读者自己装配成一幅现代派的都市风情画。这反映了作者的创作倾向和艺术主张。它成了走近斯坦因的入门之作。如果了解了斯坦因在巴黎的生活经历和写作特点，再读她的其他作品就不难了。

斯坦因于1946年7月27日因癌症在巴黎手术后去世了。有人批评她在文学创作上的巨大努力以失败告终，理由是绘画的媒介毕竟不同于文学的媒介，她进行实验的前提错了。文学的抽象化是不可能的。她的创作实验成了古怪的文字游戏，令人费解，可是她那朦胧的意象、颠倒的时间顺序、词语的重复、亦真亦幻的景物描写、拼贴式的系列画面以及音乐性的话语等，已成为现代主义和后现代主义艺术家模仿的宝贵遗产。难怪斯坦因被他们尊称为不可多得的先驱者、美国文坛上"超前"的女怪杰。

## 第四节　意象派诗歌——美国现代派诗歌的起点

### 一、诗歌的历史演进

19世纪末,在维多利亚女王统治(1837—1901)下,英国文学日益衰落,全国出现了罕见的文化危机。美国文学虽然有不同的特点,但类似的现象也不少。尤其是在维多利亚死后,爱德华七世继任期间(1901—1910),英美两国的诗人都意识到文学在不断变化,随着经济的迅速发展,读者已不满意旧诗的模式,要求诗歌必须有新意。因此,他们共同为诗歌的创新做了艰苦的探索。

最初,人们对19世纪末诗歌的反应是,它总是老一套,跳不出旧框框,令人感到乏味。有的话,三言两语就说得清楚,诗人却要拐弯抹角,运用罕见的比喻,堆砌多余的形容词,沿用格律诗的形式,像诗人史文朋那样,巧妙地用尽了各种格律诗的技巧,使他的诗作颇有音乐性,但读者不知所云,只好望而却步。

科学的发展冲击了诗人的叙事王国。几个世纪以来,诗人往往被读者当作最好的真理传播者和天才的预言家。但是科学发达了,对一些读者来说,科学是唯一客观存在的真理。当时,诗歌的艺术技巧越来越精美华丽,而不是更简洁、更直截了当。具有普通常识的读者开始感到这种诗除了空洞无物的修辞手段以外,没有什么意思。诗歌的遣词造句避免用日常的话语,显得矫揉造作,越来越像是可有可无的装饰品。当然,想打破格律诗框框的诗人也有,比如:19世纪英国评论家和诗人马修·阿诺德写过不押韵的自由诗;美国诗人惠特曼是自由诗的光辉典范;后期的克莱恩也写自由诗。但是,有计划、有目地写作自由诗是从20世纪开始的。

### 二、意象派诗歌的形成

意象派诗歌是20世纪美国诗歌的另一个传统,诚如诗人艾略特所说的,被当作美国现代派诗歌的起点。但它不是在美国出现的,而是在英国首都伦敦形成。它主要由英国著名的诗人、作家、批评家休姆(T. E. Hulme)、作家福特·麦道克斯·福特(Ford Madox Ford)和美国诗人庞德在1909年前后大力倡导,后由艾米·洛威尔将其引入美国诗坛。当时的伦敦成了美国新诗运动最活跃的中心之一。勇于探索的英美象征主义诗人在各种报刊上广泛发表他们的作品,还出版了四部重要的诗选:1914年由埃兹拉·庞德在欧洲编辑的《意象主义诗人们》和由艾米·

洛威尔 1915 年在美国编辑的其他三本续集《一些意象主义诗人》。意象主义成了一种文学俱乐部交流创作思想的媒介。从艾略特到夏皮罗,他们的诗歌里都留下了意象主义的烙印。一些青年诗人则从中得到教益。

### 三、意象派诗歌创作的多元化

意象派诗人并不一定非用自由诗不可,但他们对创作自由诗做了大量试验,用传统的格律诗也可以写出意象派的诗。不过,斯蒂芬·克莱恩的自由诗与意象派的诗毫无相似之处。顾名思义,意象派诗歌强调在诗歌创作中意象第一,注重具体的细节。按照意象派的理论,意象并非一般的叙述,而是诗歌结构基本的"积木",正如庞德 1914 年所说的:"意象派的观点是它不把意象作为装饰品。意象本身就是诗歌的语言。"

意象派诗歌尽管是一些英美诗人在伦敦提倡的,却不局限于英美诗坛,欧洲非英语国家自称为意象派诗人的也不乏其人。它的风格可追溯到几百年前。现代英美意象派诗人则吸取了中国古诗、古希腊诗剧和现代法国象征主义新诗的技巧,形成了博采众长、交叉发展的新风格。意象派诗人又各具特色,名作纷呈,犹如莎士比亚时代的十四行诗和无韵体诗,成了 16 世纪后期至 20 世纪初期英国诗歌的标准形式。众所周知,十四行诗和无韵体诗都是源于意大利和拉丁诗歌。怀亚特(Sir Thomas Wyatt)将意大利诗人彼特拉克的十四行诗译为英文,萨雷(Henry Surrey)将古罗马诗人维吉尔的《埃涅伊德》译成英文,受到英国文学界的欢迎。几乎每个伊丽莎白时代的重要诗人都试写十四行诗,在创作实践中形成了莎士比亚十四行诗和斯宾塞十四行诗这两种不同风格。意象派诗人也从其他语言中吸取好的诗艺,构成自己独特的诗歌形式。所不同的是,他们要进行大胆的试验。许多意象派诗人就是在这种试验中脱颖而出的。艾略特的《序曲》被认为是最出色的试验。经过许多有才华的诗人的共同努力,20 世纪初产生的数百首意象派诗给英美诗歌注入了新的活力,为 20 年代美国诗歌的繁荣铺平了道路。但是,意象派不仅在诗歌形式上有创新,而且形成了一套现代英语诗歌理论。前者通常得到公认,后者则往往被忽略。正如法国文学批评家雷涅·道宾在《法国象征主义对美国诗歌的影响(1910—1920)》中所指出的:"比较准确地说:不能将意象主义看成一种教条,也不是一种诗歌流派,而是几个诗人在某个时候——几周或几个月的联合,在几个重要的原则上达成一致的意见。"意象主义诗歌形式并非一成不变。它从反对传统的英语诗歌形式的僵化开始,提倡诗歌形式的多样化、个性化和不规则化。它广泛地吸取了东方的、古典的、中世纪的和现代的各种诗歌技巧,形成了一种英语诗的新形式——自由诗。T. E. 休姆首先对此做出理论阐释：具有固定的表现形式，自由押韵。

休姆曾在剑桥大学攻读哲学，师从著名的法国哲学家柏格森（Henri Bergson），1908 年因参与小旅馆吵架而被学校开除。他周围有一群青年作家，他们组成诗人俱乐部，定期聚会讨论诗歌与美学。第二年，俱乐部解散又重新成立，诗人庞德加入，后来称它是"被遗忘的诗歌学校"。休姆成了它的首任校长。休姆清楚地意识到当时传统的英国诗歌的弊病：诗人用词汇时，已经完全摒弃它们的本意，将它们变成抽象的概念，成了"生硬而枯燥的意象"（hard dry image）。他尖锐地批评了诗歌的高度抽象、虚无缥缈的修辞和维多利亚式的道德说教。他主张诗歌要回到它自身的特色即具体的意象。诗歌不像数学，它不是抽象的符号体系。它应该表现诗人的情感和人生的价值。诗歌语言不像复制的硬币，它的价值不在于它是金的或银的，而在于它表面上刻着的数字，因此，诗歌要回到它原来的本质，展现看得见的实实在在的东西。诗歌具有象征性，可以用一种具体的东西代表另一种东西，比如玫瑰可以代表爱情的性质。"爱情是一朵玫瑰""爱情是一把火"等比喻，令人一目了然。

休姆不但力图解释意象派诗歌，而且自己实践，他写了 6 首诗，其中《秋》最引人注目。这首短诗仅 7 行：

秋夜一抹寒意，

我走到门外，

见到微红的月亮挂在树篱上，

像个红着脸的农民，

我不开口说话，仅点点头，

四周是沉思的星星，

脸孔发白，像城市的小孩。

《秋》用自由诗写成，给人秋夜星星和月亮的印象，富有艺术感染力，但更重要的在于对比。这些意象实际上是完美的比喻。

不过，当时俱乐部的诗人并没写出什么像样的意象主义诗歌。后来，休姆找来了英国诗人 F. S. 弗林特（F. S. Flint）和到达伦敦不久的美国诗人庞德。俱乐部来了新人，1909 年春天继续活动。他们进行了热烈的讨论，主要议题是诗歌技巧、法国象征主义新诗、日本短歌和俳句。休姆和庞德的意见很受重视。同年冬天，俱乐部就解散了。1912 年 11 月，庞德编辑出版了《回击》诗集，书中附有《T. E. 休姆诗歌全集》,由5首诗组成。庞德小题大做,用了这个大书名,有点开玩笑。其实,休姆写诗,仅是为了佐证他的诗歌理论。但是,最有意思的是,庞德在诗集的"后记"中第一次使用了"意象主义"一词,并说明不久前由几个诗人短期组成的一个新诗人小组,虽已云散,但今后仍会继续发展下去。今后的新诗人是谁? 庞德忘了说明,事实上是当时还在费城上大学的美国诗人杜利特尔(Hilda Doolittle)和后来成为她丈夫的英国诗人理查德·奥丁顿以及庞德自己。休姆已经不是他们的成员了,但庞德一直尊奉他为意象主义运动的发起人,将他的诗当成新意象主义诗歌的范例。

1912年10月,庞德将诗人杜利特尔的一组诗寄给芝加哥哈丽特·门罗主编的《诗刊》,这首诗发表于该刊1913年1月号,其中有《果园》《道路之神》和《警句》,加上第二年初在英国《利己主义者》杂志刊登的《奥里德》,这些诗被认为是第二批意象主义诗歌。杜利特尔这组诗比休姆的诗质量更高,用词简洁而不规则,但明显地富有音乐节奏,因为杜利特尔精通古希腊抒情诗。庞德读了这位女诗人的诗,深为感动,宣称意象派诗已奠定了基础。他自己不久发表了《杜丽亚》和《归来》等,这些诗雕琢细腻,形式简洁,表达精练,不乏古希腊抒情诗的痕迹。随后两年内,庞德又发表了许多意象主义诗歌如《在地铁站里》,有点模仿日本的短歌,很受欢迎。接着,奥丁顿和弗林特陆续有些短小精悍的自由诗问世。1913年《诗刊》3月号刊登了弗林特的《意象主义》和庞德的《意象主义诗人的几个"不"》两篇论文。两位诗人第一次试图阐明意象主义诗歌的创作原则。《诗刊》主编门罗早在2月号的编者按中就预告了即将发表上述两篇文章,第一次在美国报刊上提到"意象主义"一词,颇引人注目。

### 四、意象派诗歌的诗歌创作原则

弗林特在文章里首先批驳了文艺界对意象派"不是革命流派"的指责,并提出了意象主义诗歌创作的三条原则。

(1)直接处理

在选定创作素材后,直接描绘主观或客观的事物,有针对性地对"事物"(题材)直接展开论述,在论述上有足够的论据进行论点的证明,称为意象派诗歌的直接处理原则。

(2)用词精干

用高度凝练的语言,形象表达创作者的丰富情感,集中反映所表达的事物,并具有一定节奏和韵律,用词上绝对不用对表达无益的词。

（3）采用音乐性词语押韵

在押韵上，采用有音乐性的词语，不用格律形式。至于什么叫意象，弗林特认为与读者无关，不宜引起无用的争论。

庞德在文章里则提出：一种意象是指表达瞬息的智慧或情感的一种情结。它自然而然地给人突然的解脱感，从时空的束缚中解放出来的自由感，我们在阅读最伟大的艺术作品时所经历的突然成长感。他还强调，一生中与其创作许多作品，不如展示一种意象。

## 五、意象主义诗歌与象征主义诗歌合二为一

弗林特提出的三原则和庞德给"意象主义"所下的定义驱散了当时英美文学界对意象主义诗歌的种种疑云，同时这还表明：意象主义是个开放的俱乐部，人人都可以加入。有趣的是，这两篇文章发表后在美国诗人中反响很大。《诗刊》不断收到来稿，许多作者表示要用意象主义的风格写诗。1914 年 1 月，庞德和奥丁顿在伦敦创办了新杂志《利己主义者》，成了意象主义诗歌的园地，扩大了影响。随后几个月，陆续在该刊发表诗歌的有弗林特、奥丁顿、庞德、杜利特尔、艾米·洛威尔、约翰·弗雷泽、威廉·卡洛斯·威廉斯和 D. H. 劳伦斯。1914 年春天，庞德主编的第一本意象派诗选问世了。这本诗选取了个法文的书名"Des Imagistes"，它包括了 11 位诗人的作品，4 位是发起人奥丁顿、杜利特尔、弗林特和庞德，还有上面提到的几位新诗人和不属于他们俱乐部的作家。令人注意的是美国女诗人艾米·洛威尔。她给庞德写信，倡议在美国每年出一本意象主义诗选。她还建议用民主投票的方法成立新的意象主义俱乐部，欢迎庞德参加。庞德接受了邀请。艾米·洛威尔终于顺利地将意象主义引入美国诗坛，促进它在美国迅速传播和开花结果，推动了美国新诗的发展。

意象主义运动的发展跨越了第一次世界大战。从 1915—1917 年又陆续出版了三本意象主义诗选。庞德在序里将原先弗林特提出的创作三原则扩展为六条。随后，艾米·洛威尔和杜利特尔在创作实践中又加以发展，形成了不同的艺术风格。但是，意象主义诗歌的发展逐渐暴露了上述创作原则的局限性。1917 年，意象主义不再成为一个文学运动，而变成每个诗人各取所需的一种艺术工具了。诗人坎明斯和麦克莱斯也写意象主义类型的诗，但没有成立什么俱乐部，也没有提出新的创作原则。史蒂文斯也接受意象主义的影响，在《没有吉他的再见》一诗中将人生的意义浓缩为一滴水。他们都肯定了意象主义诗人大胆试验的价值，并用自己的诗作给意象主义诗歌形式注入了新意，留下许多传世的名篇，如卡尔·桑德堡的《雾》、

麦克莱斯的《诗艺》和威廉·卡洛斯·威廉斯的《红色小推车》等。后来,受到象征主义诗歌影响的意象主义诗歌逐渐与象征主义诗歌合二为一了。

# 第五节 勇于突破的现代主义小说家们

美国当时勇于突破现代主义的小说家人数众多,包括:著名的马克·吐温,代表作《哈克贝利·费恩历险记》;亨利·詹姆斯,代表作《贵妇人的画像》;欧·亨利,代表作《麦琪的礼物》;威廉·迪恩·豪威尔斯,代表作《塞拉斯·拉法姆发家记》。以下主要介绍马克·吐温与亨利·詹姆斯。

## 一、勇于突破的现代主义小说家:马克·吐温

马克·吐温(Mark Twain,1835—1910)原名萨缪尔-朗霍恩·克列门斯(Samuel Langhorn Clemens),1835 年 11 月 30 日出生于密苏里州佛罗里达镇一个小村庄。父亲当过小法官,做过生意,1847 年突然病逝。家庭经济滑坡,马克·吐温只好辍学去打工,曾做过印刷所的学徒和几个地方的排字工人。1856 年,他去新奥尔良想往南美做生意,后在密西西比河船上与领港员相识,改变了主意,决定拜他为师。一年半后他成了一名熟练的领港员,对大河和航行很感兴趣。1861 年 4 月,内战爆发后,航运停顿。马克·吐温一度被南方军收编,后伺机逃脱,与他哥哥奥里恩一起去内华达州。他想经商或开矿,都没成功。1862 年,他当上该州弗吉尼亚市《国土企业报》记者,开始用马克·吐温的笔名发表文章。"马克·吐温"是水手们常说的行话,即"12 英尺"之意,①"水够深了,轮船可顺利通过"。他继承西部边疆文学传统,作为一个幽默记者经常写文章。"马克·吐温"的名字就逐渐传开了。1864 年,他到了旧金山,结识了幽默小说家哈特和沃德。他们鼓励他大胆创作。1865 年,他发表了第一篇短篇小说《卡拉维拉斯县著名的跳蛙》,大受欢迎。他到东部演讲,名声大振。1867 年,他出版了短篇小说集《卡拉维拉斯县著名的跳蛙及其他》。随后,他被派往地中海和欧洲各地采访,写了四十至五十篇报道和通讯,汇成《傻瓜出国旅行记》出版(1869)。他的幽默描述使他很快成为一个知

---

① 这个名字的意思的确是水深 12 英尺。马克·吐温原来是水手,他的老船长是个写作爱好者,经常用马克·吐温这个笔名发表文章。年轻的"马克·吐温"生性顽皮,有一次他盗用老船长马克·吐温这个笔名写了一篇讽刺性的文章,远远超出了老船长,骄傲的老人从此再也没有写作,不久就辞世了。他深感自责,决定继续使用"马克·吐温",并令这个名字名扬世界。

名的幽默记者和作家。

1870年,马克·吐温娶了商家女儿兰顿小姐。两人移居康涅狄格州哈特福德。他继续潜心创作,发表了许多受欢迎的佳作,如《竞选州长》(1870)和《艰苦岁月》(1872)。他个人真实的冒险经历,加上幽默和夸张以及他精选的口语,吸引了无数读者。1874年,他与华尔纳合作出版了第一部长篇小说《镀金时代》,讽刺了内战后国内表面上的繁荣,该书名成了当时时代的代名词。1875年,他应他的好友、《大西洋月刊》主编豪威尔斯的邀请,在该刊刊登了七篇早年在密西西比河上当领港的生活故事,后来汇成《密西西比河上的往事》结集出版。1883年,该书经作者修订,改名为《密西西比河上的生活》再版。这是一部描述作者青年时代自传体的作品,展现了美国19世纪60—80年代的社会生活。1876年,长篇小说《汤姆·索亚历险记》问世,又受到热烈欢迎。

1881年,讽刺小说《王子与贫儿》出版。它嘲讽了16世纪英国封建君主的无知和专横,具有童话般的奇异色彩,内容丰富而深刻。1885年,《哈克贝利·费恩历险记》发表,它是《汤姆·索亚历险记》的姐妹篇。鲜明的主题思想和独特的艺术风格使它成了马克·吐温的代表作,也成为19世纪美国批判现实主义文学的巅峰之作。

随后几年,马克·吐温热衷于出版事业,与人合办了韦伯斯特出版公司。1889年,在经济危机的冲击下,马克·吐温破产了,背了一身的债务,加上妻子病情加重,两个女儿一死一病,他的精神压力太大了。马克·吐温从困难中振作起来,第三次出国旅游,到了非洲、亚洲和澳洲等地,到处演讲并收集写作素材。他收获不少,如散文集《赤道旅行记》(1897)、中篇小说《败坏了赫德莱堡的人》(1900)等。此前,他还推出了几本力作,如借古喻今的讽刺小说《亚瑟王宫中的康涅狄格美国佬》(1889)、《傻瓜威尔逊》(1894),短篇小说集《百万英镑及其他新作》(1893)、《汤姆·索亚在国外》(1894)和描写法国民族女英雄贞德的传记《贞德传》(1896)等。1898年,他还清了债务,但忧郁的心情日益加重。

1900年10月,马克·吐温返回美国,受到各界人士的热烈欢迎。他感受良多,向记者诉说自己过去曾是一个"狂热的帝国主义者",现在已成为一个反帝国主义者"。他在国外的见闻使他明白帝国主义势力怎样掠夺殖民地的财富,欺压当地人民。随后,他写了许多反帝和反战的政论文,影响深远。其中最著名的有《写给黑暗中的人们》(1901)、《战争祈祷》(1905)、《沙皇的独白》(1905)和《利奥波德维尔国王的独白——为刚果的统治辩护》(1905)等。

1906年,马克·吐温开始给秘书A.B.佩因口授自传。他幽默地在自传的序中说:"在这本自传里,我将牢记,我正是从坟墓中向世人说话的。"他继续发表《人是什么?》(1906),完成了《神秘的来客》(1924 年他去世后出版)。他仍广泛旅行,就时政问题到处讲演,还写了《基督教科学》(1907)和《莎士比亚死了吗?》(1909)等。但妻子的病故和两个女儿的早逝加深了他的悲观情绪。尽管如此,他政论文中的言辞依旧犀利。他对殖民地人民反帝斗争的支持是一贯的。

1910 年 4 月 21 日,马克·吐温因心脏病在康涅狄格州的家中与世长辞,终年七十五岁。他去世后留下许多未发表的手稿,现保存于加州大学伯克利分校图书馆,人们浏览这些被遗忘了上百年的大师之作,重新给予适当的评价。

**(一)马克·吐温的代表作:《哈克贝利·费恩历险记》**

作为伟大的美国批判现实主义文学大师,马克·吐温一生创作了许多优秀的长篇、中篇和短篇小说。其中最突出的是长篇小说《哈克贝利·费恩历险记》(*The Adventures of Huckleberry Finn*)。它与《汤姆·索亚历险记》是姐妹作。两部小说以生动的画面反映了南北战争前美国南方社会庸俗、保守、沉闷和落后的社会现实,形象地表达了许多勇于追求自由和平等、敢于冒险和抗争的新一代青少年的愿望和理想。两部巨著都成了脍炙人口的经典名著。

但是两者相较,《哈克贝利·费恩历险记》在主题思想上更深刻,在艺术风格上更完美,因此,它被公认为马克·吐温的优秀代表作。一百多年来,它经历了时代的风风雨雨的考验,影响了一代又一代美国作家,受到世界各国读者的赞赏和喜爱。

**1.《哈克贝利·费恩历险记》作品概述**

《哈克贝利·费恩历险记》故事朴实生动,富有童话色彩。主人公哈克是个白人的孩子,没有机会上学,但他聪明伶俐,他父亲是个恶棍,经常毒打他,向他要钱。哈克逗弄他,不给他钱。他把钱交给法官撒切尔代管。他父亲绑架他,将他关在一个孤独的小屋里。他得不到家庭的温暖,成了道格拉斯寡妇和她妹妹华生的义子,由她们关照和保护他。一天,哈克趁他父亲醉酒发病时,划一条木筏逃到杰克逊小岛。在那里,他意外地遇到从华生小姐家逃出来的黑奴吉姆。吉姆大吃一惊,以为撞上了鬼。哈克耐心说服他,他才放心。他是听说主人要卖掉他才刚逃出来的。不久,俩人成了好朋友,一起乘木筏沿河而下。经历了几次冒险后,他们的木筏被一艘汽船撞沉了。两人落水失散了。哈克游上岸,被格兰格福德家收留。但格兰格福德家与雪佛森家发生争斗流血事件,哈克只好溜走。后来,他找到了吉姆。两人又上了木筏往前漂流。他们撞上冒充"国王"和"公爵"的两个骗子。那"国王"演说时像个改过自新的海盗。他俩的戏剧性表演最后露出了马脚。哈克遇到某法院开庭,自愿当了一个被阿肯色州的某贵族杀害的无辜的醉汉彼得·威尔克斯的证人。他的正义凛然令一帮匪徒胆战心惊。还有些恶棍听说彼特·威尔克斯去世,冒充他的兄弟要继承遗产。哈克代表威尔克斯三个女儿出面干预,直到威尔克斯三个真兄弟到达后,恶棍的阴谋就不攻自破了。随后,他发现吉姆被"国王"卖给菲尔帕斯太太、汤姆·索亚姨妈萨丽。在菲尔帕斯农场,他假冒汤姆,想救吉姆。汤姆到达农场时,他戴上面具装成他弟弟席德,并搞了一个奇特的救吉姆的计划。没料到,汤姆突然被枪打伤,奴隶又被抓。当汤姆恢复健康时,他向大家透露:华生小姐已去世,她在遗嘱里写明让吉姆自由。这出"营救"的戏是出于冒险的需要。又传来消息,哈克的父亲也死了,哈克的存款没被取走。哈克重新与姨妈萨丽团聚。

**2.《哈克贝利·费恩历险记》作品风格**

《哈克贝利·费恩历险记》赋予人物新思想,全文细节描写丰富,小说充满了幽默、讽刺和象征的色彩。

(1) 小说塑造了富有新思想的人物形象

正如前面所述,小说主人公哈克贝利·费恩虽然是个没文化的年轻人,但他向往自由,追求新的生活。他不安于现状,不怕困难,逃离沉闷的家庭,去探索神秘的大千世界。在冒险经历中,他与吉姆友好相处,发现社会并不完美,处处都可见到欺诈、伪装、抢劫甚至谋财害命。损人利己的事比比皆是。他终于认识了社会,勇敢机智地与恶人做斗争。他与吉姆成了生死之交,不惜对抗政府的种族歧视规定,保护吉姆。他是个光明磊落、疾恶如仇的新青年。在他身上充分体现了南北战争前美国青年一代的新思想和新品德。

小说中的吉姆是个30岁左右的黑奴。他听说主人要卖掉他,偷偷地逃亡,追求自由和解放。他淳朴善良,处处关照哈克,犹如他的父亲,令哈克感到他"实在太好了"。吉姆的经历使哈克明白社会的复杂和人性的差异,增强了哈克道德上的勇气,使他懂得了许多做人的道理。虽然逃跑是消极的反抗,但它反映了吉姆的觉醒,他对自己被奴役状态的不满和对自由的向往和追寻。吉姆形象的成功反映了马克·吐温对当时废奴文学现实主义传统的新发展。

(2) 小说中有大量生动、真实的细节描写,使人物形象显得真实、丰满

作者将哈克写得惟妙惟肖、真实可信,尤其他对吉姆态度的变化。一方面,他答应为吉姆保密,让他说出逃跑真相;另一方面,他内心一度很矛盾,想写信去告发他。他受过白人优越论的影响,这么做是不奇怪的。后来,他想到吉姆对他那么好,怎能再伤害他,就把写了几行字的信纸揉掉,"下地狱就下地狱吧!"这个细节

真实生动,反映了哈克思想斗争的胜利,他最后选择了正确的做法。哈克在与坏人斗争中有时冒充汤姆,有时戴上假面具,有时大胆出庭作证,揭穿恶棍的真面目,为受害者申辩。许多真实的细节完全符合青少年的心态,用得恰如其分、趣味横生,闪烁着现实主义光芒。

(3) 小说充满了幽默、讽刺和象征的色彩

小说描写了两个骗子冒充"国王"和"公爵",还当众夸夸其谈,发表演说,其实丑态百出,犹如改过自新的犯人。作者故意让他们二人自我出丑,十分可笑,讽刺入木三分。

小说写了哈克和吉姆乘小木筏沿密西西比河自由漂流。小木筏象征着青少年纯真的世界。作者说,"在一只小木筏上,你最想要什么? 对于每个人来说,是自己满意,对别人公正和仁慈"。木筏如果沉没了,特别的社会也跟着沉没了。马克·吐温对小木筏寄托着和谐社会的理想,但它给汽船撞翻了。他的理想难以实现。但大河是永恒的。他寄希望于大河。它那么宽广无边,那么奔腾不息,像生活一直往前一样。小木筏给我们留下思考的广阔空间。最后,小说语言的口语化和多样化很有特色。马克·吐温在小说的"说明"中明确地告诉读者:书里用了许多种方言土话,如密苏里州的黑人土话、边远林区最地道的方言、普通的"派克县"方言等。书中主要人物缺乏正规教育,加上哈克和吉姆走过不少地区,这些方言土语反映了当时社会生活的真实风貌。作者将中西部底层人民的日常口语进行了巧妙的艺术加工,使美国文学语言焕然一新、生机勃勃。他开创的文学语言口语化的新风格影响了美国一代又一代作家。马克·吐温成了后来许多作家的学习榜样。

### 3. 马克·吐温作品影响力

马克·吐温选用一个天真的少年哈克作为小说的叙述者。他用孩子的目光来观察一切,用孩子的语言来表达一切,获得了意外的成功。他站在民主主义的立场,描写了哈克和吉姆追求自由,伸张正义,跟坏人坏事做斗争的故事。他细腻地展示了哈克善于思考,权衡利弊,认真对待见到的一人一事。用哈克的内心独自体现他从纯真幼稚走向成熟的过程。他在关键时刻正确地决定保护吉姆,反对政府歧视黑人的种族主义规定,这是很有意义的。

小说问世后,曾遭到政府当局的查禁,这恰好说明小说巨大的艺术魅力和社会影响力。马克·吐温通过哈克的冒险经历揭示了当时重要的社会问题:对青少年个性的压制和剥夺黑人奴隶的自由。作者通过描写白人和黑人青少年对自由的向往和追求,提出了对当时现存社会的怀疑,支持青年一代追求自由和平等,改变不

合理的现状,勇敢地消除社会罪恶势力,建立一个和谐的民族平等的社会。小说有个大团圆的结局:哈克靠姨妈的关怀获得了家庭的温暖,吉姆由于华生小姐的宽宏大量得到了自由。这反映了作者想用人道主义的幻想来实现他所期望的自由和平等。但他在南北战争前就提出了南方黑奴问题、白人孩子的家庭暴力问题和宗教训诫的强制问题是非常难得的。马克·吐温站在时代的前列,敏锐地揭露了重要的社会问题,显示了他小说巨大的现实主义批判力度。诗人艾略特称赞哈克贝利·费恩的形象可以跟世界经典名著中的奥德修斯、哈姆雷特、浮士德、唐·吉诃德和唐璜等形象相媲美。《哈克贝利·费恩历险记》成了世界文学宝库中一部脍炙人口的不朽之作。

马克·吐温出身寒门,早年辍学,刻苦磨炼,勤奋笔耕,成为流芳百世的小说家。诚如他的好友豪威尔斯所指出的,他是唯一的、无可比拟的"我们文学中的林肯"。他以平凡的美国人作为小说的主人公,描绘他们生活中的不幸和内心冲突,表达了他们的不满、忧虑和希望,赞颂他们对自由的追求。他精心提炼了中西部口语的节奏和比喻,首次将它们引入小说,开创了美国文学语言的一代新风。他深入生活敏锐观察,吸取中西部人民的幽默,成了出类拔萃的幽默大师。他的作品具有鲜明民族特色的风格,受到一代又一代美国作家的喜爱。正如海明威所说的:"全部现代美国文学作品来自马克·吐温写的《哈克贝利·费恩历险记》这本书。"马克·吐温是美国大地抚育的第一位伟大的文学巨匠。他以自己光辉的形象屹立于世界文学之林。

**(二)马克·吐温的其他作品**

**1. 长篇小说**

《镀金时代》,与华尔纳合著(*The Gilded Age*,1874)

《汤姆·索亚历险记》(*The Adventures of Tom Sawyer*,1876)

《王子与贫儿》(*The Prince and the Pauper*,1881)

《傻瓜威尔逊》(*The Tragedy of Pudd'nhead Wilson*,1894)

《亚瑟王宫中的康涅狄格美国佬》(*A Connecticut Yankee in King Arthur's Court*,1889)

**2. 中篇小说**

《败坏了赫德莱堡的人》(*The Man That Corrupted Hadleyburg*,1900)

**3. 短篇小说集**

《卡拉维拉斯县著名的跳蛙及其他》(*The Celebrated Jumping Frog of Calaveras County and Other Sketches*,1867)

《神秘的旅伴》(*The Mysterious Stranger*,1916)

**4. 传记和自传**

《艰苦岁月》(*Roughing It*,1872)

《密西西比河上的生活》(*Life on the Mississippi*,1883)

《自传》(*Autobiography*,1924)

**5. 游记**

《傻瓜出国旅行记》(*The Innocents Abroad*,1869)

《赤道旅行记》(*Following the Equator*,1897)

《汤姆·索亚在国外》(*Tom Sawyer Abroad*,1894)

## 二、勇于突破的现代主义小说家:亨利·詹姆斯

亨利·詹姆斯(Henry James,1843—1916)是个提倡心理现实主义的美国小说家,1915 年加入英国籍。他的名字同时出现在美国和英国的文学史上。1843 年 4 月 15 日,他生于纽约市一个富裕人家。父亲是个有名的哲学家和神学家。哥哥威廉·詹姆斯是美国第一位著名的心理学家,首创意识流理论。亨利在纽约市曼哈顿度过了童年,12 岁时跟父母去了欧洲,在日内瓦和波恩等地上中学。1862 年至 1864 年,他在哈佛大学读法律时,认识了豪威尔斯,两人成了终身好友。他开始在《大西洋月刊》《国家》和《北美评论》等报刊上发表小说和评论。1864 年,第一篇短篇小说《伊罗的悲剧》问世,没什么社会反响。1869 年,他独自去欧洲各国游历,决定暂住英国。他陆续发表了一些短篇小说,出版了短篇小说集《感伤的旅行》(1876)、《跨大西洋见闻录》(1875)和旅游小说集《罗德里克·哈德逊》(1875)。1875—1876 年,他在巴黎待了近两年,认识了法国著名作家福楼拜、莫泊桑、左拉,俄国小说家屠格涅夫和美国诗人史蒂文斯等。他为《纽约论坛》写了许多文学通讯。1876 年年底,他又访问伦敦,他感到那里是他的精神故乡,就在那里住下了。第二年,他发表了长篇小说《美国人》。1879 年,《黛西·米勒》问世,深受好评,奠定了其国际声誉。同年,他推出了小说《欧洲人》,影响进一步扩大。1881 年,《贵妇人的画像》与读者见面,增强了他的小说家地位。小说描写纯真的美国姑娘、主人公伊莎贝尔在欧洲各地与几个求婚者密切交往中的心理矛盾与道德冲突的故事。

詹姆斯认真探讨伦敦和巴黎艺术工作室和舞台的特色,对戏剧产生了兴趣,试写了七部剧本,仅发表了两部,不太成功。他仍继续写小说,一方面探索新题材,如女权主义、社会改革和政治阴谋问题,另一方面汲取一些自然主义艺术手

法。但他不同于左拉和诺里斯,他思想较保守。虽然他也批评贵族的自私和虚伪,他对底层民众带有偏见,嘲讽民主运动。他发表的主要作品有《波士顿人》(1886)、《卡萨玛西玛公主》(1886)和《悲惨的缪斯》(1890)等①。

20世纪初,詹姆斯继续潜心写小说。他越写越精细,对人物的心理描写尤为深刻。他的创作迈入巅峰时期,接连推出三部长篇小说《鸽翼》(1902)、《专使》(1903)和《金碗》(1904)。《专使》特别受美英读者的欢迎。詹姆斯越来越注重小说人物的内心刻画,重视人物之间的道德冲突,但对社会事件的关心减少了。《鸽翼》和《金碗》批评欧洲贵族的没落和沉沦,赞扬美国人纯真和诚实的美德。《专使》则倒过来,称赞欧洲人重友情,有教养,抨击美国人庸俗无聊,追求金钱和财富,沉迷于物质享受。

詹姆斯还十分关注英美文坛的动态。他在多部长篇小说的"序"里都发表了自己对一些文学创作问题的看法。后来这些"序"汇集成《小说的艺术》,1884年出版,影响极其深远。晚年,他还写了三部自传:《童年及其他》(1913)、《作为儿子和兄弟》(1914)和《中年》(1917)。他终身未婚,将一生精力全部献给文学事业。

1911年,哈佛大学授予詹姆斯名誉文学博士学位,表彰他在小说创作的理论和实践上的突出贡献。翌年,牛津大学授予他名誉文学博士称号。1915年他对美国政府在第一次大战中采取中立态度强烈不满,愤然宣布加入英国籍。第二年初,英国政府授予他最高文职勋章。同年2月28日,詹姆斯在伦敦病逝。

### (一)亨利·詹姆斯的代表作:《贵妇人的画像》

詹姆斯小说的两大特色集中体现在他的《贵妇人的画像》(*The portrait of a Lady*)里,因此,它成了詹姆斯最突出的代表作。

#### 1.《贵妇人的画像》作品概述

《贵妇人的画像》描写女主人公、美国姑娘伊莎贝尔在欧洲的坎坷经历②。她20岁刚出头,聪明美丽,身无分文,陪舅妈杜切特夫人到了英国。夫人是旅居国外的美国银行家杜切特的妻子。伊莎贝尔吸引了老杜切特、他体弱多病的儿子拉尔夫和华伯顿勋爵以及他们有钱的邻居们的注目。华伯顿勋爵向她求婚,她断然拒绝。她的勇气和独立精神得到老杜切特的赞赏。有个求婚者卡斯帕·古德沃从美国赶到伦敦向她求婚。伊莎贝尔叫他两年后等候她的答复。拉尔夫也爱上她。他

---

①  杜明甫.传承与嬗变——美国浪漫主义文学浅说[J].青年文学家,2009(1):16-17.
②  杜明甫.传承与嬗变——美国浪漫主义文学浅说[J].青年文学家,2009(1):16-17.

要求父亲杜切特将她作为遗产继承人。老杜切特同意了。过了一段时间,杜切特去世了,伊莎贝尔继承了遗产,发了财,成了一位贵妇人。

不久,伊莎贝尔陪杜切特夫人去意大利游览,见到了端庄的侨居国外的墨尔太太。她介绍伊莎贝尔认识了吉尔伯特·奥斯曼,一个美国鳏夫和艺术爱好者。伊莎贝尔被他的情调所迷惑,看不出他看上她的钱财,就不顾朋友的劝告和卡斯帕的抗议,决定嫁给他。第二年,她终于发觉她丈夫艺术素养肤浅,道德修养不深,但不想跟他离婚。她喜欢和同情奥斯曼纤弱的女儿潘茜。华伯顿勋爵对伊莎贝尔旧情未灭,常常登门拜访,看上潘茜并想娶她。墨尔太太积极从中撮合,与奥斯曼催伊莎贝尔促成其事。但潘茜表示不想嫁给勋爵,伊莎贝尔只好不逼她。没料到,这引起奥斯曼的不满,竟指责她与华伯顿私通。

正巧此时伦敦传来不好的消息——拉尔夫快死了,伊莎贝尔奔回伦敦探望他。她发现墨尔太太就是潘茜的母亲,她不可能再回意大利了。她在拉尔夫病床旁安慰他,卡斯帕也赶回来看拉尔夫。伊莎贝尔承认卡斯帕是她的真爱。然而,出于对潘茜的责任和良心,她还是拒绝了卡斯帕,返回她不幸的家中。

女主人公伊莎贝尔是个年轻的美国姑娘。她漂亮聪明而自信。起先,她生活贫困,后来意外得到杜切特的遗产,走进了上流社会。她事事有主见,敢于谢绝英国贵族的求婚。但她过分自信,凭表面上观察便落入鳏夫奥斯曼的怀抱。婚后第二年,她发现丈夫的艺术素养和道德水准都不高,但她自以为是,不敢承认自己的判断失误,更不敢与他分手。她爱丈夫与前妻生的小女儿潘茜。当墨尔太太和奥斯曼逼她说服潘茜嫁给华伯顿勋爵时,她尊重和支持潘茜的选择,结果遭到她丈夫的诬陷。尽管如此,她仍不悔悟。她重视友情。拉尔夫病危时,她赶往伦敦探视。在那里,她又见到以前的求婚者卡斯帕。她感到卡斯帕是真正爱她的人,但她又不敢离开虚伪无情的丈夫奥斯曼。最后,她只好再次谢绝卡斯帕,返回自己的家庭,继续不幸的生活。她委曲求全,原谅丈夫,勉强维持没有感情的婚姻。这反映了19世纪后期美国年轻美丽的姑娘与欧洲异国青年的性格冲突和内心矛盾,也流露了詹姆斯的保守的婚姻观。

**2.《贵妇人的画像》作品风格**

《贵妇人的画像》描写了一个美国姑娘伊莎贝尔在英国和意大利等地的经历,书中除了主人公伊莎贝尔以外,有好几个美国人如奥斯曼、卡斯帕、杜切特夫妇以及英国贵族华伯顿等。背景在伦敦、巴黎和佛罗伦萨等地。这是詹姆斯多次去过的地方。以欧洲为背景成了作者多部小说的一大特色。

詹姆斯的小说风格通常被称为心理现实主义。他重视小说的艺术结构、叙事角度和语言风格等。该作品生动地描写了女主人公伊莎贝尔到欧洲各地的心路历程。小说中运用了大量对话来刻画人物的性格。有些对话富有戏剧性。与马克·吐温爱用民众口语不同，詹姆斯常用晦涩难懂的长句和新鲜的副词和形容词，堆砌各种比喻，有点学究气。有些对话过分雕琢，不太自然；有时含糊不清，令人费解。所以，他在世时，爱读他的作品的美国读者并不很多。后期，他移居英国后，有人怪他脱离了美国社会生活，失去了一大批美国读者。尽管如此，他的心理现实主义对后来的美国作家仍产生了深远的影响。

### 3.《贵妇人的画像》作品影响力

《贵妇人的画像》生动地描写了天真的美国姑娘与旅居国外的美国人和欧洲人的复杂关系和内心冲突，展现了"国际主题"，题材新鲜，风格独特，心理刻画细腻，为 20 世纪美国现实主义文学的发展打下了基础。

19 世纪中后期，美国的工业化和城市化快速发展，与欧洲的关系更加密切了。有钱人喜欢到伦敦和巴黎等地旅游，欣赏古老的欧洲文化；没钱的人想去欧洲闯荡，碰碰运气。年轻人向往欧洲，不但想去看一看，更加想寻找出去发展的机会。这在当时成了一种时尚。

亨利·詹姆斯抓住了 19 世纪中后期，美国的工业化和城市化快速发展这一时代特点，通过妙龄姑娘伊莎贝尔在欧洲的不平凡经历，表现了这种时尚，具有深刻的社会意义。

（1）小说影响了许多美国读者，尤其是女青年读者们，促进了女权主义思想的传播

小说揭示了女主人公伊莎贝尔在爱情和婚姻方面独立自主的态度，对个人终身大事自己做主，不让别人插嘴。她天生美丽动人，聪明伶俐，人见人爱。她随舅母杜切特夫人到伦敦时，虽然身无分文，仍自尊自信。表哥拉尔夫、舅父杜切特，还有卡斯帕、英国勋爵华伯顿都很喜欢她。有钱有势的贵族华伯顿对她一见钟情，向她求婚。她婉言谢绝了，令亲友大吃一惊。大家十分钦佩她的勇气和胆量。她选择的标准是文化情调和道德品格，而不是金钱和地位。无奈社会阅历不足，后来她选择嫁给奥斯曼，没能看透其伪装爱好艺术，实际上是看上她的家产的真面目，婚后才发现受骗上当，但为时已晚。出于自尊心和爱面子，她只好忍受了。潘茜是个更年轻的一代。华伯顿勋爵向她紧追不舍，她父亲奥斯曼和生母墨尔太太又对她施加压力，还逼着伊莎贝尔去说服她，但她还是拒绝了华伯顿勋爵。她像伊莎贝尔一样，坚持自己婚姻自己做主，不怕威胁和引诱。伊莎贝尔和潘茜这种独立自主的精神，反映了 19 世纪后期美国新一代女性的觉醒和进步。有人认为这是詹姆斯受

早期女权主义思想影响的结果。

（2）小说揭露了奥斯曼在欧洲混迹于上流社会骗钱骗色的丑恶嘴脸

他也是个美国人，在伦敦和巴黎进出上流社会，但找不到发财的机会。他一见到获得杜切特遗产的伊莎贝尔就穷追不舍。他天天西装革履，打扮成温文尔雅的贵族暴发户模样，大谈艺术爱好，耍尽一切手段博得她的欢心，骗取了婚姻。婚后不久，他露出了马脚，逼着伊莎贝尔不得离婚。在华伯顿勋爵看上他女儿潘茜时，他觊觎勋爵的名利和地位，不顾女儿的意愿，与墨尔太太逼女儿就范，并催促伊莎贝尔去劝说女儿。当伊莎贝尔知道潘茜的态度后不愿去逼她嫁给华伯顿时，奥斯曼凶相毕露，反诬伊莎贝尔与华伯顿私通。这一切充分说明，欧洲和美国一样都存在像奥斯曼之流的社会渣滓。他们表面上衣冠楚楚，微笑动人，实际上卑鄙自私，一有机会就将魔掌伸向年轻的一代。多么值得警惕和反思！

（3）小说还写了英国勋爵华伯顿凭自己显赫的地位到处勾引青春美丽的姑娘

华伯顿自以为是，自作多情，一见到漂亮的少女就厚颜无耻地求婚，结果遭到伊莎贝尔和潘茜的拒绝。他是个没落贵族的代表，以为有了金钱和地位就会有美女和爱情。他大错特错了。他到处碰壁是必然的。尽管他得到了奥斯曼等人的垂青和支持，他终究被新一代女性抛弃了。詹姆斯在小说中对奥斯曼和华伯顿的嘲讽反映了他对社会现实的细致观察，字里行间夹杂着爱与恨。

虽然小说画面广阔，但是涉及的重大社会事件却非常少。女主人公伊莎贝尔婚后思想走向保守。她发觉奥斯曼并非她的理想伴侣，真正爱她的是卡斯帕，但她没有勇气离婚。以往的独立自主精神已荡然无存。凭良心，讲责任抹去了她离开奥斯曼的勇气。这种不合理的结局反映了詹姆斯的矛盾心情。詹姆斯是个多才多艺的多产作家。他既是个优秀的小说家，又是个出色的文学评论家。他提出了比较完整而精辟的小说创作理论。他的《小说的艺术》（1884）是他多部长篇小说"序"的汇编。他在书中系统地阐述了生活与艺术、小说与社会、小说的价值与作家的思想、小说的美感与启示作用的关系等问题。他最先提出的一些文学批评的术语，如"叙述角度""全知观点""可信叙述者"等，成了当代叙事学话语的组成部分，经历了一百多年历史的检验而流传至今。此外，他在促进美国与欧洲文化交流上也做了大量工作。在好友豪威尔斯的支持下，他写了许多文章，介绍欧洲名作家巴尔扎克、托尔斯泰、屠格涅夫、乔治·艾略特和特罗洛普等，给美国青年作家提供了有益的启迪。

对詹姆斯的评价，曾有过大起大落。美国人与欧洲人对他的看法截然不同。欧洲人，更准确地说是欧洲读者们，认为他是个跨越国界的文学大师，影响深远。

美国读者则感到他的风格与人们喜爱的马克·吐温的文学传统背道而驰。他那晦涩难懂的语言风格和堆砌的比喻,让许多美国读者搞不懂。所以,他曾被冷落了一阵子。豪威尔斯坚持替他辩护,肯定他的巨大贡献。两次世界大战之间,詹姆斯又受到学界重视,认为他的小说艺术在许多方面是很精细又自觉的,但他后期对生活的观察偏离了当时最常见的现实问题。他在所选择的题材上写得很出色。他在美国小说史上的影响力是巨大的。他是个心理现实主义的开路先锋和一种异常复杂的散文风格的大师。

### (二)詹姆斯的其他作品

**1. 长篇小说**

《罗德里克·哈德逊》(*Roderick Hudson*,1876)

《美国人》(*The American*,1877)

《欧洲人》(*The Europeans*,1878)

《华盛顿广场》(*Washington Square*,1881)

《波士顿人》(*The Bostonians*,1886)

《卡萨玛西玛公主》(*The princess Casamassima*,1886)

《悲剧的缪斯》(*The Tragic Muse*,1890)

《被凌辱的伯顿》(*The Spoils of Poynton*,1897)

《鸽翼》(*The Wings of the Dove*,1902)

《专使》(*The Ambassadors*,1903)

《金碗》(*The Golden Bowl*,1904)

**2. 短篇小说集**

《真货色及其他故事》(*The Real Thing and Other Tales*,1893)

《两种魔术》(*The Two Magics*,1898)

《拧螺丝》(*The Turn of the Screw*,1898)

《较好的谷物》(*The Finer Grain*,1910)

**3. 文论集**

《小说的艺术》(*The Art of the Novel*,1884)

《观感与评论》(*Views and Reviews*,1908)

**4. 自传**

《童年及其他》(*A Small Boy and Others*,1913)

《作为儿子和兄弟》(*Notes of a Son and Brother*,1914)

《中年》(*The Middle Years*,1917)

# 第四章  自然主义美国文学研究

文学自然主义在美国19世纪末的兴起不是偶然的,是各种社会文化因素相互作用的产物。本章通过对美国自然主义文学的本土渊源与欧洲始源、自然主义文学的文本策略与审美转型、自然主义文学及其在工业化进程中的文化表征裂变、自然主义文学与工业化进程中的社会心理和大众意识、自然主义所蕴含的社会价值观在20世纪美国文学中的传承与塑形五部分的论述,多元化地诠释了自然主义美国文学的话题。

## 第一节  美国自然主义文学的本土渊源与欧洲始源

美国自然主义文学是美国本土文学发展的必然结果,其直接源泉是美国农村题材文学、美国改革文学、美国乡土文学以及现实主义文学。

### 一、美国自然主义文学的本土渊源

#### (一)自然主义文学的本土渊源:农村小说所体现的对立与斗争

**1. 浪漫情绪中的农村小说**

从杰弗逊到泰勒,从爱默生到梭罗,自然与田园被提升到一个哲学与神学高度。居住在美国农村的"知识分子"虽然没有他们这些大师对自然和农业文明所思考的深度与广度,但却以最朴素的社会认知阐释着这种深奥的哲学或神学。这些最朴素的农业文明观念就是"农村优越论""农民高尚论""农村镀金论",当然也有理论家或历史学家称为"重农主义"。重农主义的文化表现源自文化原始主义,与现代社会发展与文明的理论相对立。现代社会发展论认为,人类社会总是向前发展,从野性时代到野蛮时代,再到文明时代。开始是原始的土地耕种,最后发展成为文明社会,其中社会中的有闲阶级占有地位和财富,进而发展更高的文明与文化品质。重农主义则强调农村天然优越,认为农村是培养人类高尚道德的沃土,蔑视所谓工业化进程中的城市生活和商业生活。这种"主义"进入文学并不奇怪，但却是工业文明展开之前农业文明的最后一个传统思想堡垒。

美国 19 世纪中叶前后，能够反映这种重农主义心态与价值观念的作家众多，比较典型的有亨利·H. 理雷（Henry H. Riley）、艾丽丝·卡瑞（Alice Carey）、巴亚德·泰勒（Bayard Taylor）。理雷和卡瑞把城市与农村对比来写，例如在《普都堡及其那里的人们》（*Puddleford, and Its People*，1854）中，理雷说："乡村的生活情调与个人幸福比城市更加简朴，而且更令人开心。"泰勒1866年出版了他的农村题材小说《肯尼特的故事》（*The Story of Kennett*）。他在小说序中说："当今的小说总喜欢关注变态角色，喜欢描写那些比较例外的或病态的心理问题，但对于我来说，表现一种简朴、健康、田园般的农村生活情节则永远是我乐趣的源泉。"①泰勒的观点有以下三种意义：

（1）当时的美国小说的确存在描写心理变态的创作，这说明19世纪初开始的美国浪漫主义还没有结束。

（2）泰勒开始关注一种新的主题和新的创作模式，即后来逐渐发展壮大的乡土文学。

（3）泰勒试图描写"一种简朴、健康、田园般的农村生活"，说明当时的作家还是把农村作为理想化的道德价值生长之地和真谛的孕育场所。

**2. 现实情绪中的农村小说**

19 世纪中叶，那些描述人与自然和谐的农村题材小说现在正逐渐失去往日的浪漫，残酷与暴力逐渐成为这些小说所描述的现实。这些作品开始关注人与人之间在经济领域的斗争，关注农村生活的悲惨与冷漠、狭隘与无知和暴力及悲伤。当时具有代表性的作家有埃德加·豪（Edgar Watson Howe，1853—1937）等，代表作品《小城故事》。

《小城故事》的创作正值美国"农业十字军"社会运动的高潮时期。虽然美国之前爆发的农民协会运动高潮刚刚过去，但新的农民抗议组织——美国农民联合会——正在西部兴起。最后，这些分散的农民力量进一步联合，从而组成美国19世纪90年代的"平民党"。在这种背景下，埃德加·豪聚焦普通民众的生存斗争是必然的。他没有像以往农村题材小说家那样描写农村小镇美好的生活和辛勤的劳动，而是怀疑所有的社会个体与群体心理及行动的向善性，包括农民本身在内。整个小说气氛抑郁，没有任何"田园式"的浪漫和任何的理想与乐观的小说情绪。

① Taylor B. The Story of Kennett[M]. New York: G. P. Putman's Sons, 1881: iv-v.

从文学历史的角度看,这种对农村生活生存状况的描写标志着美国文学浪漫主义的结束,一种新的文学样式——聚焦描绘底层生存斗争的文学正在兴起。

### 3. 决定论与暴力论的农村小说

综观美国 19 世纪农村题材作品的发展历史,美国文学对"乡村"的文化表征经历了由乡村理想主义到乡村自然主义观念的变迁。美国的理想主义观念来源于美国殖民时期清教主义对新大陆土地的基本认知,即他们作为上帝的"选民"为了追求自由和理想来到上帝选定的"新伊甸园",期望在这块土地上建立一个"山巅之城"或"希望之乡"。这种理想在当时得到充分发展,在西进运动的殖民开拓过程中成为美国的主体思想之一。正如斯托维尔在其《美国的理想主义》(1943)中所说:"美国的理想主义……起源于清教主义内含的神秘主义思想和道德力量,传承了 18 世纪理性自由主义与信仰对人性的肯定,并被代表整个美国民族性格的边疆拓荒精神得到进一步强化。"[①]因为美国特殊的历史语境,理想主义的认识对象是"农村",所以农村观念是理想主义存在的基础,这种思想在杰弗逊、泰勒、爱默生、梭罗等思想大师那里得到哲学与神学的升华。正如笔者在上几节中所说,他们这种理想主义理念似乎对自然状态下的农村情有独钟,而对城市表现出一种天生的敌视。在美国工业化的初始阶段,农村优越论、农业劳动向善论、农民天然善良论等意识形态话语充斥着美国思想和文学界,也表现在农村题材的文学作品中。

在这种理想主义的意识形态的影响下,在 19 世纪初到 60 年代的美国文学视野中,农村生活经常被描绘成一幅田园山水画,充满浪漫主义的宁静与和谐。随着美国工业化进程的不断深入,原来平静、安详的农业文明被打破,当然开始是对那"远方小山村"的回忆,但后来就转化成对农村生活的无奈悲叹。批评家布朗在提到当时美国作家对现实生活的不满以及对昔日生活的怀念时说:

故乡那装满金黄色稻谷的宽敞粮仓,那使人联想起温暖的壁炉和冬天漫漫长夜的烟囱,那凉爽的客厅、干净的牛奶、粉红色的厨房、漂亮的井栏、洒满阳光的草地、快乐的果园——所有这一切都深深地铭刻在回忆之中,被那些现在已经分散在全国各地,不得不在积满灰尘的城市中工作的儿女们津津乐道。[②]

在这些文学作品中,作者经常回想起"那些熟悉的面孔""受人尊敬的长者"

---

① Stovall F. American Idealism[M]. Norman: University of Oklahoma Press, 1943: 21.
② Brown H R. The Sentimental Novel in America, 1789—1860[M]. Durham: Duke University Press, 1940: 283-284.

"温暖的家庭"以及"可爱的同伴"。布朗在描述过去那种典型的父权家庭生活时这样说："他们(长者)正带着家人一起祈祷,或正在自豪地主持家庭晚餐;那些强壮的儿子与他们体态丰满的妻子,他们那些听话的乖孩子以及那些忠诚的雇工。"①这种对农村生活怀旧式、理想化、镀金性的文学表征在19世纪前半叶的主流小说与诗歌、流行小说、农村题材小说等文学类型中非常流行,而且趋向于模式化,反映了人们对农业文明价值观念恋恋不舍的怀旧心理。

进入十九世纪八九十年代,田园化与理想化的"农村镀金主义"的意识形态逐渐被自然冷漠而令人恐惧的心理代替,出现了一种新的文学表征。科克兰德的《朱里:斯普林县的头号吝啬鬼》就是这样一部作品,它颠覆了美国传统价值长期以来关于乡村的神话。正如批评家梅耶在评论埃德加·豪与科克兰德时说:"埃德加·豪试图摧毁美德存在于农村、邪恶存在于城市的传统观念;而科克兰德则抨击原始主义的另外一面,即'自然神性'的一面。"②总之,他们的作品标志着农村镀金主义意识形态的彻底破灭。

人类的生活中关于生存的两大话题——金钱与欲望,正是这一点使科克兰德成为后来美国自然主义的先驱性作家。

**4. 埃德加·豪与科克兰德与自然主义作家的渊源**

虽然埃德加·豪与科克兰德把小说故事背景设置在农村或农村的小镇,他们所描写的边疆生存斗争却充满了自然主义的悲观情绪。他们在文学传统中的地位与成就虽然还没有得到公认,但他们的确占有非常重要的地位,因为是他们首先敏锐地"感觉到"美国农村生活的阴暗和残酷,是他们首先觉察到美国商业化精神向乡村小镇渗透的社会结果。他们的作品没有乐观地展现美国民主思想的"粉红色光辉",所感受到的只是"生存的残酷与无奈"。

虽然他们还不是真正意义上的"自然主义作家",但他们那些中西部故事却呈现了自然主义在农村的真实表现。因此,他们对自然主义作家直接或间接的影响应该得到批评界的重视。

**(二) 走向自然主义的社会变革**

19世纪初叶、中叶的"只有农业主义才能够救美国"的个体心灵改革,到19世纪后叶"寻求一种什么主义救美国"的集体性或社会性改革,再到20世纪初

---

① Brown H R. The Sentimental Novel in America, 1789—1860 [M]. Durham: Duke University Press, 1940: 284.

② Meyer R W. The Middle Western Farm Novel in the Twentieth Century [M]. Lincoln: University of Nebraska Press, 1965: 27.

"只有资本主义才能够救美国"的进步主义改革,美国经历了令人兴奋然而也使人悲伤的百年历史,其中涌现出了各种各样的改革故事。这些面对"残酷现实"的社会改革实践试图探索一种拯救现实的灵丹妙药,为美国自由民主的意识形态的整合做出了贡献。在这个拯救现实的过程中,美国涌现出记录当时人们参与社会改革的心理过程以及困惑与反思的文学,其中包括社会改革文学、美国乡土文学以及美国现实主义文学。这些文学流派与文学样式浸透了美国的现实问题,也成为美国"大观念中的现实主义文学"或"多元现实主义文学"的一个重要组成部分。

## 1. 个体心灵改革

历史学家经常把美国 19 世纪最后 30 年称为"反抗与改革的时代"。① 反抗没有革命,改革而没有破坏。美国人是在实践或试验中解决自己的局部或全局性的社会与精神问题。"打倒一个旧世界相对容易,而建设一个新世界却非常困难。"也许只有少数美国人才拥有那种"不破不立"的思想,大多数都是"建设性"的批评家和改革家。这种推动社会发展的模式以温和、渐进、非暴力的方式进行,的确避免了大规模的社会革命对整个社会造成的普遍仇恨与人权灾难。历史证明,这也是美国社会能够相对健康发展到今天的宝贵经验。

反抗时代创造了美国的反抗文学,而改革时代也造就了美国的改革作家。反抗经常伴随着对社会某些问题的不满,改革则是对这些问题进行系统化的解决。美国早期的自由主义与 19 世纪中期的超验主义"自我改革"在 19 世纪后期都附加了许多社会改革的意义,即个体改革倾向于在家庭、社区、局部地区这样的集体性环境中进行。许多改革者开始建立家庭或家族式的"小社区",以博爱与和谐为理想的社会目标,采用非竞争性的劳动组织原则,积极进行劳动与利益的分配调整与创新试验,试图将来为国家的最后改革提供一个试验田。这些家族或大家庭式的社会改革模式已经不再是梭罗那样的个体行为,而是某种程度上的"小集体"行为。它虽然注重劳动体制的改革,但主要的目的还是通过这种组织形式改革自我,然后为改革社会提供一种积极的参照。据美国文明史学家介绍,这种家族或家庭式的改革实践一直零星地持续到 20 世纪初或更晚的时间——甚至到 21 世纪的今天还依然存在,其主要基地是那些偏远的深山中的小镇或城市周围的农村。在从 19 世纪中期到 19 世纪后期的这段时间里,美国各地大约有 100 多个这样的"改革

---

① Harper P B. Fiction and Reform Ⅱ [M] // Elliott E. The Columbia History of the American Novel. New York: Columbia University Press, 1991: 216.

试验基地"或"改革操作模型"。他们的基本生活模式是与外界隔绝,过着逃避式的田园生活。当然,处于主流社会影响下的心灵改革与社会改革在试图与主流社会隔绝的同时也深受整个社会过程的巨大影响,所以这些改革大多数非常短命,即使持续时间稍长一点的也先后失败。

**2. 个人习惯改革:卫生改革和戒酒小说的盛行**

在美国 19 世纪针对个体心灵与行为的改革中,针对社会恶习的改革也占有重要位置。美国人为了完善自己的人格与素质,实现在这块北美大地建设"完美社会"的理想,进行了非常细致的全面改革,例如,对个人卫生、饮食、行为等习惯的改革。众所周知,由于社会生产力发展比较落后,建国之后的美国普通人一般生活在比较肮脏的环境中,并养成了诸多不健康的卫生习惯,加上自然环境恶劣,使普通美国人简直就可以用"暴民"来形容。这种状况特别表现在美国中西部。

现代女性主义文化研究对美国文学的重新审视和作品挖掘充分证明了这一点。

关于这场全国性的卫生习惯改革,许多女性作家记录了当时的现实情况。例如马丽·嘉芙·尼古斯(Mary Gove Nichols)就是其中之一。她 1855 年出版的《马丽·林顿》(《我生活的启示》)(*Mary Lyndon or Revelations of a Life*)就是关于恶习改革的一部小说。批评家在谈及这部小说的历史意义时说:"马丽·嘉芙·尼古斯生活于一个适当的历史时刻,因为当时的改革浪潮横扫美国;也因为同样的历史因素,她最终消失在历史长河中。"其原因是,健康改革一般都能够获得成功,而她的观念越来越多地被公共卫生机构所接受和吸收,人们从而忘记了这种改革的倡导者。

美国当时的个人恶习并不仅仅是生活环境导致的。事实上,当时轰动全国的社会恶习改革还是持续时间最长的禁酒运动。在美国,禁酒从很早就已经开始,在文学创作中,19 世纪初叶、中叶具有代表性的作品为比奇(Lyman Beecher)1826 年出版的《关于酗酒放纵的六次布道》(*Six Sermons on Intemperance*)。该作品认为禁酒非常重要,因为酒精会削弱人的意志,阻碍人们接近神的启示。其他代表作还有契沃(George B. Cheever)的《吉尔执事的酿酒厂》(*Deacon Gill's Distillery*, 1835),甚至大诗人惠特曼也创作了禁酒小说《富兰克林·伊文斯》(*Franklin Evans*, 1842)。多部禁酒小说与通俗小说被称为佳作。

当时自然主义环境下,禁酒不仅仅是一种个人习惯问题,也是一个重要的社会问题。正如批评家莱汶在评述这些禁酒小说的主题时所说:"揭露社会腐化、物质主义的负面影响、父权的专制统治,特别是对潜在性暴力的揭露,都是禁酒文学所关注的中心主题。"

### 3. 性别差异社会改革: 女权文学盛行

19 世纪是美国女性逐渐走向觉醒的一个时代。随着生产力的发展和社会文明程度的提高,女性在各个生活领域中起着越来越重要的作用。她们不但关注自己的家庭和社会地位,也关心其他领域的社会问题。她们在反对奴隶制度方面表现出特有的积极性,在改革社会恶习方面也承担了重要角色,在禁酒运动中更是发挥了巨大作用。在众多知识女性的呼吁下,女性本身在婚姻中的地位与财产权曾在全国范围引发争论,并直接导致美国国会通过《已婚妇女财产法案》。

纵观 19 世纪中叶前后的女权运动,有两个重要的历史时期值得重视: 首先是女性自我改革的时期,其间关注女性本身的心灵健康问题者、女性杂志、女性文学纷纷涌现。其次是南北战争之后的性别差异社会改革时期,此时女性运动进入集体争取社会权利的政治要求阶段。正如批评家莱汶在论述 19 世纪女性文学的发展时所说:"美国内战爆发之后,女性在过去 30 年间所发出的女性独特的'改革!改革!'的呼喊声淹没在当时社会现实的剧烈冲突之中。改革杂志和女性改革者把精力转移到了当时所有紧迫的社会问题之中。"

美国 19 世纪有一位代表性的女权主义作家是肖宾。她主要生活在 19 世纪后半叶和 20 世纪初。肖宾从小接受良好的家庭教育,通晓法语和德语,性情温和,但性格独立,加之容貌美丽,曾赢得不少人的尊敬和爱戴。她于 1888 年开始创作小说,从 1889 年夏天发表两篇短篇小说到 1904 年去世,共出版了两部长篇小说,100多篇短篇小说,以及众多的杂文、散文以及随笔,其中,最具有代表性的还是《觉醒》。在这部作品中,作者以现实主义的笔法描写了人类的性欲望——特别是女性欲望,并在此方面成为美国当代小说创作的先锋作品。

英文中"awaken"一词具有多重意义,可以指"觉醒""唤醒""觉悟""醒来""使……意识到"等等。这些词语在不同语境下指不同的意义。正如批评家林奇在综述对《觉醒》的主题评论时指出,这种"觉醒"在不同批评家那里有多种解释,如"性自由的觉醒""性欲望的唤醒"或"女性自我意识的觉醒"等。[1] 这位批评家进而认为,《觉醒》整个作品中使用的"从睡梦中醒来"这种情节隐喻除所谓的"性

---

[1] Ringe D A. Romantic Imagery in Kate Chopin's The Awakening[J]. American Literature, 1972, 43(4): 580.

欲背景"之外还有一层更深刻的意味,即"这个隐喻是一个重要的浪漫主义意象,指自我或心灵的出现及进入某种新生活的状态"。① 林奇是在美国超验主义的语境下阅读《觉醒》的,认为"觉醒"是一种完全个人主义的觉醒。显然,肖宾作品所谓的"女性觉醒"无论是一种性解放意识还是一种自我意识,都预示着女性从外部世界到内心世界走向独立与自治的精神状态。在经历了19世纪中叶的女性个人自立以及中叶后期的女性经济独立之后,肖宾的女性独立进入一个更深层的存在领域,成为女性心灵深处发出的一种觉醒呼唤。

**4. 种族冲突的社会改革:废除奴隶制小说**

19世纪美国的废奴主义思想直接起源于十九世纪二三十年代美国复兴主义者所主张的"完美社会"的理想。它的基本理论悬设是:奴隶制度违背了美国建国的自由理想、天赋人权以及基督教的基本教义。当时大多数白人有识之士反对这种现代社会的原始体制,认为奴隶体制是一种国家暴力和集体罪恶。爱默生和梭罗曾是这一方面的代表,但真正代表黑人呼吁废除奴隶制度的还是19世纪50年代前后的许多政治家和社会活动家,如美国总统林肯。

在文学艺术方面,也有许多作家揭露奴隶制度的罪恶,要求社会改革,如著名的斯托夫人(Harriet Beecher Stowe,1811—1896)、黑人作家道格拉斯(Frederick Douglass,1817—1895)以及雅克布斯(Harriet A. Jacobs)等。到19世纪中叶,美国的黑人奴隶制度这种文明社会的罪恶已经成为整个社会危机的导火线,并直接导致了美国南北地区之间的"兄弟战争"。据说,斯托夫人1862年到白宫访问,林肯总统就当面赞扬斯托夫人说:"你这个小小女人,竟写出这部导致这场巨战的著作。"

**(三) 走向自然主义文学——乡土文学和现实主义文学**

乡土文学和现实主义文学曾是美国主流批评家对南北战争之后的文学流派与思潮的传统归类,现在已经被许多文学史学家所摒弃。其实,乡土文学就是现实主义文学,或现实主义文学的组成部分。这是因为,"地方色彩"经常是相对于整个欧洲大陆文学来说的,而不是针对美国文学的整体。当时,美国还没有所谓统一的民族文学,只有相对于欧洲文学的"地域性美国文学"。另外,美国的现实主义也非常难以定义,因为它在总体上是指美国南北战争以后的文学创作倾向,但至于什么倾向才属于现实主义则是一个十分模糊的概念。

---

① Ringe D A. Romantic Imagery in Kate Chopin's The Awakening[J]. American Literature,1972,43(4):581.

### 1. 乡土文学

从 19 世纪 60 年代末著名作家哈特（Bret Harte，1836—1902）发表《咆哮营的幸运儿》（*The Luck of Roaring Camp*，1868）到第一次世界大战前后，美国出现了多种多样的反映地方风俗人情和边疆生活的现实主义作品。这些地域色彩极其强烈、文化氛围非常浓厚的文学就是美国的乡土文学。具有代表性的作家有南部作家哈里斯（Joel Chandler Harris），中西部作家加兰（Hamlin Garland，1860—1940）、卡瑟伍德（Mary Hartwell Catherwood），东北部作家弗里曼（Mary E. Wilkins Freeman）、朱厄特（Sarah Orne Jewett），西部作家哈特、伦敦以及较后来的华裔作家"水仙花"（音译）（Sui Sin Far）等等。这些作家一般聚焦美国某些地区或某些阶层的人物的现实生活，以客观真实的报道栩栩如生地展现了当时美国丰富多彩的社会生活。他们的作品非常贴近普通人的生活，深受广大读者的欢迎和推崇。

早期研究美国乡土文学的历史学家多在美国的自然疆界、文化区域以及政府管理划分等层面上进行分析。他们试图证明这样的结论：所有国家或民族的根本特征都来源于地方特征，美国正从一个地方特征走向形成美国民族性格的普遍特征。正如批评家们所说："研究社会进化的普遍模式和历史演变将显示地方特征具有最高的实际效用。当然，这并不只是说美国这个国家是从部分向整体演化而来的，或从早期的地区和地域模式演化成现代的局部和国家模式的。这是一个意味更加深远的命题。它将意味着所有文化和文明都是从地域文化逻辑性地演化而来的。"换句话说，美国文化就是从地域文化中发展而来的，或地域文化是走向国家文化的开始。

总之，乡土文学主要叙述某个地域或社会阶层的真实故事，其主要特点是"现实"与"真实"。而正是因为"真实"与"现实"，那种边疆生活的粗犷与热情、那种西部农村的残酷与冷漠、那种荒野或大山中所暴露的人类谋求生存的野性，都为19 世纪后期的美国文学增添了色彩，也在后来促进了自然主义文学的产生。

### 2. 现实主义文学

19 世纪后期，随着各种各样的社会改革文学和乡土文学的大量涌现，美国文学似乎进入了一个"深入现实生活""崇尚真实客观""表现大好河山"和"激发民主热情"的历史阶段。在南北战争到第一次世界大战之间，这种文学潮流就一直占据美国文学创作的主导地位。当时作家纷纷抛弃南北战争之前过分抽象化、心理化以及历史化的创作原则，通过对伤感主义、欧洲文化主义、唯美主义以及庸俗主义的批判，结合新时期美国人欣欣向荣的现实生活，创作出根植于现实的"新"美国文学。这就是现实主义文学，其主要倡导人物是加兰、豪威尔斯，主要代表作家是豪威尔斯、马克·吐温、亨利·詹姆斯等等。

豪威尔斯是美国 19 世纪后期至 20 世纪 20 年代最具有全国性影响力的作家、批评家、诗人、戏剧作家、社会活动家以及青年作家的资助者。他生于美国中西北部的俄亥俄州，童年时代曾在印刷厂做排版工。1861 年，他因为林肯总统撰写竞选传记而被任命为意大利威尼斯领事。他于 1865 年年底归国，曾短期做过《纽约时报》的专栏作家，之后又被聘为《大西洋月刊》的助理编辑，1871 年成为其主编。他一生共创作了 43 部小说、10 多部游记、数部诗歌选集、数卷自传、两届总统选举传记以及 10 多部文学回忆录、杂文、评论。在 19 世纪和 20 世纪之交的 20 多年时间里，他一直是美国文学作品评价的"仲裁者"，曾被尊称为"美国文学泰斗"。

作为美国当时三位杰出的小说家，詹姆斯、马克·吐温和豪威尔斯是那个时代文化思想和价值观念的典型代表。他们社会态度的突变标志着其作品开始转变风格，走向一个批判性更强烈、更加愤怒、更加悲观的创作时代。有的批评家把这种转变看作是美国"批判现实主义"的转向。这种转向伴随着十九世纪八九十年代全国性的经济冲突和社会动荡逐渐深入，他们从美国民主制度乐观的批判者和改革者变成这种体制的怀疑者。

## 二、美国文学自然主义欧洲始源

本章第一节提到"美国自然主义文学是美国本土文学发展的必然结果，其直接源泉是美国农村题材文学、美国改革文学、美国乡土文学以及现实主义文学"。也就是说，无论从哪一种文学向上追溯，都会发现美国文学自然主义创作的支流源头。但是，一个文学流派的兴起也可能与其外部因素有密切的关系。整个 19 世纪的美国基本上是一个完全开放性的自由国家，在大批移民涌入美国的同时，大量的欧洲及其他地域文化也随即侵入。幸运的是，美国人是抱着完全开放的心态迎接这些思想和文化观念的。例如，19 世纪初叶、中叶爱默生所倡导的超验主义就是在吸收欧洲神学与哲学以及亚洲古典哲学和欧洲浪漫主义文学等的基础上形成的；梭罗所实践的自然神性也曾受到中国儒家与道家学说的影响；19 世纪中叶前后在美国全国兴起的社会改革运动也是接受欧洲乌托邦理想以及空想社会主义的结果。其实，美国社会从殖民时期开始就是一个以思想开放而著称的社会。无论是欧洲的还是亚洲的，美国人对所有他们感兴趣的思想都尽情地吸收、修正、改造和运用。从这个意义上讲，美国不但是欧洲文化的传承者，也是世界文化的继承者。

关于美国自然主义文学的起源，批评界曾涌现出许多令人信服的研究成果。

这些成果最普遍的观点是超验主义、实用主义哲学、达尔文的进化论以及斯宾塞的社会学理论共同影响了自然主义思潮的产生；而美国农村小说、社会改革小说、乡土和现实主义小说，特别是法国左拉等作家的"实验小说"，则共同塑造了自然主义的文学模式和表现方式。显然，这种影响推理是存在的，因为任何文学思潮的出现都有其内在的必然性。

# 第二节　自然主义文学的文本策略与审美转型

在研究自然主义的 20 世纪美国文学中的传承与发展专题中，大多数美国社会文化批评家都承认这样一个事实，即美国的 19 世纪 90 年代不是一个发生重大社会变革与思想创新的时代，而是一个人们突然完全意识到过去 20 多年间所发生的剧烈变化的时代——这种变化特别表现在占统治地位的美国农业文明迅速向城市工业文明转型，传统的宗教信仰与道德标准突然被怀疑主义与不确定性的文化思潮所取代。

美国的上空笼罩着失败感、虚无感以及悲观情绪，失去理想与自由的人们不断思索人生的出路，寻求人生的答案。这些作家对美国自由民主体制的怀疑、对人性和尊严丧失的无奈、对社会发展和进步的绝望表达了世纪末作家的基本情绪，标志着现实主义文学所讴歌的"抒情时代"走向终结，预示了美国作家对新工业化环境的深刻反思，而这种反思首先表现在作家在创作理念以及文本策略方面所发生的革命性变化。

## 一、自然主义文学的文本策略

作为一种独特的文学认知与表征模式，美国自然主义必然具有某种独特的创作理念和艺术技巧。关于创作理念，批评界谈论最多的是自然主义的哲学思想、社会认知、意识形态及其所蕴含的价值观念。关于艺术技巧，谈论最多的是其题材的选择、主题的表达、人物的塑造、作品的结构、文体的特征以及审美取向等等。那么，如果说自然主义可能区别于南北战争之后兴起的现实主义，它的本质特征就应该表现其创作理念及艺术技巧这两个方面。

自然主义对世界的认识是"达尔文式"的，自然主义所描述的人物不过是一种高级动物而已；人类社会是一个"原始丛林"，上演着一幕幕你死我活的残酷斗争；社会个体在遗传与环境等外在力量的控制中失去了自由意志、选择生活的权利和追求理想的勇气;整个宇宙是冷酷的、不可认识的,人们只能够把自己的感觉与体验作为指引人生的方向。

## (一)新文学创作所蕴含的意识形态

虽然马钦德的观点倾向于保守,而且用某种自由主义的意识形态评价自然主义,甚至从政治上压制自然主义,但他的看法基本符合自然主义文学的创作理念和艺术追求。在当代批评视野中,批评界也基本认可这种理解。著名批评家沃尔卡特认为,自然主义文学的根本思想倾向是"决定论、生存论、暴力论、冲破禁忌论"。按照沃尔卡特的解释,决定论是"最核心"的,即"自然法则与社会经济影响远远强于人的意志";生存论来自"决定论在生物竞争领域中的应用",因为"生存是生物世界的最高法则",并由此演化为"所有人类的情感、动机以及冲突"。这种对宇宙和人性的基本认识决定了自然主义把人归结为一种高级生物存在的认识,它强调人的动物本质与生存意识,否定人的神性与主观能动性。再者,正因为自然决定了人类生活的生存竞争本质,人生必定是充满暴力的,充满力量与力量的较量,充满"残酷的斗争"。最后,生存与暴力产生了自然主义的"反抗性",使得自然主义作家反对传统与习俗,反对任何社会禁忌或文化限制。沃尔卡特补充说,自然主义颠覆了"许多被认为是不合时宜的主题——性欲、疾病、生物本能、猥亵、堕落,认为这些都存在于生物生存的领域之内,当然也在自然主义作家重视的领域之内,所以不能够被作家忽视"。①

除了沃尔卡特所指出的决定论、生存论、暴力论以及冲破禁忌论,许多批评家还指出了自然主义文学的"必然悲剧论"。1982 年,派泽在阐述美国自然主义的创作理念时曾经指出,自然主义所有的创作表现集中体现在其作品的悲剧性上:其一是"因为控制生活的宇宙力量导致的个人发展潜力的毁灭";其二是"那些相对'成功'但又实际微小的人物的失败使他们在一个不断变化与极不稳定的世界中没有保持自己生存所必需的秩序与镇静";其三是"关于知识的认识问题……因为知识已经成为一种难以把握、总是在变化甚至是对于唯我主义哲学的'知识确定性'来说根本不存在的概念,那么人的全部悲剧命运就在于他们还渴望认识这样的知识"。②

另外,与上述创作理念类似的是自然主义的"超常论"。批评家说,自然主义

---

① Walcutt C C. American Literary Naturalism: A Divided Stream[M]. Minneapolis: University of Minnesota Press, 1956: 20-21.

② Pizer D. Twentieth-Century American Literary Naturalism: An Interpretation [M]. Carbondale and Edwardsville: Southern Illinois University Press, 1982: 6-7.

是一种超越先前文学常规的创作方式,它以自己"另类性"的文学透视方法叙述了
美国跨世纪的现实生活和国民精神状态。正如著名批评家森德克斯特在其1982
年主编的论文集《美国现实主义文集》中所说:"自然主义在超常、过激、荒诞中寻
求狂欢,试图在自然中揭示人类永恒不变的兽性,同时把没有上帝存在的加尔文主
义作为它的决定性力量,把暴力死亡作为它的理想乌托邦,并在一种物质或生理层
面上戏剧化地展示了社会主体性的死亡。"

　　自然主义的创作理念决定了自然主义文学的题材选择、人物塑造、表现形式以
及主题关注。纵观自然主义文学创作,最常见的题材是城市题材,或表现剧烈冲突
与暴力的农村题材,或战争题材。关于作品人物,最常见的则是底层人物,或没有
受过良好教育的普通人,或社会中的弱势群体,当然也有比较成功的工业巨头或商
业大亨,但即使他们也避免不了堕落、绝望、灭亡的悲剧。关于表现形式,最常见的
是"历史地记录人性的堕落",即批评家沃尔卡特所说的"临床性、全景式、生活片
段型、意识流及其对绝望过程的记录"。当人的自由意志被剥夺,当控制自己命运
的力量充满人生的各个角落,当人变成一种受自然法则支配、必须依靠竞争而生存
的动物,作家就失去了主观判断主体存在的标准。他们只能依靠一种客观的、外在
的、临床性的方法诊断个体或社会的道德疾病,只能通过忠实细致地再现社会现
实,通过展示人生的生活片段及细节来展示控制社会与个体的宇宙规律。同时,在
再现主体微观的心理方面,作家也采用一种科学的态度,驱除自己的主观评价,
"客观地"揭示人类心理的活动。最后,无论对外在社会现实的科学诊断,还是对
主体心理的意识过程的描写,自然主义作品所表现的主题都是人是宇宙中渺小的
尘埃,都在发出撕心裂肺的呐喊,表达极端的无奈。

　　总之,自然主义所叙述的都是社会主体在生存中抗争,在注定的失败中堕落,
在悲剧性的结局中灭亡的故事。但是,这种悲剧化的叙述并不是自然主义作家故
意追求艺术效果的产物,而是对当时美国现实的一种心理反应,暗含了各种各样的
意识形态和判断社会的价值观念。

### (二) 新文学创作所蕴含的价值观念

　　自然主义所描述的充满剧烈冲突与暴力的城市生活,表明自然主义开辟了一
条新题材、新主题、新审美的文学道路。一方面,面对威胁性的、麻醉性的、浮躁的
城市生活,自然主义作家看到城市文化相对于农业文明的阴暗面,并积极地对这种
阴暗面进行揭露与批判。这首先表现为美国工业化进程中的一种乡村意识形态,
即农业文明下的美国大众还没有接受城市文明所孕育和提倡的价值观念。另一方
面,面对城市生活的异化感、孤独感、破碎感,自然主义作家也在试图探索城市文明

的程序与本质,而这种城市生活题材的审美又表现为一种城市主义的意识形态,即反映城市生活的价值和追求。两者的对立与斗争说明了美国文化转型时期的大众心理矛盾与价值阵痛。

总之,自然主义所描述的时代的确是美国历史上一个不同的时代,是一个工业迅速替代农业、城市迅速替代乡村、机器替代人、科学替代神学的时代,更是一个由理想走向现实、由乐观走向悲观、由希望走向绝望、由激情走向冷漠的时代。这种社会变化如此剧烈、如此迅速、如此盛气凌人,使人们在来不及看清真相的情况下就被卷入现实的漩涡。它给予人们心灵的震撼与价值观念的冲击使人们在意识到的时候显得目瞪口呆,纵有千般无奈或万般失望,却只有默默地流泪或激动地感慨。这种震撼与冲击、这种无奈与失望、这种激动与感慨,标志着美国社会物质层面的变迁以及社会价值观的转变。

## 二、自然主义文学的审美转型

### (一)"真实"与"真理"的探索者:弗兰克·诺里斯

弗兰克·诺里斯(Frank Norris,1870—1902)是美国 19 世纪末最具有代表性的自然主义小说家,也是"美国土生的自然主义文学运动的吹鼓手,深受美国文学史学家的尊敬和爱戴"。他强烈反对以豪威尔斯为代表的美国现实主义文学创作思潮,积极介绍法国自然主义作家左拉的实验小说,曾给"微笑的"主流美国文坛增添了恐慌性的悲剧色彩。他的作品以科学实验手法把人物放置于客观的经济和社会环境,揭示了他们残酷、蜕变、暴力和堕落的非人性主体心理格式。此外,作为工业化现实的批判者,诺里斯还"被看作 20 世纪初期美国'揭丑'文学运动的先驱"。关于对诺里斯作品的当代研究,批评家麦克拉斯给予了比较中肯的评价,他说:"自 1962 年以来,弗兰克·诺里斯被认为是跨世纪美国艺术与思想转型的试金石,对他的作品的研究已经成为一个特别重要的研究领域,不仅表现在文学研究方面,也表现在文化研究方面。"

诺里斯的 32 年人生经历中,他以青春的冲动和大胆的创作为人们留下了重新审视美国社会的重要文献。他一生共创作了 7 部长篇小说、大量短篇小说及杂文。尽管他的大部分作品艺术雕琢还非常粗糙,批评家也对其主题和形式多有微词,但他公开主张文学自然主义,聚焦美国工业化进程中社会底层的生活及其经济层面的诡计和斗争,为当时的美国文学创作带来清新的空气。正因为如此,诺里斯被20 世纪 80 年代和 90 年代初的美国新历史主义批评家看作是"美国自然主义文学的代表",而他的作品被看作是一个"文化地震仪",其文学表征"以颤动和焦虑的笔触准确地记录了他所处的那个时代各种各样的意识形态的形成过程和文化话语的建构"。① 因此,探讨诺里斯的文学观念和创作对认识美国工业化进程中的国民精神状态和当时的文化生产模式及其意识形态具有启发意义。

**1. 突显现实的断裂性与文学表征的困惑:贬低"文学"的实质与内涵**

诺里斯的文学创作伴随着他对"文学"的贬低、抨击甚至消灭。1899 年,他在给朋友的一封信中写道:"我讨厌'文体''修辞'以及'高雅英语'——这都是些荒唐可笑的东西。谁在乎文体!叙述你的故事,让你的文体滚到地狱中去吧。我们不需要文学,我们需要生活。"②后来,他多次重申"生活比文学重要""生活优于文学"。

诺里斯对"文学"的抵触与贬低实际是有特定范围的,很显然,诺里斯所要消灭的文学并非一般意义上的文学,而是在当时占统治地位、宣扬美国社会民主与进步的现实主义文学,即 19 世纪七八十年代兴起的,以豪威尔斯为首的作家所倡导的"斯雅文学"传统。豪威尔斯曾提倡以"对题材真实的观照""不多不少地忠实于所描写的""日常的平凡的事物"来客观地反映美国社会的民主理想和文明进步。但豪威尔斯等人所主张的现实主义以牺牲文学作品的"文学性"来换取文学社会功能的实现及其高唱美国民主政治和社会进步的价值取向却严重地脱离了活生生的美国现实。而且,他们所谓的"科学"与"民主"思想也并没有贯彻到具体的创作实践中去,相反强调文学应表现民主思想使之成为当时美国意识形态的附庸,从而歪曲了"美国真正的现实"。他们所谓的"科学思想"后来变成不折不扣的"进步意识形态",从而"掩盖了美国大众意识与现实世界的断裂"。③

诺里斯反对现实主义文学的意识形态化"粉饰"和"宣传"功能。他把透视视野转向更为"现实的"美国生活,提倡法国作家左拉的"浪漫主义"。1896 年 6 月 27 日,诺里斯在旧金山《浪潮》第 15 卷上发表《作为浪漫主义作家的左拉》(*Zola as a Romantic Writer*),比较系统地阐述了自己的创作理论和创作方法。他首先指出了左拉在美国文学界被严重误解的状况,然后以当时豪威尔斯的作品为对照,从小说的创作方法、题材选择和人物塑造等方面阐述了法国自然主义与美国现实主

---

① Bell M D. The Problem of American Realism:Studies in the Cultural History of a Literary Idea[M]. Chicago and London: The University of Chicago Press, 1993:115−116.

② 来自诺里斯给友人马克逊(Isaac F. Marcosson)的信。转引自 Walker F. The Letters of Frank Norris [M]. San Francisco: Book Club of California, 1956:30−31.

③ Pizer D. The Cambridge Companion to American Realism and Naturalism: Howells to London[M]. Cambridge:Cambridge University Press, 1995:16.

义的本质区别。他指出：

奇怪的是，左拉长期以来被人完全误解。更加奇怪的是，甚至那些真诚欣赏这位"铁笔作家"作品的人也往往误读他。对于大多数人来说，自然主义是一个词义模糊的概念。它被看作现实主义之内的一个流派——与浪漫主义完全对立。它"复"地表征现实的事物，像照相机那样叙述客观真实。这种认识是错误的。左拉所理解的自然主义实际上是浪漫主义的一种创作形式。①

在解释美国本土的现实主义作家时，诺里斯使用非常准确的语言刻画了其创作的特征：

观察一下那些自称为"现实主义"的小说家，例如豪威尔斯先生所采用的创作方法。豪威尔斯的小说人物一般就住我们街道对面，他们是"我们社区的居民"。我们都认识他们，知道他们的故事，了解他们的生活。我们甚至可以说，如果我们行为保持高雅、生活保持平平常常、情趣保持中产阶级，如果我们没有任何冒险精神、不过分富裕、循规蹈矩，那么我们本身就是豪威尔斯笔下的小说人物。反之，如果不幸开始降临我们头上，如果我们杀了一两个人，或卷入一场悲剧陷阱，或大规模地干些事，例如，聚集大量财富或获取很高的权力或名誉，豪威尔斯先生就会立刻不认识我们了。如果我们做了某种不寻常的事，他准会拒绝认识我们。②

在诺里斯看来，豪威尔斯这样的现实主义作家的作品总是描述中产阶级生活中非常普遍的生活特征，知识停留在生活过程的表面而没有深入事物内部探索人生的全部意义。诺里斯继续叙述说："这就是真正的现实主义。它是关于日常生活琐碎细节的故事，叙述的是那些午饭与晚饭之间可能发生的事件，委婉的激情，克制的情感，起居室里的戏剧，午后约会的悲剧，茶杯引发的危机。"

尽管诺里斯和豪威尔斯在文学创作的诸多方面存在分歧，他们却有一个共同点，即贬低文学作为一种纯粹艺术的理念。前者贬低的是所谓"反映美国社会民主和进步"的豪威尔斯式的文学；而后者贬低的则是美国内战之前那种注重象征性和描述变态心理的浪漫主义文学。正如豪威尔斯在其《批评与小说》中所说："玷污作为人类导师地位的那种艺术"是"贵族意识最后剩下的残余渣滓，它在国家政治和社会生活中正在消失，而现在正在美学中寻找自己的庇护之地"。豪威尔斯所说的"玷污作为人类导师地位的那种艺术"的意思是艺术应该是一位"导

---

① Pizer D. Frank Norris: Novels and Essays[M]. New York: The Library of America, 1986: 1106.

② Pizer D. Frank Norris: Novels and Essays[M]. New York: The Library of America, 1986: 1106.

师",为社会指出一条正确道路,这与诺里斯把艺术看成是给人以沉思和鼓舞的导师、领袖、哲学家、圣贤等思想基本类似。所不同的是,豪威尔斯把自己乐观地定位为居高临下的"文化超人",而诺里斯则把"真实的"社会问题呈现出来让哲学家和道德家去思考,看看能否找出解决问题的答案。

很显然,无论是豪威尔斯的现实主义还是诺里斯的自然主义,都是美国工业化进程中对多元社会现实的文学表征。前者关注的是中产阶级或有闲阶级的生活现实,显然是表面的;而后者则是关注人数最多的下层阶级的生活现实,包括下层阶级的心理现实。这两种"现实"都是客观存在的,是社会不同阶级差异的表现。现实不是人们客观生活的东西,而是人们试图追求的东西。因此,无论是前者的"微笑、民主、进步的现实",还是后者的"悲观、兽性、退化的现实"都只是一种文本表征而已,作家都试图建构他们所体验和追求的那种有秩序和连贯性的"客观现实";他们都不是在绝对的思想真空中虚构故事,而是试图理解那难以捉摸的社会转型过程。所以从文学认知本质上讲,他们争论的实质,正如批评家派泽曾经总结的:"不是一场现实主义和浪漫主义(自然主义)之间的争论,而是资产阶级价值观和激进价值观之间的争论,前者信仰秩序和进步,而后者相信社会混乱和理想毁灭语境中的主体心理分裂。"①

**2. 挖掘"真实"与"现实":体现文学肤浅化和商业化**

"真实"是诺里斯文学创作的灵魂。诺里斯作品里真正体现了"真实"的定义和"真实"的实际指向。从语源学角度看,英语中"truth"一词可以与汉语的"真实""真理""真相""实话""事实"以及"现实"等词语相对应,而大写的"Truth"还与"上帝"和"真谛"等词语相通,同时与"谬误""虚假"以及"错误"等构成反义词。1901年8月3日,诺里斯在《芝加哥美国文学评论》周刊上发表了题为《小说中的真实》的论文,提出这样一个哲学化的问题:"什么是真实?难道现实生活中所发生的事情都是真实的吗?"首先,他区分了"准确"与"真实"的含义。按照诺里斯的理解,"准确"属于现实生活秩序,而"真实"则超越现实生活。他说:"现实生活中的故事也许是准确的——甚至是遗憾的,或恶毒的——但它并不真实。"

诺里斯说:"准确并不一定真实。作家准确地描述现实生活中的危机,希望依靠这种方式获得真实的感觉,这是不可能的。"如此看,诺里斯所说的"真实"来源于现实生活,但高于现实生活;真实并不是现实生活的"复制品",而是现实生活在

---

① Pizer D. American Thought and Writing: The 1890s[M]. New York: The Houghton Mifflin Company, 1972: 35.

作家笔下的升华;小说中的"真实"应该比现实生活本身更加"真实",所以小说的真实不能够按照现实生活的标准判断——生活的真实与小说的真实应该有一个第三判断标准。自然主义小说的真实标准就不是基于现实生活的真实标准,因为"现实生活本身并不总是真实的"。

诺里斯同时也看到,这种第三判断标准非常难以把握。浪漫主义多趋向于"真实",而现实主义则趋向于"准确"。

很显然,诺里斯所说的"真实"与"现实"至少包括以下两个方面的含义。

(1)指一个地区、一个民族或一段历史的典型性或普遍性特征

美国西部正处于一个转型时期,西部文学就应该反映西部转型时期独特的地理与人文特征。诺里斯说:

> 为了艺术化地表现一个民族在某一时代的生活,作家必须探索这个时代区别于其他时代的典型特征,探索那种能够表现这一时代、地区、民族生活的独特本质。作家必须聚焦于这种独特性,必须能够描述这个地区(而不是其他地区)的环境所造就的特殊产品……作家必须遵守文学创作的典型性要求。与牛仔、矿工、边疆拓荒者的人口相比,莱顿先生所说的丹佛市的文明居民以及在城市长大的、坐办公室的绅士人口的确占绝大多数。但是,他们的生活却不是西部生活的典型,并不属于西部环境所造就的群体。他们与居住在纽约和芝加哥那些喜欢平静、循规蹈矩的居民没有区别,与世界其他地方同等阶层的人没有区别。

(2)"真实"和"现实"也是对作家的道德要求,即诚实、具有责任感、不虚伪、不牟私利的创作道德操守

1901年11月27日,他在《波士顿晚报》上发表文章论述"未来美国小说家所需要的教育"这一问题,认为作家要学会观察周围的事物,学会敏锐地体验事物的现实特征,积极培养创作的透视力。与此同时,作家更应该远离书本中程式化的教化,远离所谓文体家或美学家的奇谈怪论,把自己看成是"人民的儿子",以最真诚的态度、最炽热的情感接近劳动人民的世界,接近那天然化的语言、那火热的劳动、那强烈的情感,从而进入新生活的灵魂。

总之,诺里斯反对文学表面化或商业化的艺术追求说明:当时的文学创作已经失去了认识真实的美国现实的能力。在工业化和商品化的经济大潮中,作家要么像豪威尔斯那样独善其身,远离物质生产过程对社会道德的污染,要么投入商品经济大潮,以最廉价的文字产品获得最大的物质利益。这两种方式都不可能对当时真实的社会现实做出客观描述。诺里斯却不一样,他试图聚焦美国的经济现实,

深入社会生活的骨髓,潜入社会主体的深层心理,用"最真实的故事"和"最现实的生活"叙述他们的情感与思考。这些都为我们提供了研究当时社会价值观念的丰富材料。

### 3. 确定"真实"与"现实"的表述方式:明确表述策略

诺里斯认为,一部流水账式的小说不是小说,小说应该是真实的,但与现实生活本身不同:小说是作家对题材进行选择的结果。作家必须从现实生活中获得创作素材。现实生活的故事比你制造的任何故事都令人激动,都具有感染力和创造性。诺里斯运用了一个非常恰当的比喻来阐释小说创作的含义:"作家与现实生活的关系就像一个马赛克镶嵌细工师与一大堆不同色彩的贴片之间的关系。他并不制造贴片,也不会给贴片上色——作家不应该制造和想象出故事的各个部分。作家和马赛克镶嵌细工师一样,只对材料进行选择和拼贴。他首先在头脑中形成一个图案,或最好的情况是,他面对这堆不同色彩的贴片首先组成几个粗略的图案,然后根据偶然的灵感形成自己的设计。这个图案也许开始还很粗糙,贴片形状相互不够吻合,这儿那儿的绿色、蓝色、红色色彩搭配还不够完美。"诺里斯的建议是,"打破某些贴片,无论是形状还是色彩都可以从更小的贴片碎片中获得,然后按照自己的设计对其重新进行组合"。

关于"怎样发挥作家的想象",诺里斯这样认为:"从来就没有想象这种东西。人们所说的想象不过是从前从来没有进行组合的东西而已。面对一大堆马赛克贴片,镶嵌细工师的工作只有选择和组合。如果他拥有足够的胆量,经过足够的思索,持有足够的细心把以前从来也没有放在一起的两种颜色组合在一起,把从来也没有放在一起的两种形状拼贴在一起,我们就称之为'想象'。"

诺里斯认为,选择和拼贴是文学创作的唯一手法,是作家的基本功。1901 年12 月4 日,诺里斯在《波士顿晚报》上发表了《小说创作技巧》一文,对小说创作的叙述模式进行了探讨。他认为,"一部小说必须面对读者,毫无疑问,必须节省读者的阅读时间并有效地利用读者的注意力"。那么,对于最好地叙述一个故事的问题,诺里斯总结如下:

(1)"不同类型的小说,其叙述模式往往不同,这是真理。但任何小说都具有某种难以避免的东西,通常称之为主线。所有的小说佳作均有一个主线,它是众多事件依附的主干,是生活溪流的中心,必须能够突然凝结,而且能够突然释放一种能量推动整个机器运转,加速,达到高潮,然后减速,直到停止。"

(2)小说叙述的方法在于掌握和控制读者注意力的时间。诺里斯说:"达到高潮之前的叙述必须慢,低潮之后的叙述必须快一点……在小说第一个三分之一的时间里,似乎没有什么事情发生,至少你是这样考虑的。人物行动、时间、地点、背景要交代清楚。之后,一个事件会突然出现,但你看不到任何理由,也许百思不得其解,但小说仍然在继续。这时也许没有任何情节发展,你困惑不解,但似乎又有些眉目。到现在为止,我们已经进入故事。不再有新的作品人物出现,只有你所熟悉的人物来来往往。"这个阶段就是我们所说的故事的"酝酿阶段"。然后,"运动首次突然加速,故事的冲突开始——虽然开始得很慢,这时前面那些似乎没有任何联系的事件加入故事的情节发展之中,而且表现得是那样的和谐、那样的天衣无缝,与整个音阶是那样的合拍。"故事再次加速,所有的事件、人物、背景都被卷入一场急剧膨胀的矛盾之中,从而进入整个故事的第二个三分之一阶段,即"高潮阶段":所有的暴力、悲剧、灾难、死亡都突然呈现出来。最后是快节奏地结束叙述,以达到某种"特殊的艺术效果"。

诺里斯强调创作中的理性,反对毫无遏制的想象,而且从选择素材到拼贴,从开始拼贴到最后结束,小说节奏都必须由作者牢牢地控制着。因此,叙述控制就成为作家感染读者的重要文本策略。为了达到这个目标,必须在"真实"与"艺术"之间找到一种平衡,小说应该是从现实生活中提炼的事实,并以艺术的手法讲述给读者。这是一件非常困难的事情。作为一个艺术家,要做到避免纯粹艺术性的故事叙述和纯粹事实性的呈现。

总之,诺里斯所主张的文学叙述是一种"真实"与"艺术"完美结合的叙述方式。叙述的真实性与叙述的艺术性应该融为一体,以真实性解释现实与真理,以艺术性感染读者,使读者深刻地认识真实性的存在。确定"真实"与"现实"的表述方法,是诺里斯的小说叙述策略。

### 4. 实现文化的转型与塑形:美国精神建设

自从独立战争以来,美国人民就开始建构自己与欧洲不同的独特文化模式。这种社会文化塑形的努力在 19 世纪末的"西部神话"文化建构过程中达到高潮。其中最具有代表性的是加兰在 1893 年芝加哥哥伦比亚世界博览会期间演讲的《小说中的地方色彩》中所主张的"美国的民族文学"。此外还有诺里斯在 1901 年前后所撰写的文学批评——《一个美国小说流派》所呼吁的文学的"美国特征",美国大众中间流行的"阿吉尔成功神话",当然最著名的还是历史学家特纳所创立的"美国边疆理论"以及关于美国国民性的阐释。

加兰关于文学的乡土主义主张伴随着美国民族文化塑形的过程。这种以"地方色彩"来表征美国民族文学特征的尝试在众多乡土现实主义作家那里得到积极的回应,成为当时定义美国独特文化和独特文学的文化建构活动之一。

这种文学地方主义来源于美国不同地区的自然地貌以及移居此地的、具有不同文化背景的人群。在长期的大陆迁徙和日常的生产活动中，这些地域与人群表面上的差异逐渐内化为心理差异，进而表现为意识形态和价值观念的差异。而且，这种具有民主色彩的差异性在19世纪末西进运动结束后成为美国民族文化的一个组成部分，也是美国民族文化的一大特色。在论述地方主义对美国历史文化形成的巨大影响时，历史学家特纳曾这样总结："地区主义在美国历史上的重要意义就是它类似于欧洲国家形成的一个个缩影，所以我们应该按照这种思路重新研究我们的历史。我们的政治和社会就像欧洲国家那样形成于地方特征和地方之间的文化互动中。"①

加兰所提倡的地方色彩和特纳所提出的美国历史边疆理论是一致的，所不同的是加兰讲的是文学，而特纳讲的是历史。两人都曾被邀请参加芝加哥哥伦比亚世界博览会，并就美国文学与美国历史进行演讲。他们认为，西部社会的生活过程造就了美国文化的独特性。众所周知，西进运动伴随着整个美国的工业化进程。根据1891年美国统计署发表的数据与分析，1890年，西进运动已经基本结束，拓荒者已经到达边疆顶端，全国范围的土地殖民过程趋于完成。在回顾美国近百年特别是近50年来的西进运动过程之后，特纳认为，欧洲文明与美国文明的差异是新世界的独特环境及这独特环境中的社会活动的产物。这种环境的显著特点就是自由土地的天然性以及美国人西进运动过程中自由土地天然性的退缩，即人们每一次进入某个自由的处女之地后，就会重新调整自己以适应新环境的变化，同时，他们又会抛弃自己原来的文明传统。美国人就是在这种"人进地退"与"环境适应"中形成了自己的社会、政治、经济以及文化体制，完成了民族形成过程中的"种族美国化"和"社会民主化"。

特纳用美国社会活动过程阐释美国精神或美国文化的形成，这开辟了认识美国历史与文化的新阶段。但是，特纳也并不是阐释西进运动对美国精神形成影响的唯一重要人物。他同时代的许多作家，如加兰和诺里斯，也是西进神话重新阐释和定位美国文化的积极参加者，他们也同时看到了区域文化对美国精神形成的重要性。

1902年12月，诺里斯又在《世界文学》上发表《被遗忘的史诗》。这次，他更是把西进运动看作是一次"世界创举"。在他的眼中，美帝国的西进运动终于穿越

---

① Turner F J, Farrand M. The Significance of Sections in American History[M]. New York: Peter Smith Gulf Publishing Company, 1950: 50.

太平洋,到达世界文明的起点——那神秘的东方亚洲。西进运动是世界文明的一个组成部分。从古埃及到古希腊,从古希腊到古罗马,从古罗马到西欧和北欧,从西欧到美洲,从美洲东部到美洲西部,从美洲西部到古代的东方亚洲,人类文明环绕地球。每一次对文明的征服都充满了侵略和战争。但是,从古埃及文明到古希腊文明耗时几个世纪,从古希腊文明到古罗马文明经历的时间更长,古罗马文明跨越阿尔卑斯山脉到达西欧和北欧则花了近千年时间,而西欧文明到达美洲也花了近三个世纪的时间。然而,美洲东部文明到达西部却只用了几十年时间。诺里斯最后总结说:"请看一看,一旦跨越了密西西比河,西部——我们的西部——在大约40年的时间里就被征服了。从东部到西部这场伟大的拓荒运动就是一次最伟大的胜利,就是最迅速、最完整、最辉煌的文明征服——荒野一下子被完全战胜。"①诺里斯试图证明的是西进运动在美国民族文化形成过程中的重要地位。

所谓"史诗",是指叙述民族形成过程的诗歌作品。诺里斯把美国西进运动提升到"美国史诗"的层面,显示出他对这个社会殖民过程的重视。同样,作为第一个主张左拉式自然主义创作的美国作家,诺里斯把以西部题材进行的文学创作作为定义美国民族文化的内容,反映了他自己进行的文化建构的深刻含义,也反映了自然主义文学参与美国精神建设和阐释的行动以及美国社会价值观念重塑的过程。

**(二) 客观印象与现实谬误的批判:斯蒂芬·克莱恩**

斯蒂芬·克莱恩(Stephen Crane,1871—1900)属于那种乱世英雄式的人物,虽没有中国古代侠客那种气拔山河的豪气,但并不缺乏孤独求胜的傲骨壮举。他为生存而奔波,经历千般苦难和万般折磨,虽有时沉溺于风花雪月,但一生都在呕心沥血,追求人生更高的境界,创造了美国现代文学的奇迹。也许红颜薄命,才子少寿,克莱恩英年早逝。

**1. 对现实困惑与勇于艺术实验的文本策略:克莱恩的文学模式**

克莱恩很少直接谈论直接的文学主张以及创作思想,批评界也很少论述过他的文学理论。但是,克莱恩还是有自己的创作理论,是典型的"对现实困惑与勇于艺术实验的文本策略"的先行者。

克莱恩一生的主要艺术思想可以用"浮躁"与"实验"来表述。"浮躁"代表一种中间心理状态,主要表现在社会转型时期旧思想走向消亡而新思想还没有形成造成的困惑,一方面怀疑所有传统文学的创作思想,另一方面又对新的思潮保持警

---

① Pizer D. Frank Norris: Novels and Essays[M]. New York: The Library of America, 1986: 1201.

惕。"实验"则表现在他一生都把艺术创作作为一种生活实践和精神实践。他的作品所表现出来的所谓现实主义、自然主义、象征主义、印象主义、表现主义等各种"主义"的倾向就能够说明这个问题。克莱恩并没有把某个固定的"主义"作为自己始终坚持的创作实践,而是利用与发展传统文化,并自我创新。这一"实践型"或"创新型"的艺术作风贯穿于克莱恩的整个创作过程之中。

尽管克莱恩的创作思想难以归纳统一,但有一个创作基本点是他一生都坚持的。这就是,文学要永远接近生活,接近现实。对这样一句话,批评家阿尼布林克这样解释:"克莱恩不但反对他所生活的那个时代的社会环境,而且讨厌斯雅文学传统那种虚伪的自我满足。他抨击美国文学的传统创作标准,反对追求轰动效应或煽情主义,讨厌生活轻喜剧与浪漫主义,因为这一切都远离他对生活的理解。他渴望'简洁、直接的艺术',贴近生活,表现个体真实。"①

"真实"与"直接"是克莱恩表现现实的两大追求。他反对作家对现实的任何掩饰与美化,同时否定对任何现实的极端丑化。现实就是现实本身,而不是其他东西。诺里斯曾经呼吁要描述美国"真实的现实",而当时现实主义文学泰斗豪威尔斯也倡导描述美国"真实的现实",但诺里斯的"真实的现实"显然与豪威尔斯"真实的现实"迥然不同。

对现实问题的看法以及面对现实的表征模式是认识克莱恩创作的关键。按照美国 19 世纪末文化知识界的理解,克莱恩既不是严格意义上的浪漫主义作家,也不是严格意义上的现实主义作家,更不是严格意义上的自然主义作家。有的批评家提出,克莱恩的作品属于一种"新现实主义"或"心理现实主义"。而按照 19 世纪末美国流行的心理学解释,按照威廉·詹姆斯的《心理学原理》和弗洛伊德的精神分析学说,克莱恩的作品,特别是《红色英勇勋章》这样的作品,的确具有文学心理主义的基本特征。他所描述的恐惧心理、成长心理以及无意识心理都可以在当时的心理学领域找到合理的解释。至于他的作品所蕴含的其他"主义",例如象征主义、印象主义、表现主义,甚至透视主义等,也可以在当时心理学的研究中找到理论渊源,而且也可以从其作品中找到许多文本证据。因此可以说,克莱恩的现实表征模式基本按照个体对外界的感知展开,蕴含作者观察现实的各种意识形态和价值观念,而这一点可以从他所追求的艺术"实验性"中得到解释。

---

① Ahnebrink L. The Beginnings of Naturalism in American Fiction: A Study of the Works of Hamlin Garland, Stephen Crane, and Frank Norris with Special Reference to Some European Influences, 1891—1903[M]. New York: Russell & Russell, Inc. , 1961: 150-151.

如上所述,克莱恩的创作理论最合适的词语莫过于"实验性"一词。这种实验性主要表现在对当时众多创作思潮的广泛吸收和借鉴,也是他试图创新的核心和基础。从以往的批评视野来看,克莱恩实验性文学创作最重要的源泉首先是对法国或欧洲现实主义与自然主义文学的借鉴。在这一方面,著名批评家阿尼布林克曾通过文献综述以及文本对比分析总结了以下几点:第一,克莱恩的战争叙述可能借鉴了左拉的《崩溃》,但更可能借鉴了托尔斯泰的《战争与和平》或《塞瓦斯托波尔的故事》;第二,克莱恩的贫民窟小说可能借鉴了法国现实主义作家莫泊桑与福楼拜的作品以及左拉的《酒馆》。

另外,阿尼布林克还分析了屠格涅夫和易卜生对克莱恩的影响。据说,克莱恩曾于1899年读过屠格涅夫的《烟雾》。他曾经是豪威尔斯和加兰的笔友,而豪威尔斯与加兰又是屠格涅夫的忠实读者,也非常熟悉屠格涅夫的作品。由此可以推断,很有可能是豪威尔斯与加兰把屠格涅夫介绍给了年轻的克莱恩。尽管克莱恩本人及其批评家很少有人指出易卜生对其有影响,但阿尼布林克根据克莱恩与加兰的朋友关系以及易卜生在美国19世纪90年代的巨大影响,判断"易卜生对这位美国作家(克莱恩)可能有影响"。克莱恩创作实验性借鉴的另外一个表现是他融合了浪漫主义、自然主义以及当时美国现实主义的创作方式,展示了这些主义所描述的社会存在的各个层面。

克莱恩创作实验性借鉴的第三个表现是其印象主义以及存在主义的文本策略。印象主义、自然主义、现实主义这三种"主义"几乎出现在同样一个历史时期,具有同样的社会背景,同样都是对美国现实生活惨淡状况的关注。存在主义是现代主义之后的文学思潮,克莱恩能够体会到人类生存的虚无和无奈,表现出他超前的艺术敏感力和创造力。

实际上,克莱恩创作的实验性还表现在他对美国本土文学的大胆借鉴上,本章第一节有所提及,他借鉴最多的是美国农村小说,对他具体产生影响的作家是埃德加·豪与科克兰德。

总之,克莱恩的艺术丰富多样,其实验性就在于作者把所有他发现的艺术手法运用到了自己的创作中。无论后来批评家怎样定义克莱恩的创作思想或趋向,他开创了一种新的艺术模式是大家公认的。这些纷繁复杂的艺术手法集中到一个艺术家的头脑里,一方面反映了克莱恩多元化的艺术追求,另一方面反映了他在追求艺术的过程中的探索与困惑。为了理解这种多元化的艺术追求或困惑,我们必须把他的艺术创作过程放置于当时的文化大背景中去考察,探索究竟是哪种"决定因素"使他走向了这种独特的艺术创作。在这方面,批评家在过去的一百余年中从来没有停止过探索。

**2. 挖掘艺术与价值裂变：20 世纪的批评人物克莱恩**

在 19 世纪 90 年代后半期，克莱恩的作品销售量不大，但他仍然被认为是当时最有名的"文学人物"。批评家威塞福特曾经说："克莱恩那种不羁的生活方式、独特的新闻报道、与著名作家的朋友关系以及他在欧洲的自我流放，都使得他成为当代具有国际影响力的名人。"然而在他去世之后的不长时间里，克莱恩却几乎被完全遗忘，直到第一次世界大战开始。"一战"时，欧美许多反战派知识分子发现了克莱恩作品的现实价值。但是，他们开始时并没有从审美方面挖掘克莱恩的艺术特色，而是用他的作品来证明战争的残酷性与野蛮性。现代主义运动开始不久，许多作家以及批评家从克莱恩的诗歌与小说叙述模式中忽然发现了自己试图寻觅的某种"艺术手法"。与此同时，英美与欧洲现代主义意象派诗歌也在克莱恩那里找到了原始的创作灵感。这个诗歌流派对克莱恩的重新发掘促进了他在美国文学领域经典地位的提升，使他成为"意象主义诗歌运动的先驱"。到 1917 年，许多批评家都认为克莱恩是"美国第一位意象派诗人"。

在第一次世界大战前后，美国国内"爱国主义"的参战呼声似乎也助长了克莱恩的战争小说《红色英勇勋章》的销售以及影响力。许多知识分子及批评家从《红色英勇勋章》中阅读出了"英雄主义"主题。许多意识形态制造者把《红色英勇勋章》看成是美国军人勇敢的象征，尽管有的批评家指出这部小说不是对英雄主义的赞美和对美国军人勇敢气质的讴歌。但克莱恩作为美国经典作家的名声越来越高，随着战争的发展以及最后的结束，许多批评家把他看成是"美国现代主义文学的开拓者"。1921 年，著名批评家斯达雷特编辑出版了克莱恩的文选《男人、女人、船》，虽然其"目的在于把克莱恩推崇为美国一流的艺术家，从而保证这部文选的读者群体"。1923 年，比尔（Thomas Beer）出版了第一部克莱恩传记。比尔试图从作家的创作风格以及艺术成就入手"重新发现"克莱恩。1925—1927 年，批评家克诺普夫（Alfred Knopf）为了满足收藏者与美国各地图书馆的需要，也为了使读者能够全面了解与收藏克莱恩的作品，编辑出版了 12 卷本的《斯蒂芬·克莱恩全集》。所有这些举动都使克莱恩成为美国文学的一流经典作家。

20 世纪 20 年代的有关克莱恩的阅读与研究高潮在三四十年代进入低谷。这期间，批评界几乎没有出现多少客观严肃的有关克莱恩的批评。在经济大萧条的 30 年代，批评家发现克莱恩所再现的作品世界其实就是 30 年代美国社会的真实写照，因此先前批评界关于克莱恩作为意象主义诗歌先锋与现代主义开拓者的批评判断被批评家所展示的他的"自然主义观念"所取代。威塞向运用严格的自然主义公式与马克思主义意识形态阐释克莱恩的作品,试图从克莱恩的社会观念以及作为记录与批判社会的艺术家角色出发理解克莱恩的创作本质。

第二次世界大战之后,克莱恩的名声开始重新上升。到20世纪50年代初期,他又稳定地站立于美国主要经典作家之列。这一时期,有的批评家试图重新创作他的传记,开始从他作为伟大作家的创作主题与艺术特色出发进行全面的研究与反思。在20世纪50年代后期到60年代初期,克莱恩作品的丰富性与艺术特色终于被大量挖掘出来。现实主义、自然主义、印象主义、表现主义以及现代主义等批评词语不断展现克莱恩的作品内涵,而且研究他的创作来源和影响、风格形成和叙述模式的文章和专著也大量出现。当时具有代表性的传记作品有贝里曼(John Berryman)的《斯蒂芬·克莱恩》(1950);在研究克莱恩诗歌艺术方面具有代表性的专著有霍夫曼(Daniel Hoffman)的《斯蒂芬·克莱恩的诗歌》(1957)。到60年代中后期,更多的克莱恩研究专著开始出版,如索罗曼(Eric Solomon)的《斯蒂芬·克莱恩:从讽刺到现实主义》(1966)、克尔布(Harold H. Kolb, Jr.)的《生活的幻想》(1969)以及拉法兰(Marston LaFrance)的《斯蒂芬·克莱恩解读》(1971)。应该指出的是,在20世纪60年代,克莱恩已经成为一个具有国际声誉的美国经典作家。他的作品被翻译成多种文字,欧洲以及日本等亚洲国家也开始关注克莱恩的创作。20世纪60年代末到70年代初,对克莱恩作品的重新考证与文本校正工作也在美国的弗吉尼亚大学以及其他机构紧张展开。1974年,12卷本的克莱恩作品全集终于完成并出版,为当代人研究克莱恩提供了可靠的文本基础。

1980年,批评家纳格尔对克莱恩与美国文学中的印象主义传统进行了深入的探讨,认为他是美国文学史上一位开拓性的印象主义作家。在《克莱恩与文学印象主义》中,纳格尔对印象主义在绘画艺术中的产生、在文学作品中的大量运用进行了详细评述。与此同时,他还叙述了与克莱恩同时代的作家与批评家对他作品中的印象主义的研究、现代主义时代的批评家对他作品中的印象主义研究、印象主义在克莱恩作品形成中的作用和过程、文学印象主义在美国文学中的发展与传承以及印象主义与现实主义、自然主义的差异等。最后,纳格尔还把克莱恩的作品作为文本对象从叙述模式、主题表达、人物塑造、情节结构、象征与意象等方面对克莱恩的印象主义做了综合评述。纳格尔对克莱恩的印象主义研究是克莱恩研究的经典作品。他在叙述美国早期的克莱恩批评(特别是对克莱恩印象主义的批评)时,曾对印象主义的基本手法进行了总结。他说:"所感知的现实是片段性的;再现现实生活是插话式的;只有与画家相应的艺术控制才能创作此风格的小说;意象以有节制的模式出现,特别是视觉意象,这对于记录作品人物的印象是至关重要的;这种叙述方式呈现出一种令人震惊的生活幻觉,特别表现在视觉中。克莱恩在作品中以熟练的艺术技巧表现这些特征,开创了一个新的文学方向。"

1983 年,批评家沃尔福特出版了《克莱恩的愤怒:小说与史诗传统》。这是一部研究克莱恩的作品与西方史诗传统的重要著作。沃尔福特认为应"把史诗看作一种文学传统与体裁形式,聚焦这种文学传统与体裁研究。作为传统,它是一种不断颠覆同时又重新塑造历史与价值的文学;作为体裁,它是能够最有效地反映人类意识的历史与进化过程的文学样式"。在定义了西方史诗传统的概念之后,沃尔福特论述说:"克莱恩是美国文学史中一位不可多得的作家。他属于那种既不讴歌工业巨头、崇尚个人主义,也不相信社会主义改革能够医治美国社会疾病的人。他反对美国 19 世纪后期兴起的社会主义运动,但是他也不赞成某些根深蒂固的资本主义文化传统。在加兰、诺里斯、德莱塞猛烈抨击资本主义的罪恶的时候,在庞德、海明威以及米勒后来痛斥美国平庸的集体意识时,克莱恩对两者都持有一种警惕性的清醒。他的小说在揭露工业资本主义的罪恶方面传达了无声的愤怒,同时也对那些盲目接受生活失败的人进行了批判。"在分析克莱恩的史诗传统时,沃尔福特说:"深入人类记忆、想象以及相关感觉器官,探索⋯⋯宇宙秩序,并以此面对现实,这就是克莱恩史诗的使命。"总之,沃尔福特认为克莱恩继承了荷马、维吉尔、弥尔顿以及其他作家的史诗传统,创作出了具有美国历史内涵的伟大史诗,预言了后现代主义史诗作品的出现。

20 世纪 80 年代后期以来,文化批评的透视方法被大量运用于克莱恩批评,涌现出了许多有意义的批评观点。1989 年,批评家哈里伯顿从比较文学以及当代跨学科研究的方法论中汲取营养,对批评界在克莱恩研究中忽视的问题进行了分析与探讨,例如克莱恩对音乐的感觉、克莱恩诗歌的视觉意义、克莱恩的记者生涯对其文学创作的影响、克莱恩哲学中的现象学观念等。1997 年,罗伯逊从社会学和文化批评入手,探索了当时美国的新闻媒体写作对克莱恩创作的影响,展示了美国历史话语对文学创作的意识形态控制,进一步揭示了社会现实中的事实与虚构话语的关系。1998 年,克莱恩最新的一部长篇传记出版,作者是戴维斯。在这部传记中,戴维斯以详细的叙述以及大量的图片叙述了克莱恩传奇的一生与其作品的形成过程。2003 年,加拿大学者忒特对克莱恩作品中的摩天大楼与《圣经》中古巴比伦的"巴别通天塔"进行了比较阅读,认为当时美国城市所兴起的高楼建设蕴含《圣经》中的"巴别塔"意象,暗含人类丧失精神的思想过程。

忒特在引用《圣经》阐释学家萨纳(Nahum M. Sarna)的《圣经阐释》(1966)的论述之后认为:"'人类精神退化'这一观念贯穿于克莱恩描写纽约社会生活的短

篇小说之中。城市被克莱恩描述为巨大、冷漠、无情、异化的城市,不再是精神的家园",而且"整个社会的城市化、物质文明的发展以及高楼建筑的兴起,从《圣经》所蕴含的观念看,也许暗示了人类精神发展过程中的堕落。这一主题在后来的《圣经》预言中也得到了最有力的印证"。

忒特从《圣经》阐释的角度探索克莱恩的创作及其所蕴含的价值观变迁是本文试图论述的重点。关于这方面的论述,批评界已经有许多真知灼见。著名批评家沃尔卡特曾经这样论述道:"克莱恩的自然主义表现在以下几个方面:首先,就传统价值观念而言,他通过其自然主义的再现方式不断地抨击传统价值,说明传统社会道德的概念都是虚假的,传统道德所产生的人类动机都是一种伪装。其次,就印象主义而言,他否定了体验的整体性,承认感觉的无序性,这种认识在某种程度上摧毁了旧道德中的'秩序'观念以及传统道德中的奖惩过程。"最后,批评家格尔吉尔也曾解释过克莱恩印象主义创作与价值观的变化。他认为,印象主义的创作模式孕育了一种哲学与价值观念,它把科学主义提倡的客观性与分析方法引入审美过程,暗示了道德的相对性、现实与感觉的错位、社会阶层的分化。因此,印象主义打破了美国传统的哲学观念与认知方式。按照他的观点,印象主义是"完全基于感觉系统的变化而建立起来的。从根本上讲,印象主义是主观描述客观的结果,是人类回应体验的各种表现方式。记忆、想象、情感在整合个体意识时控制着人的心理过程,并成为人类体验的艺术表现基础"。

总之,无论克莱恩采用什么实验性的模式进行创作,他的作品所蕴含的社会变迁以及价值观变化是许多批评家都认可的。

## 第三节　自然主义文学及其在工业化进程中的文化表征裂变

整个世界工业化进程都有一个共同的特点,那就是把农民变成工人,把荒野田园变成工厂、牧场、油田、城市,把手工操作的生产方式变成大机器生产方式,把以种植为主的农业文明变成以商品生产为主的工商业文明。作为工业化进程中的主体——人,其身份变了,生存方式变了,居住环境变了,文化形式也变了。随着社会物质领域的巨大变化,人的精神面貌也相应地发生巨大的变化。人们不再按照日出而作、日落而息的节奏生活,而是按照工厂钟点安排自己的工作与休息及其他活动。这些在物质与精神领域发生的巨大变化标志着工业化文化的塑形完成。

无论是农民还是城市贫民所遭受的困苦,都是美国工业化过程中典型的社会现实,也是自然主义作家试图表现的文化表征。本部分将集中当时最具代表性的工业化片段,如农村生活、城市生活及战争的现实投射和边疆拓荒生活等,分析探讨美国工业化进程中文化表征的具体表现形式。

## 一、工业文化构建的反思:《章鱼》引发文化裂变

### (一) 诺里斯的文学代表作《章鱼》问世

农民遭受苦难是世界各国工业化进程的一大特色。这是因为工业化首先要改造的对象就是农民以及农民所拥有的土地。为了各自的利益,工业资本家与农民对土地权利的争夺是这场冲突的具体表现。英国的圈地运动、欧洲其他各国对农民土地的非法剥夺甚至没收,都曾引发过剧烈的社会冲突,农民甚至被血腥屠杀。美国的基本情况也大体如此。

1899 年,诺里斯为了了解西部农村在工业化语境下的现实生活,以创作他宣称的"美国史诗",到纽约科技学院图书馆检索材料。在那里,他搜集与整理了有关美国历史上著名的"莫索尔平原大屠杀"(The Mussel Slough Massacre)的材料。同年,他又到大屠杀的发生地点——旧金山南部的大草原——进行了数月时间的实地考察。这些历史材料作为主要的故事情节与背景出现在《章鱼》中。这就是诺里斯以资本主义经济领域中生产、流通、消费过程为叙述结构的小麦史诗三部曲的第一部。小说于 1901 年 4 月出版,到次年秋天就销售了 3.3 万册。在小说刚刚出版之际,豪威尔斯便对它大加赞赏,认为诺里斯是"加利福尼亚麦田里的诗人",其小说是"伟大的作品,宏伟而悲壮,是记录美国以及整个人类的悲剧历史的绝对权威"。[1]

《章鱼》反映了人们当时的一种思想情绪,所以它获得好评不是偶然的。它对金钱政治的猛烈抨击正是当时美国人民的政治理想与追求,正如著名社会改革家与批评家弗拉沃在欢呼《章鱼》的成功出版时所说:它以"崇高的正义激情抨击了工业主义的暴行",而且它"如此杰出与伟大,以至于我们可以毫无讳言地把作者列为为数不多的最好的美国小说家之一",因此弗拉沃建议读者踊跃购买小说,并"大声朗读给家人听",而且"还要借给你的邻居看"。

诺里斯长期生活在美国西部,是西进运动和工业化进程的经历者与见证者,对

---

① 转引自 Marchand E. Frank Norris: A Study[M]. Stanford, New York: Octagon Books, 1971: 217.

美国社会文化的工业化转型有自己的亲身体会。著名批评家马钦德曾这样评论道："在美国,这样的小说是第一部。就它所表达的那种宏伟构思、所展示的那种近乎原始野蛮的色彩、所容纳的那种对富饶土地的深邃感觉、所揭示的那种宇宙力量的巨大作用、所蕴藏的那种激烈紧张的戏剧冲突,再无哪部小说能够与之匹敌。"整个故事所呈现的背景虽然在加利福尼亚,但所暗示的现实情况却发生在美国全国,因为它抓住了一个时代民族生活的典型特征——消失的边疆以及农业秩序与正在兴起的工业主义之间的冲突与斗争。

《章鱼》是一部美国工业化转型时期的民族史诗。作为一位类似于社会学专家的小说家,诺里斯第一次把资本主义社会的生产过程与民族历史的进化过程结合在一起。小说主人公是一位名叫普里斯雷的年轻诗人,故事情节集中描述了这位雄心勃勃的诗人面对美国铁路资本家与农民之间利益冲突时的愤怒与思考,揭示了美国工业化转型时期农村生活的悲惨。

小说开始的章节写普里斯雷到大西部体验生活的愿望,带有某种豪情壮志和青年人的情感和冲动。但随着故事的发展,现实的西部生活体验似乎又颠覆了作者乐观的西部神话,揭示了工业化过程中的社会现实。显然,综观整个故事的发展,《章鱼》颠覆了传统西部神话的五个重要的象征观念,揭示了美国工业化进程的五个文化符号表征。

(1)颠覆了美国土地作为"伊甸园"的神话,取而代之的是一个摧残美好爱情与崇高理想的神话。

(2)颠覆了美国传统文化作为理想主义的神话,取而代之的是一个崇尚经济价值的神话,它遵从"丛林法则"和"野性斗争"等生物层面的工具性原则。

(3)颠覆了作为个人主义的民主和自由神话,取而代之的是一个亵渎民主和自由理念的神话,它践踏民众的基本人权,具有专制主义的基本特征。

(4)颠覆了作为"神的使命"的神话,取而代之的是一个帝国主义神话,宣告了美国经济国际扩张的开始。

(5)颠覆了美国文化价值中乐观主义的神话,取而代之的是一个工业化文化建构的伤感故事。

**(二)悲剧拉开序幕:伊甸园的爱情与理想破灭**

美国作为上帝选定的"伊甸园"是美国传统文化意识形态的重要组成部分。但是,随着工业化的不断深入,原来和谐宁静的大地被突然卷入一场空前的暴力灾难中。在诺里斯笔下,这块土地已经变成一个玷污崇高理想、摧残美好爱情的地方。小说中有一个非常浪漫而且理想化的人物——凡纳米,他的故事充分说明了这一点。在小说的开始,凡纳米是一个牧羊人,过着悠闲自由的隐居生活,但他背后却有一个令人恐惧的悲剧故事。凡纳米和普里斯雷曾经是好朋友,在一起相处有16年之久。他也是一个阅历广泛、才智过人的大学毕业生。多年前,他们俩曾经见过一面。但有一天,凡纳米突然消失得无踪无影。这次,普里斯雷到西部突然见到凡纳米,勾起了普里斯雷心灵深处的记忆。诺里斯写道:"他(普里斯雷)追溯凡纳米过去的生活,重新回忆那场令人恐惧的悲剧及其给凡纳米的心灵留下的创伤。就是这种伤痕使他成为一个流浪天涯的灵魂,一个拒绝人类社会的隐士,一个丛林大漠的游民。"

从表面上看,凡纳米是一个天然的诗人,接近大自然。他对美有一种特殊的敏感,而且对人类社会的大喜大悲有一种近乎疯狂的鉴赏和理解。但是,凡纳米的这个特点并不是自然形成的,而是生活悲剧在他心灵深处留下的阴影。他在大约20岁、正值性格形成之际,爱上了一位16岁的少女——安琪儿·梵林。安琪儿天真美丽,"几乎难以用语言表达"。安琪儿也同样钟情于凡纳米。他们传奇性的情感完全是"田园般的、没被社会玷污的、发自内心的,就像树木的生长那样自然,像露水降落那样恬静,然而又像大山那样深厚"。然而,就是这样一段完美的爱情却被暴力与邪恶突然粉碎。故事成了美国工业化进程中社会现实的一种典型"隐喻",其含义就是美国的土地不再是传统文化表征中理想化的"伊甸园",不再是宁静、和谐、神圣的,而是一块充满暴力的罪恶之地。

**(三) 冲突与发展的困惑: 经济神话**

诺里斯在故事开始运用倒叙的手法叙述了发生在朋友凡纳米生活中的悲剧故事。那种浪漫田园中笼罩的恐惧、那种平静的原野所蕴含的暴力,使读者在初次接触这个故事之后便感到一种不祥之兆。随着故事情节的深入,真正的群体性暴力冲突终于发生。故事叙述了,人们为了保护自己的利益,当地农民与铁路公司都开始行动起来,先是尔虞我诈的阴谋诡计,后是你来我往的艰难谈判,最终酿成一场流血惨案,一场为了生存而斗争的暴力和屠杀。

也就在这次流血冲突之后,普里斯雷彻底改变了他对西部罗曼史乃至整个美国社会的看法。诺里斯说:"到现在为止,他(普里斯雷)的创作发生了彻底的转变。伟大的西部之歌的主旋律,先前打算创作的西部史诗以及开始尝试又失败的原稿被彻底抛弃。同时,他还撕碎并销毁了自己大量的已经写好的那些'乏味'的诗篇,而保留下一篇自己创作了一半的、标题为《劳动者》的诗歌。这首诗是他看了'希达克斯特艺术馆'之后的杰作,而主题是对社会体制的批判。"他不断地修正这首诗歌,反复斟酌它的语言和节奏,最后圆满完成了它。

发生的流血与屠杀使普里斯雷不再相信西部精神是美国民族精神和文化的根基这一神话。普里斯雷"看到了红色,一股巨大的反抗精神在他的心里沸腾"。而他自己也开始转向类似于马克思主义的革命思想。但当时美国知识分子的意识形态局限又使他徘徊于革命行动和文学荣誉的困惑之中。普里斯雷承认自己的确不能战胜自己,但又不愿意屈就社会现实。他解释道:"确实如此。但是我就是担心它会把我的诗歌扔掉。高雅杂志给予我这样一种背景,给予我这样的压力。"

一位社会改革家写一本关于土地占有不公平的著作,结果是挣到一笔钱买一块地。经济学家悲叹穷人的艰辛,而他在自己的著作出版后变得更富。最后,普里斯雷承诺:我会在日报上发表这首诗歌,但不会接受任何报酬。

果然,普里斯雷的具有社会主义思想的诗歌获得巨大成功。《旧金山日报》星期日副刊以整个版面首先发表了这首诗歌,而且使用了醒目的标题和字体;接着,纽约、波士顿、芝加哥的各家报纸对其进行转载。社会评论也像雪崩一样出现在各种媒体上,批评、抨击、支持、赞扬等各种意见都有。有的报刊发表社论,有的文学期刊刊登专栏;赞扬者几乎达到一种奉承,而抨击者简直是进行猛烈的谩骂。

这时,连普里斯雷本人也感到吃惊和困惑。他开始反思自我,在开始创作这首诗歌时,他并没有想过名声与成功,但现在成功和名声已经来临。诗人在理想与现实之间进行了激烈的思想斗争:是追求无私的崇高,还是实现世俗的自我?这的确是一个难以解决的大问题。

现在,普里斯雷的确已经非常坦诚了。他想帮助自己的人民,颠覆这个不公平的社会。他要走向整个国家,告诉所有的国民在美国这边正在发生的悲剧,激发人民的关注,号召人民行动起来。这也许是最大的好事,他要把自己献给这项事业,拒绝接受任何报酬。但是,这些豪言壮语只是普里斯雷一时的冲动。他并不是一个真正的社会实践者,而是一个社会改革或社会革命的梦想家。这种激动与愤怒瞬间又化作泡影,成为他在想象的世界中宣泄自己心理压抑的典型方式。

但不管怎样说,普里斯雷关于经济斗争的诗歌的发表所产生的震撼以及公众对它的认同是可以说明问题的。它颠覆了美国文化作为美国理想主义的神话,展示了西部生活基于"丛林法则"和"野性斗争"的残酷现实。主人公普里斯雷创作焦点的巨大变化说明他彻底放弃了以前浪漫主义与理想主义的思想。这里发生的冲突使他感到震撼,他被这里的实际情况改变。他不再是一个天真的现实讴歌者,而变成一个现实的批判者。他的作品完全转到对人民悲惨生活的关注上,转到对社会经济生活的表现上。这种对现实生活中经济暴力的描写与英国作家吉卜林(1865—1936)那种"血腥学派"的文学表征一样,揭示了美国工业化进程中生存与竞争的暴力现实,所以才有批评家把诺里斯称为"美国本土血腥文学学派的先驱"。

### (四)冲突后的阴谋:自由民主掩盖下的专制主义

现实主义文学关于美国民主自由的故事在诸多作家那里曾得到极大的渲染。这种在现实生活中寻找美国理想价值的文学在诺里斯这里成为一种荒谬的笑话。在诺里斯笔下,民主自由只是一种虚伪的意识形态阴谋。实际情况是,美国正在走向一个以经济利益为中心的独裁体制。诺里斯的小说中叙述的铁路公司和农场主发生流血冲突之后,当地政府对外界的新闻封锁便是一个很有说服力的例证。作品中描述道:据当地报纸报道,那些阻碍执行官执行公务的农场主将可能接受当地律师团的问讯,此血案将呈给国家大陪审团审理。但大陪审团这时处于休会之期。据说,执行官办公室没有资金支付陪审团召集成员开会,也无钱支付诉讼所需要的费用。铁路当局的负责人波尔曼与拉格斯在会见记者时宣称,铁路方面将完全退出这场官司。按照他们的说法,此案现在是农场同盟会和美国政府之间的事。在这件事情上,他们已经把自己的手洗得干干净净。因此,农场主可以与华盛顿解决问题,但似乎美国国会最近宣布禁止对民事纠纷采用武力,所以这件事当然也不是政府和国会的错误。诺里斯最后总结道:"现在看来,农场主与铁路公司流血冲突的事件就只能不了了之了(作者强调)。"

对于普里斯雷来说,最重要的消息莫过于上级铁路当局在听到这场流血惨案后的行动。诺里斯描写道:"波尼维尔立刻成了一个孤城。当地列车都没有按时间开行;任何途经此地的火车不得在此站停车。邮政通信被完全切断。"更有甚者,按照某种难以理解的安排,"波尼维尔和瓜德拉杰亚的所有电报员必须按命令拒绝任何电报业务,除铁路当局要求发出的电报以外";而"向旧金山和其他地区报道这场冲突的具体情况的是波尔曼与拉格斯以及太平洋和西南铁路公司的当地官员。所以,最初给予民众影响的媒体报道就只是铁路方面的声音了"。这就充分显示了美国政治和新闻专制主义的文化本质。

新闻被完全封锁,法律又暂时难以解决这场流血冲突,农场与铁路之间的后续冲突又接连发生。普里斯雷虽然没有勇敢地参加这场斗争,但曾作为一个愤怒的旁观者试图调和这种矛盾,最后竟变成一个组织抗议的鼓动者。据小说叙述,农场主们在当地剧院聚会,酝酿抗议。在群情激昂的愤怒中,普里斯雷再也难以忍受沉默。他不再控制自己奔驰的感情和冲动,变成一个鼓动演说家,疯狂地举起拳头,像古罗马的演说家那样慷慨激昂、一泻千里。

诺里斯的演讲里,直言关于美国政治与司法制度的虚伪与腐败和关于美国自由与民主的本质。

普里斯雷的演讲得到雷鸣般的掌声,大众被他的艺术般的话语感染了。我们看到,这场激情演说虽然最后流露出普里斯雷的阵阵伤感,但却揭示了这样一个事实:美国所谓的民主自由神话其实是一个荒谬的幻想。因此,普里斯雷的演讲也成为美国民主与自由理念神话的一曲挽歌。

### (五)冲突的尾声:利益驱使下的帝国主义

西部开发不但是美国工业化过程的组成部分,也是美国资本主义原始积累的过程。它伴随着社会两个重要方面的进展:

(1)人民被迫离开土地,成为城市的无产者,即"贫民化倾向"。

(2)资本和商品开始国际性流通,成为美国殖民主义的开路先锋,即"帝国主义倾向"。

这一点在小说中表现得非常明显,作品人物胡文·安尼斯特一家的悲惨遭遇是这两个倾向表征的典型代表。

在整个小说情节的发展过程中,胡文的性格变化很大。开始他性格孤僻、愤世嫉俗,大男子主义严重,对女性格外冷淡,最后,他变成一个情感热烈、和蔼可亲的丈夫。他家庭观念浓厚,在妻子茜尔玛成熟温暖的怀抱中找到了自己生活的满足。就在他沉浸于家庭的温暖和满足之际,铁路当局收回了他租借的农场。他坚决不服,与铁路公司抗争,在一次冲突中被铁路公司打死在灌溉渠中。妻子茜尔玛也因受惊而小产。胡文夫妇有两个女儿,一个叫米娜,另外一个叫茜尔姐。米娜是大女儿,是美国农家中产阶级美丽与教养的象征,其爱情生活曾是所有农场地区谈论的热门话题。胡文死后,妻子茜尔玛、女儿米娜和茜尔姐流落到旧金山街头。她们母女三人开始还天真地憧憬大城市的生活,但在"满地黄金"的旧金山,她们却找不到任何工作,最后竟身无分文、饥寒交迫。更为不幸的是,在生活的窘迫中,美丽的米娜与母亲和妹妹茜尔姐走失。而胡文夫人和茜尔姐只能夜晚睡在公园的长凳上,白天沿街乞讨。由于长时间照顾茜尔姐的劳累和长期的饥饿,胡文夫人在一个俯瞰旧金山的小山上的草丛中贫穷潦倒地死去。

美丽的米娜情况就更加悲惨。有一天,诗人普里斯雷在旧金山的街道上遇见了正在街头乞讨的米娜。普里斯雷问她最近生活如何,她回答道:"啊?我到地狱里去了。我只能下地狱,要不然就必定饿死。"诗人知道他害怕的事情终于发生了。他自责自己没有能够及时帮助她。这时,一种几乎"迷信般的"联想困扰着他。他说:"难道那场灌溉水渠旁的流血冲突所导致的惨痛悲剧会永远重复上演?那种事情什么时候才能结束,不再出现?那章鱼般庞然大物的腕足究竟会伸到什么地方呢?"

## 二、《野性的呼唤》预言美国工业化社会文化的裂变

1903 年与 1906 年,伦敦分别出版了两部关于动物的寓言故事,其中一部是《野性的呼唤》。其实,这部作品并不是传统意义上的小说,这部小说的意义就在于作者运用动物的故事来讲述人类的生存环境。以动物生存比喻人类的生活是伦敦的文本策略之一,因为当时的文学杂志,例如《星期六晚新闻》和《大都市》等,主要由欣赏中产阶级斯雅文学传统的编辑们把持。这些文人崇尚维多利亚时代的道德标准,崇尚美国现实主义的雅致文体。在伦敦所属时代的几十年前,美国经典作家爱伦·坡曾经用哥特式的恐怖背景诉说过隐藏在事物背后的性欲望和对生存的恐惧,而这里伦敦的情况也似乎非常类似。他以动物的行为作为道德屏障,表现社会中主体的野性冲动与生存状况。当然,这种发生在"动物"身上的野兽行为即使那些斯文作家或道学家也能够看得下去,正如批评家雷伯所说:"在那个把斯文、儒雅而不是坦率作为行为标准的时代进行创作,伦敦非常睿智地使用了寓言这样一种艺术方式,使野性现实描写变成一种艺术审美。"《野性的呼唤》叙述了一条"文明之狗"变成野狼的故事,主题关注"文明"与"野性"的关系问题。

故事的最终,不同的环境造成了主人公巴克不同的命运,这也许就是《野性的呼唤》给予我们的启示。巴克虽然崇尚忠诚与博爱,但它最后还是逃离社会,回到荒野中去了,然而这些都是表面的问题。深层次的问题是这部小说描述了暴力、战争、生存的斗争。所以,有的批评家认为《野性的呼唤》是"伦敦的一部自然主义浪漫传奇",其基本意义就在于它叙述了一个自然主义的社会生存环境。有的批评家在评价《野性的呼唤》时也认为,伦敦与克莱恩和诺里斯一起使美国文学能够反映"更深刻的社会问题",而不是"文雅社会的表面生活"。因此,伦敦的动物寓言故事能够使我们把故事本身与当时美国社会的生活环境联系在一起。

虽然《野性的呼唤》描述的不是工业社会发生的具体事件,但巴克的遭遇的确是美国淘金者为了金钱梦想而进行的"商业探险"。这种商业探险实际上是资本主义工业化进程的一个组成部分。那么,《野性的呼唤》与其说是对作为狗的巴克生存环境的描写,倒不如说是对工业化进程中人类生存环境的隐喻性描述。

# 第四节　自然主义文学与工业化进程中的社会心理和大众意识

美国的工业化进程不仅表现为社会物质领域的巨大变化,还表现为社会主体行为与心理格式的转变。这种转变集中表现在人类精神的根本性变化,而按照当时的传统文化规范,它体现为某种社会心理或行为的失衡和严重扭曲。

现实主义也是作家们对美国工业化进程所导致的社会问题进行的批判性拯救。但是,现实主义除了反映作品人物试图脱离这种丑恶的社会之外,似乎是在无奈地呐喊社会正义的回归以及良心的发现。面对波涛汹涌的工业化洪流,这些作家能够做的只是依靠自己的善意与良知谴责社会的物质化倾向和人类道德的滑坡。这种创作往往停留在发现人类善性的一面,并试图唤醒这种人类的善性,所以在挖掘社会或人类更深层的意识领域方面有隔靴搔痒之嫌。因此有的批评家认为,这是现实主义作家的中产阶级意识形态局限造成的,而实际情况也基本如此。

自然主义作家除了宏观性地反映社会物质层面所发生的巨大变化之外,还试图表现工业化进程中的大众深层意识。从本质上讲,自然主义作家是要表现"挣扎在血坑与粪池中的那些人"的社会悲剧,而且更加倾向于表现这些人的心理与灵魂。

总之,相对于现实主义作家来讲,自然主义作家更加注重对社会变迁过程中的人类心理机制的描绘。而这种对主体心理世界深层的探索被美国著名批评家奇斯定位为"美国文学独特的体裁特征",它传承了 19 世纪初美国文学开创的浪漫传奇传统。但是,这些作品所探讨的"心理"并不是奇斯所指涉的人类普遍的主体心理,而是在具体环境下具体人物的主体心理,即工业化语境下的社会主体心理与主体行为。

## 一、从小说《"天才"》谈艺术家的社会心理裂变

### (一) 小说家西奥多·德莱塞与作品《"天才"》

#### 1. 小说家西奥多·德莱塞

西奥多·德莱塞的艺术锤炼过程伴随着 19 世纪至 20 世纪之交美国工业化社会的文化转型,其作品在经济层面所表征的达尔文式的生存斗争、在精神层面所表征的大众的普遍绝望成为研究当时的美国历史比较客观的文学材料。人们对他

1915 年出版的自传体小说《"天才"》却褒扬甚少,微词颇多。正如批评家格伯所说:"在德莱塞的所有小说中,《"天才"》是受到赞扬最少而遭受抨击最多的作品。"①著名批评家马瑟森在美国作家系列丛书《西奥多·德莱塞》中也承认:"《"天才"》是德莱塞写得最差劲的,也是最没有重读价值的小说。"②而且,德莱塞研究专家派泽在德莱塞越来越受到重视的 20 世纪 70 年代中期也从其作品的题材、主题、手法、人物塑造等方面指出了它的"致命弱点",认为德莱塞"认同当时庸俗读者对艺术家的想象性看法""过分直接地描述尤金的情色生活""混淆小说虚构的选择性和简洁性",人物塑造"过分单一化和理想化"等。③

**2. 代表作《"天才"》**

通常,自传是作家自我人生经历片段的话语表征,注重叙述的"真实性";小说则不一定是作家个人经历的故事叙述,比较侧重"想象"和"虚构"。德莱塞采用传统的自传体小说的叙述模式,把故事的真实性和虚构性完美地结合在一起。《"天才"》按照三部曲的叙述结构展开,以德莱塞的艺术历程、哲学沉思及心理活动为轴心,非常坦率和真实地叙述了自己在小镇度过的骚动的童年、城市生活对他的召唤、他对成功的执着追求、他的精神压抑与分裂、他在文艺界的成功,特别是结束他不幸婚姻和编辑生涯的"欲望罗曼史"生活。整个作品初版洋洋洒洒 750 多页。第一部标题为"青春",叙述了作者早期的生活经历,重点叙述他平静的乡村生活受到城市生活的"感染",德莱塞似乎以惠特曼的诗歌气质描述了芝加哥这个中西部"磁铁"对他的巨大诱惑和吸引;第二部标题为"斗争",叙述作者人生中最大的不幸——婚姻的失败;第三部为"革命",叙述作者婚姻之外的放荡和感想。

**(二)德莱塞的艺术审美裂变——从自然到自然主义**

德莱塞通过《"天才"》这部作品试图表达的中心议题可以从他在手稿中所酝酿的题目中得到启发。作家在《"天才"》的手稿封二中标记有以下可选题目:"当代婚姻问题""享乐主义者""感觉论者""梦想家""天才""尤金的故事""尤金·威特拉"。其中前三个强调人生与传统道德问题,后四个则强调艺术与梦想以及成功问题,而所有这些拟议中的题目都集中在生活、审美以及创作等与艺术家息息相关的主题方面。德莱塞在作品再出版时使用了"天才"一词,并且是带引号的

---

①　Gerber P. Theodore Dreiser Revisited[M]. New York: Twayne Publishers, 1992: 65.

②　Matthiessen F O. Theodore Dreiser[M]. Westport: Greenwood press, 1973: 159. Originally published in 1951 by William Sloane Associates, Inc., 1951.

③　Pizer D. The Novels of Theodore Dreiser: A Critical Study[M]. Minneapolis: University of Minnesota Press, 1976: 142-150.

"天才"。据批评家派泽介绍,"天才"一词当时流行的指涉是那些具有"科学智慧"并认同"传统道德规范"的社会精英,当然主要包括那些信仰进步、循规蹈矩的艺术家。显然,德莱塞的引号是一种反讽,暗含对这些主流价值的批判。作为一个"另类"艺术家,他试图批判的是他们那种保守的社会观念、道貌岸然的道德规范、虚伪的审美价值。换句话说,《"天才"》试图呈现给读者的是一个与这些艺术家截然不同的"另类天才"艺术家的审美思索。

德莱塞的"另类"艺术审美思索浸透于其作品的叙述过程。作为自传体小说,《"天才"》的主人公当然是德莱塞自己,但他却使用了"尤金·威特拉"这样一个名字,其职业是一位芝加哥的报刊插图画家。尤金的独特之处就在于他的艺术气质和梦想。他感觉敏锐、富于想象、充满朝气,对于美似乎有超越常人的感觉和顿悟。在攻读艺术专业的学生时期,他就对美有深刻的理解和透视,并逐渐感觉到自己那"超人的"艺术天赋。按照作品的阐述,他对于美的东西和对美的理解是两种互补性的"自然"客体美:一种是所谓的"大自然之美",另一种是以女人容貌形式呈现的"自然美"。这一点在小说的第一部"青春"中表现得非常明显。尤金出生于印第安纳州的布卢明顿。宁静的田园生活和秀美的山川河流曾给予他无限的遐想和快乐;尤金的母亲更是一个理想化女性,对生活充满幻想和浪漫,特别喜欢诗人艾尔弗雷德·丁尼生(Alfred Tennyson, 1809—1892)的田园诗歌,对传统农业社会中的天然与和谐美有着执着的追求,曾给尤金取了一个很有诗意的名字"Tennyson"。在《"天才"》开始的章节中,尤金经常凝视天空中的星辰。他的第一个女朋友是一位纯洁、朴素、神秘、可爱的姑娘,名为斯黛拉(Stella,拉丁语意为"星辰")。青少年时代的尤金"喜欢在春天、夏天或秋天躺在自己家里的吊床上,透过树丛的空隙凝视那湛蓝的天空"。他喜欢"翱翔在天空中搜寻觅食的兀鹰""密切注视在天空飞翔的鸟的美姿";欣赏过"那在风中摇曳的大树"。这一切"都曾吸引他的目光"。这里,大家看到年轻的尤金对大自然的艺术审美的追求,看到主人公对自然运动节奏的向往。大自然中这些自由的兀鹰、小鸟、花朵、树木,以及他身边充满自然浪漫情趣的母亲和情人,组成了尤金早期丰富多彩的生活,造就了尤金早期的社会观念,为他以后的审美取向奠定了基础。

对于一个艺术家的早期生活来讲,"自然"是他创作灵感的源泉。但随着年龄的增长和社会阅历的扩大,尤金青少年时期所形成的社会观念和审美取向受到外界的强烈冲击,特别是来自迅速崛起的城市生活的冲击。这一点在"青春"的后半部分表现得非常明显。在城市生活磁铁般的吸引下,尤金离开布卢明顿,前往当时美国第二大城市——芝加哥,并暂时在一家报社找到工作,做报刊插图画家。这与德莱塞的实际生活相平行：他在 1883 年 12 岁时曾随父母到过芝加哥,短暂停留；1892 年开始在《环球日报》工作。批评家格伯曾这样描述道："多少年来,芝加哥那具有魔力的名字在德莱塞的耳边萦绕。"德莱塞的哥哥罗马、弟弟保罗以及姐妹,所有去过芝加哥的人归来时,"都讲述这蓬勃发展的中西部麦加圣地"。德莱塞永远记得这次在芝加哥的停留。在他的多个故事中,他一次又一次地描述一个美国青年初次进入芝加哥的情景,而无论哪个新来者都是同样的狂喜与震惊。在其自传《黎明》中,德莱塞感叹道："真的,我可以完全感觉到那时的情景,我第一次到芝加哥时那令人心跳的颤动,那强烈炽热的欲望和令人沉醉的刺激。"对于德莱塞来说,"没有任何东西可以代替年轻的芝加哥作为整个美国的象征"。

按照《"天才"》的叙述,尤金到芝加哥有两个目的：为了赚钱,享受"更美好的生活"和怀着"对美强烈的敏感性"寻找一种所谓"新的艺术"。但是,尤金更希望在艺术上获得成功,成为一位著名画家,在物质方面的成功不是他的主要目标。然而,到芝加哥之后的尤金却在审美追求上发生了颠覆性的裂变：以前那种充满田园浪漫、追求和谐纯真的"自然审美"突然转向一种对城市生活的无限迷恋和沉醉；城市生活,甚至是最丑陋的城市生活,都成为尤金审美的源泉和创作的动力。城市似乎是一种催化剂,刺激满怀梦想的艺术家不断地寻觅和追求其中的真谛。他第一次获得巨大成功的绘画是《下午六点钟》：画面呈现了一个工厂下班的场景,画面突出的是一群打工妹从芝加哥东郊的一家工厂涌出。背景为工厂昏暗的外墙,一两盏刺眼的汽灯,几个室内亮着灯光的黄色调的窗户,暗淡的光影衬托出众多渴望的脸庞。尤金的其他成名画作还包括《暴雪中的第五大街》《驶入货场的卡车》等。批评家格伯曾指出："对于威特拉来说,艺术审美对象就是破烂的百叶窗,脏乱的人行道,拉着冰冻的垃圾桶的清洁工,板着面孔、趾高气扬的警察,泼妇般的女房东,乞丐,流浪汉,胸前后挂有广告标语牌的人。"

很显然,尤金在城市生活中发现的"艺术美"与当时美国画坛流行的"垃圾桶画派"有相同的审美追求。他们的画布都关注城市生活的阴暗角落,赋予平平常常的事物以审美意义。尤金的确在面对城市的美与丑时进行着他的审美实践：机器发出的股股浓烟、寒冷的空气中的灰色烟雾在天际相结合；黑灰色的云组成的苍穹；红色、黄色、蓝色的汽车被围困在被水蒸气浸透的黑暗中。读者可以感到那种寒冷、那种悲观、那种令人伤心的无奈。

这种审美裂变是第二部"斗争"的叙述重点,它显露了德莱塞自然主义审美特征的迅速裂变,也是尤金作为艺术家的魅力所在。但这种审美从本质上讲是讽刺性的,甚至是悲剧性的,因为城市生活使自然与人类的和谐关系彻底破裂,取而代之的是城市中的"自然的冷漠",甚至对人类美好愿望和理想的破坏。这样,原来的自然不再是养育人类的土地,不再是激发艺术灵感的沃土,不再是人类寻求情感寄托的家园,更不再是与人类和谐相处的朋友。自然成为奴役人类的魔鬼,而且人类在与它的斗争中总是那样的弱小、那样的无力。人类简直被降低为一种机械,无论在社会中还是在宇宙的存在中都表现为一种"微弱的小草"。

从这个意义讲,德莱塞的自然主义美学实际上是一种"城市美学",它不仅表现在主人公以城市作为创作题材、以城市生活作为审美对象这一方面,还表现在艺术家在城市中发现的爱默生与惠特曼式的浪漫情趣,即那些工作中的人群、那些轰鸣的机器、那些雨雪中的城市街道、那些光怪陆离的灯光、那些充满诱惑和梦想的人的海洋等等。德莱塞的审美对象就是这些普普通通的城市场景,取代了他先前静谧、和谐、田园情趣般的审美追求。

## 二、斯蒂芬·克莱恩的小说呈现了社会现实与主体心理

19 世纪 90 年代,对于美国作家来说,"现实"的确是一个难以定义的词语,当时的著名作家豪威尔斯曾把美国文学界关于"现实"问题的争论看作是一场现实主义对浪漫主义的"战争"。在豪威尔斯的眼中,"现实"是"微笑的"和"进步的",尽管"现实生活具有肮脏、残酷、卑鄙、可恶的一面,但它同时也具有崇高、慈善、纯洁、可爱的一面。如果作家把后一方面的品质写进小说,那么他那强有力的叙述就会是对现实的真实反映,他就会获得对现实画卷的忠实表现,而没有偏见"。但是,以诺里斯、克莱恩、德莱塞等为代表的新一代青年作家和批评家反对这种对"现实"的乐观评价。在他们眼里,残酷、冷漠、无情、肮脏才是当时美国的"基本现实"。克莱恩的理论著作不多,但也曾发表过对美国现实的基本看法。

其实,当时的美国正处于农业文明向工业文明的转型时期,统一性和整体化的社会现实并不存在。社会转型一下子把传统的美国带入一个令人难以理解的陌生环境中。那么,无论是豪威尔斯所表征的"微笑的现实",还是克莱恩等表征的"残酷的现实",都只是一种文本表征,或对现实的意识形态建构而已。

阿米·凯普兰在其《美国现实主义的社会建构》(1988)中说:19 世纪美国从农业社会到工业社会的转型没有给现实主义小说提供一个现成的、稳定的现实环境去反映,而且这些剧烈的社会变化又使文学表征难以接近这样一个初生的现代世界。所以,现实主义就成为当时美国小说的一种话语方式,但同时也成为一个文学表征难题。它既无法弥补这种复杂社会结构所留下的表征空白,也没有记录作家天真地相信语言与这种难以理解的物质世界之间的必然关系。它是

现实社会探索与文学表征之间存在的认知裂痕,并试图在两者中间架起一座交通的桥梁。

**(一)主体心理裂变的代表作——《街头女郎梅季》**

当时美国工业化所导致的地域、阶级、性别等不同领域的现实差异是巨大的,而且人们刚刚进入一种新的工业文明,也很难确定眼前的现实是否是真实的,更难用一个统一的标准去衡量现实的客观性。这种现实的分裂性直接导致了作家社会认知的多样性,甚至导致了作家认知的相互对立。

《街头女郎梅季》是克莱恩1893年以笔名史密斯(Johnston Smith)自费出版的小说。1896年,他为了商业推广在小说再次出版时对其进行了大量修改润色。这部作品是19世纪90年代探索城市贫民窟和堕落女孩的众多作品之一。当时,在文学以及政治和新闻作品中,一种新的社会意识已经明显出现,即那些最为悲惨的社会现实受到越来越多的关注。但因在19世纪90年代的美国一般读者的审美情趣是对贫民窟生活更委婉一点的描述,所以批评界普遍认为克莱恩的小说对社会的诅咒语气过重,对环境描写得过分恐惧,因而没有受到公众的认可。结果是,当他拿着自己这部小说推销时,到处遭到书店的拒绝。极少数阅读过小说的人也有相同的反应,正如批评家所说:"他们认为克莱恩对小说主题的处理很好,但其现实意味过于情感化,语言过于犀利。加兰和豪威尔斯等人虽然喜欢克莱恩对贫民窟生活的现实主义描述,但是他们同样担心,这些作品会冒犯豪威尔斯所说的那些'文化人的耳朵'"。

故事的开始是一场住在贫民窟中的孩子们为了争夺街道荣誉而进行的"战争"。

从故事的情节看,吉米的人格形成既受家庭因素的影响又受社会因素的影响。其实,社会因素远远大于家庭因素。

现实是塑造主体灵魂的物质基础,但什么样的现实塑造了主体的灵魂却是作家们试图探索的主题。在《街头女郎梅季》中,克莱恩主要通过小说的主人公梅季的成长历程来探索主体的社会化塑造过程,目的是寻找促使梅季走向毁灭的那种"现实"。小说叙述道:吉米有一个姐姐,名叫梅季。她是一个在纽约的贫民窟地段生活的少女。克莱恩虽然把梅季定位于这样一个家庭背景中,但并没有按照其他自然主义作家通常使用的"环境决定论"观念描述她,而是塑造了一个超越现实影响的主人公形象,认为梅季是纽约"污水坑中一支盛开的花朵"。生活在残酷的背景下,梅季并没有受母亲那样的暴力倾向和颓废人生的影响。她是美丽和纯洁相结合、出污泥而不染的青春少女,正如批评家派泽所说:"梅季本身的角色几乎是一个没有受外界邪恶势力污染的、内心纯净的、表现主义式的象征符号。"

由此看来,贫民窟的物质世界与梅季的心理格式是断裂的。也就是说,恶劣的生活环境并没有导致梅季"自然地"堕落。按照克莱恩的叙述,梅季是在走向一种特殊现实的过程中迷失方向的。

在《街头女郎梅季》中,克莱恩对舞台表演的叙述占了很大的篇幅,这里蕴含着社会表征系统使梅季发生心理格式转移的"现实能量"。它与纽约贫民窟的生活形成鲜明的对比:一方面是充满酗酒和暴力的、贫穷的、肮脏的贫民窟现实;另一方面是一个充满色情、追求物质和感官刺激的戏剧化现实。两者都是活生生的、非常真实客观的,而小说的主人公就生活在这两种截然相反的"现实"之中。

梅季最终的毁灭是在两种截然对立的现实之间发生的。一方面,梅季生活在残酷的现实环境中,另一方面她又渴望和追求戏剧表征中的奢华。梅季无法调和两种现实的矛盾,只能根据自己的感觉和印象行动,从而导致最后的悲惨结局。这也许就是作家克莱恩所寻觅的,当然也是他认识社会的诗学关键。

**(二)主体社会认知偏差的代表作——《蓝色旅馆》**

现实的裂变性决定了小说主人公社会认知的印象性质,这是美国工业化进程和社会转型时期一种独特的社会心理和社会认知。按照普通心理学的解释,印象是社会主体接触客观对象或交往过程中对客观对象形成的心理认识,而且在长期接触客观对象和交往的过程中会形成决定主体社会心理和认知的"刻板印象"。但普通心理学很少涉及人类历史不同阶段的"印象方式"和"社会认知"。在美国社会文化转型的 19 世纪末,由于现实的裂变性和社会接触与交往的流动性,主体的印象一般表现为对社会环境的极端陌生感、恐惧心理和敌对情绪,这种印象有时甚至导致暴力。在这个方面,克莱恩的《蓝色旅馆》(1898)提供了一个非常典型的例证。正如著名批评家韦斯在评价这部作品时所说:"《蓝色旅馆》对恐惧心理的透彻研究使之成为克莱恩最优秀的作品之一。"显然,《蓝色旅馆》中所探讨的心理恐惧与主体暴力对我们解释当时人们的心理格式具有启发意义。

《蓝色旅馆》的故事在主人公旅行过程中的极端陌生感、恐惧心理、敌对情绪等心理层面展开。作品叙述道:美国内布拉斯加州边疆贸易小镇朗姆坡堡有一个名叫"宫殿"的旅馆,老板名叫帕特·斯卡利,是一个精明的商人。他按照当地的地貌和覆盖物的颜色对比特征把旅馆漆成浅蓝色,所以他的旅馆又被称作蓝色旅馆。乘车路过此地的旅客都会一眼看到这个旅馆,但毕竟地方偏僻,老板不得不从早到晚在朗姆坡火车站拉客,"引诱"那些初到此地的旅客住店。

《蓝色旅馆》是研究当时的群体社会心理的一个典型案例。蓝色旅馆作为一个具有代表性的商业地域,是折射人们心理状态和体现人们社会判断的场所。小说主人公刚刚到这种环境时,没有一个旅行者到陌生地域的快感和好奇心,完全"知觉和印象式地"感觉到这个地方充满恐惧和暴力,而且在此妄想性的想象中走向死亡。他对其他人物的怀疑心理,对他们毫无理性的认知,对后来发生的事件的心理反应都来源于他对当时美国现实的基本认识和评价。从作者的叙述来看,瑞典人的反恐惧心理贯穿于故事始终,而造成这种心理的现实并不是一个真正充满暴力和危险的环境,而是主人公偏执狂般的想象的产物。从悲剧的原因来看,瑞典人是在游戏和赌博中逐渐从故事开始的恐惧与消极防御心理走向后来的粗野和积极的进攻心理的,想象性的恐惧和暴力最后变成真正的暴力和死亡。这与《红色英勇勋章》中弗莱明对战场的想象是基本一样的,都是主体印象导致的社会认知偏差,也是克莱恩的社会认知心理诗学之所在。

**（三）主体社会态度的代表作——《海上扁舟》**

《海上扁舟》曾被批评家称为是"克莱恩所有著作的皇冠",也是"其主体社会态度的代表作"。故事原始的副标题是"一个事实之后叙述的故事,'准将号'蒸汽船沉没逃生经历纪实"。也就是说,作者的意图并不在于叙述现场事件的过程,而在于事件给作者心理所留下的"记忆或印象"。

现实的裂变性剥夺了主体社会认知的整体性和理性。作品中的人物只能依靠自身的知觉和印象接触社会现实,导致他们社会认知的偏差和悲剧。正因为他们的认识没有一个深层次的价值作为判断的参照标准,所以他们的社会态度往往导致伤感和悲观。而对于克莱恩本人来说,他只能凭借直觉和印象写作和接近现实。

这种社会认知心理上的印象化在文本建构方面的表现有以下几个特征。

（1）知觉性地模仿作品人物的话语模式,如《街头女郎梅季》中作者对贫民窟人物的话语模仿。然而这种模仿与自己的故事叙述话语属于两个完全不同的"语域",显示了作品非常明显的多元声部以及多元声部表述背后的"多元现实"。

（2）叙述呈现作者对先前体验、先前认知、先前记忆的再造和创造想象,集中它们在作者心里留下的印象。

（3）叙述投射,即把一种情景想象地投射到另外一种情景之中,如把战争情景投射到社会层面,把社会生活中的游戏或竞争投射到战争层面,使两者渗透各自的特征和意义。

无论是前面的《蓝色旅馆》还是《海上扁舟》,克莱恩都是"以他物比此物",实际上是一种非常巧妙的隐喻模式,通过作者知觉和印象式的想象把两者结合在一起。

克莱恩创作《海上扁舟》时按照自己的记忆和体验,采用多种叙述角度对事件场景进行描述。故事开始,四个人坐在只有三米长,比浴盆大不了多少的小船上与大海的风浪搏斗。这四个人包括一个厨师、一个油商、一个记者、一个受伤的船长。当时,他们时时刻刻担心自己会被海浪吞没,葬身于大海。

克莱恩描述他大海逃生的经历不是一个现实的逃难过程,而是一个意识流般的想象过程。其中有海浪对生命的威胁,也有逃难之后的休闲;既有作品中人物在大海上喧闹的咆哮声音,也有作者舒缓平静的描述;既有雇佣军士兵在阿尔及尔战死的场景,也有在壁炉边喝茶暖脚的诗人的情绪。这些多种场景、多种声音、多种记忆的相互交错把现在、过去、将来以想象的方式联系在一起,使它们具有一种艺术中的"通感"作用,使相互投射的场景在作者印象和想象之中交汇在一起,组成一幅贯通历史、现实和作者期望的大海逃生画面,同时展示了作者这种带有"后现代"特征的文本拼贴风格。

## 第五节　自然主义所蕴含的社会价值观在 20 世纪美国文学中的传承与塑形

美国自然主义文学虽然受到 19 世纪至 20 世纪之交的主流批评家以及后来自由主义意识形态的知识分子的猛烈抨击,但作为一种文学思潮与社会意识形态却贯穿于整个 20 世纪美国文学的历史。尽管关于它是文学主流还是文学支流,批评界一直争论不休,但事实上这种文学的创作活力一直持续到 20 世纪结束,而且还要继续流淌下去。批评家沃尔卡特认为,美国自然主义文学运动"影响到美国现代生活的各个方面,其影响面涉及从小说创作到大众态度的各个领域,因为它反映了我们的科学信仰以及我们对当代'科学'世界的困惑"。① 著名现实主义与自然主义批评家派泽在谈到自然主义对 20 世纪美国文学的影响时强调:"我们 20 世纪主要的小说家几乎没有一个能逃脱它的'污染',它也许是唯一流行的现代美国文学的重要形式。"派泽进而解释说:"尽管批评界对自然主义的几乎各个方面进行

---

① Walcutt C C. American Literary Naturalism: A Divided Stream[M]. Minneapolis: University of Minnesota Press, 1956: 3.

了无休止的抨击,这场文学运动仍在继续发展,不像欧洲自然主义那样几乎已经死亡。"其原因就在于:第一,自然主义"具体性与细节性的叙述风格特别适合用来表现美国民族的性格";第二,"自然主义小说表现激情的感觉性……它的暴力与性欲……比那些喜欢情色与绝对暴力的通俗读物更具有深层吸引力";第三,自然主义的表现模式经常与浪漫主义结合在一起,成为"继续满足美国民族生活的小说形式"。

毋庸置疑,许多20世纪美国作家都传承了19世纪末的自然主义作家的创作传统。在《美国文学自然主义:一个文学支流》中,沃尔卡特列举了自然主义文学在20世纪的传承与发展。他把下列经典或重要作家看成美国20世纪的自然主义作家:舍伍德·安德森(Sherwood Anderson)、詹姆斯·T.法雷尔(James T. Farrel)、约翰·斯坦贝克(John Steinbeck)、欧内斯特·海明威(Ernest Hemingway)、约翰·多斯·帕索斯(John Dos Passos)、弗雷德里克·比克纳(Frederick Buechner)、诺尔曼·梅勒(Norman Mailer)、马克·肖勒(Mark Schorer)、纳尔逊·阿尔格林(Nelson Algren)、威廉·福克纳(William Faulkner)等。在《20世纪美国文学自然主义阐释》中,派泽分两大部分探讨了20世纪美国自然主义文学的创作与传承,其中列举的一流的或有代表性的30年代的自然主义作家有:詹姆斯·法雷尔、约翰·多斯·帕索斯、约翰·斯坦贝克。40年代后期和50年代早期的有:诺尔曼·梅勒、威廉·史泰龙(William Styron)、索尔·贝娄(Saul Bellow)。其他具有自然主义创作倾向的代表作家有理查德·赖特(Richard Wright)、厄斯金·考德威尔(Erskine Caldwell)、约翰·奥哈拉(John O'Hara)、阿尔格林、乔伊斯、海明威、福克纳以及乔伊斯·卡罗尔·欧茨(Joyce Carol Oates)等。在《美国自然主义及其20世纪的变形》中,希维罗研究了自然主义从诺里斯到后现代文学的主题与表现形式的变化,主要探讨了诺里斯、海明威、唐·德里罗三位作家的文学创作流变。

20世纪美国文学无论是完全传承自然主义还是具有自然主义创作倾向,自然主义文学创作的思想认识和表现特征在20世纪美国文坛都占有非常重要的地位,而且其代表作家数量之多、代表性之广泛、知名度之高都无可争议。由此可以断定,自然主义作品所蕴含的社会价值观念并非美国19世纪至20世纪之交偶然的社会文化现象,作为文化体系中最高层次的大众意识核心,它在20世纪的美国文学与文化中得到了传承与塑形。

**一、美国文学中的传承与塑形的代表作：冯内古特作品《第五号屠宰场》**

**（一）库尔特·冯内古特**

库尔特·冯内古特（Kurt Vonnegut，1922—2007）1922 年生于美国印第安纳州的印第安纳波利斯，是德国人的后裔，直到第一次世界大战之前还与德国的亲戚保持密切的关系。在美国经济大萧条时期，冯内古特家族遭受了严重的损失，瞬间沦为贫困阶层。第二次世界大战伊始，冯内古特就参加了美国军队，成为一名炮兵。在一次军事行动中，美军遭受失败，冯内古特被俘。战争之后，冯内古特回到印第安纳波利斯结婚，但后来因生活所迫不得不到美国通用公司工作，做一位公共关系职员，直至 1951 年离开。在 50 年代初至 70 年代期间，冯内古特遭受了众多的人生不幸：父亲死亡，自己的经济多次陷入拮据，婚姻失败等。这些都给他的生活笼罩上了一层厚厚的阴影。他 1969 出版的经典作品《第五号屠宰场》使其名声大振。80 年代，冯内古特出版了两部小说，其文学声誉进一步攀升；90 年代至今，这位老作家在进行专业创作的同时还积极参加许多社会活动，为对许多不尽人意的社会现象进行改革而奔走呐喊。1997 年，作家在辍笔多年之后出版了小说《时震》（Timequake）。该作品的名称借用英语中"地震"一词生成，综合了以下方面的内容：《猫的摇篮》（Cat's Cradle，1963）叙述了"冰-9 号"化学物质毁灭宇宙的过程；《第五号屠宰场》反映了人们对战争的恐惧和存在的虚无；《加拉帕哥斯群岛》（Galapagos，1985）揭示了反社会达尔文主义的"退化论"。从 20 世纪 40 年代的青春岁月到赋闲多年的沧桑老人，从准备以文为生的科幻短篇小说艺术家到作为"当代美国经典作家"的辉煌成就，冯内古特一直关注科学发展的困境和人类生存的命运。但遗憾的是，美国批评界对其第一部长篇小说《钢琴演奏家》（Player Piano，1952）到第五部《上帝保佑你，罗斯沃特先生》（God Bless You，Mr. Rosewater，1965）作品都没有给予足够的关注，在文学阐释和定位问题上作家也没有得到公正的待遇，他的作品被认为属于通俗的科幻小说，有"献媚"一般读者和公众心态及其期待视野之嫌。发表于越战高潮时期的第六部长篇小说《第五号屠宰场》改变了这种看法，也使冯内古特获得了"后现代小说创作技法开拓者之一"的文学声誉。在此后的岁月里，冯内古特创作能量"爆发"，每隔两三年左右就出版一部长篇和多篇短篇，现在已经稳步走向"经典作家"的圣坛。

冯内古特在 20 世纪 70 年代以后才得到严肃批评家的关注，其主要的批评声音在创作技巧和主题再现方面对其进行了归类和阐释：从技巧方面来说，有 20 世纪 50 年代的科幻小说、20 世纪 60 年代的元小说、20 世纪七八十年代的新新闻主义或新现实主义,但最常见的批评标签还是"黑色幽默";在主题批评方面,不同的批评家也有不同的理解,有存在主义、自然主义、美国资本主义社会危机以及第二次世界大战后的恐惧心理等阐释。对冯内古特的作品的主题,批评家曾进行过这样的总结:

(1)"财富分配不均及其导致的美国社会文化问题",并认为"人们的生活是被金钱或贫穷控制着"。

(2)作者"批判美国资本主义制度把人看成个人而不是看成大家庭的观念"。

(3)他的"所有作品都提出这样一个问题:究竟什么是生活的意义?"并借此否定美国的社会制度与文化意识形态。

(4)冯内古特质疑"科学技术在美国社会中的作用",认为这是"人变成机器"的最终后果,尽管他不是一个"反技术论者"。

从这些主题分析中可以看到:在批判社会财富的决定性与资本主义制度方面,冯内古特与 20 世纪二三十年代的自然主义作家类似,而在寻求人生意义与反思科学方面则与 19 世纪末的自然主义作家非常类似。

**(二)冯内古特的代表作——《第五号屠宰场》**

冯内古特的代表作《第五号屠宰场》讲述了作者自己在德国作为战俘的经历及其产生的心理后果。小说以现实主义与科学幻想创作模式叙述了一个疯狂的战争隐喻。它发表在冷战以及美国反对越南战争的高潮时期,对美国的政治观念与价值体系进行了猛烈抨击。

第一次世界大战前的美国奉行"和平主义"与"孤立主义"的国家政策,普通百姓的价值观念也基本赞成这种看法。但从 19 世纪末开始,美国帝国主义的思想逐渐抬头,这一点在 19 世纪末的自然主义作家身上可以得到证实;进入 20 世纪,随着美国世纪的到来,美国的帝国主义观念更是急剧膨胀,以至于在第二次世界大战期间因种种原因正式参战。在冯内古特眼里,美国这种甚嚣尘上的民主理念不过是美国参与世界事务的借口,一批批美国士兵接受这种"保卫民主与自由的战争"的观念,不顾一切地摧毁了民主价值的根基,即为了"国家的利益",人民"无意识地"接受了违背自己信仰的价值观念。

第二次世界大战之后,保卫美国"民主"的理念又变成战后国际关系中两大意识形态对立的政治与军事集团之间的相互扼杀。法西斯主义被"民主"消灭了,接着苏联与东欧组成的共产主义阵营成为美国意识形态里的主要敌人。接受这种意识形态的人们面临更加残酷的斗争现实。60 年代风起云涌的黑人运动与人权运动以及越南战争,更使美国这种"歪曲的价值观念"走向极端。叫嚣战争的人以为战争之后的美国民主会给他们带来无限的享受。

与其代表作《第五号屠宰场》一样,冯内古特的其他作品也呈现了美国文明瘫痪、政治混乱,存在荒诞以及主体神经错乱、抑郁变态、游戏人生的全方位的社会与心理表象。这的确是战后美国社会现实和大众的精神状况。作者关注美国价值的失落,在20世纪中期以后的文化语境中突出了科学与战争对人们的思想以及精神的控制。批评家琼斯曾经说:"库尔特·冯内古特的作品把科学技术与战争这两个主题非常独特地结合在一起。两者都占主要地位:战争不断促进高新科学的发展;而科技又在冲突的后方温室中繁荣昌盛。再者,战争展现了所有科学与'技术进步'能够积累的人类智慧。最后,以科学与技术进步相同的方式,战争提供了一个特别适合冯内古特描述当代生活的环境。"因此,战争就是美国社会的隐喻,关于战争的价值理想就是美国社会的价值取向,这就是当代自然主义在美国文学传统中的具体表现。

## 二、美国文学中的传承与塑形:黑色幽默成为现代社会的认知范式

批评界对冯内古特的文本策略主要有两种评价:第一是以短句和短段、漫画式人物、大量笑话为特征的"大众"文本策略;第二是后现代主义批评家用专业词语所描述的"高度实验性的元小说"策略、"结构主义人类学"策略以及"错综复杂的符号游戏"策略。作家运用前者的目的在于表现当代世界所关注的社会问题,拓展读者面,后者则以更深刻的透视角度揭示了传统叙述模式的虚构性、作品自身叙述模式的意识形态性以及语言意义过程的建构性。这两种似乎绝对对立的评价并不矛盾,因为"冯内古特作品巨大的商业成功否定了'实验性'小说不为普通读者欣赏"的学术结论。显然,冯内古特的文本既简约又复杂、既吸引普通读者又引起学术关注的文本策略值得深思。

著名的冯内古特批评家克林科维茨曾经说:"冯内古特小说的关键在于……他以自己独特的写作能力从普通中产阶级生活中提炼出一件艺术作品。"在《爆炸的形式》一书中,米拉德把包括冯内古特在内的后现代作品比喻为"宇宙碰撞的爆炸小说形式",其本身就"反映了我们时代的焦虑"。冯内古特在他1963年出版的《黑夜母亲》中阐释了自己的文本策略,把其命名为"黑色幽默"或"绞刑架上的幽默",一种"反映社会生活恐惧的幽默"。这种新的文学表现模式常常采用非线性叙述模式,把"历史与想象、现实与幻想、历时与共时、作者与文本之间的根本关系重新关联起来,成为后现代小说典型的表现方式。"

《第五号屠宰场》是这种写作模式的典型代表。作品以自传体叙事模式再现了作者"人生中最为惨痛的经历"。冯内古特在一次被访问时说:"轰炸德累斯顿是欧洲历史上规模最大的一次集体屠杀,我目睹了那场惨剧。"1945 年 2 月 13 日,英美空军联合空袭德国城市德累斯顿,使这座没有任何军事防御的历史名城顷刻之间变为废墟,导致 13 万无辜平民死亡。作者从当年夏天就开始写这段历史,断断续续,终于在越战高潮期间完成,其创作过程是"一个遭遇德累斯顿惨剧及 20 余年的心理磨难愈合的痛苦历程"。这里,战争是冯内古特反思美国社会发展及人类文明走向的基本动因。正如朗德奎斯特所言,冯内古特创作的目的在于"在 20 世纪人类生活的恐惧与我们对这些恐惧越来越难以想象和理解的事实之间架设一座桥梁"。

从叙述角度讲,冯内古特自定义的"黑色幽默"的再现模式主要是对小说"时空圈"的聚焦方式的运用。作者借用相对论的物理观念,打破绝对空间和绝对时间的局限,使叙述焦点扫描于过去、现在和将来的社会和文化存在层面上,再现了一个错综复杂的"树根状世界"。爱因斯坦的思维形式贯穿了《第五号屠宰场》整部作品:"听,比利已经进入时空隧道……"《第五号屠宰场》一文包含了冯内古特创作的困惑,从 1966 年《黑夜母亲》再版的序开始到《第五号屠宰场》的完成,给了作品一个"自传性"的叙述框架;接着跳跃到 1967 年的德累斯顿,1945 年,更早的美国费城,又转回作者在艾奥瓦州立大学的教育生涯。作为绪言性章节,作者"从一开始就提供给读者一种强烈的时空方向感"。作者说道:"过去、现在、将来的一切都已经存在,也将永远存在。"主人公比利的存在正是如此,读者沿着作品很容易理解他的成长历程。经历了痛苦的童年时代和平静的大学生活之后,比利走向前线,但不久被德军俘虏,被关押在德累斯顿战俘集中营第五号监狱。战争之后,他成为一位验光师,并娶了老板的漂亮女儿为妻,很快拥有了一部豪华凯迪拉克轿车,住的是完全电器化的别墅,年收入 6 万美元。但这种典型的中产阶级的富裕生活并没有消除他的痛苦与焦虑。后来,他到一家精神病院进行心理检查,被诊断出患有今天所说的"精神创伤后遗紧张综合征"。他总是觉得自己的"心灵深处的确存在一个巨大的秘密",但"他自己也想象不出是什么秘密"。很明显,他的秘密就是战争的创伤及对死亡的恐惧,一种对过去和未来世界的心理恐惧症。

相对时空观的运用使作者把生产、生活、战争、历史、社会紧密地结合在一起。在编织这个虚构性和非线性的世界时,作者采用了各种传统叙述形式,如涂鸦画、战时日记、人物轶事、笑话、歌曲、统计材料、故事以及戏剧等,建构了一种新的叙述形式。按照作品本身的叙述,"所有这一切,没有开始,没有过程,没有结束,没有悬念,没有意义,没有原因,没有结果"。但是,它却给予读者一个通向盟军轰炸德累斯顿的完整故事,使读者时时刻刻感到战争就在眼前,死亡只是瞬间的事。作品不断重复冯内古特的名言:"就是如此。"这一短语的不断重复成为作者表达对死亡的态度的经典话语,在不同语境下具有接受、悲叹、幽默和愤怒的意味。每一个人死亡的时候,作者都会说,"就是如此"。而且一旦这样的话语建构之后,冯内古特会把它用在其他场合,如女儿婚礼之后,作者拿起一只被碰碎的香槟酒瓶说,"香槟死了,就是如此";在叙述轰炸德累斯顿之前,比利和他的德国看守看见一群天真烂漫的女孩在洗澡。炸弹掉下来时,作者记录说:"比利看到的这些女孩一个一个地死去……就是如此。"冯内古特接受战争和死亡这种不可避免的事实,但对这些保持了一种情感化和天真化的态度。正如他自己所描述的:"比利所不能改变的东西是过去、现在和未来。"德累斯顿悲剧已经发生,正在发生,也将总是发生。所以,作为文本策略,黑色幽默充分融合了现代科学的认知理念,成为战争阴影下的生存悲叹。

《第五号屠宰场》基本涵盖了冯内古特从 20 世纪 50 年代初到 60 年代末 20 余年间的创作历程。其实在《第五号屠宰场》之前的其他作品中,科学与战争也是冯内古特自然主义文学的典型特征。作者经常把两者统一起来,一方面展示美国的主流信仰及其社会建构的荒诞性,另一方面也嘲讽作为他者的信仰和价值的虚无性。虽然他希望自己是一只给人类以精神启示的"金丝雀",但这些作品都以类似"就是如此"的悲观哀叹反映了他对战后美国社会发展的焦虑感及彻底的文化怀疑主义情绪。正如著名批评家克林科维茨所说,他的作品只是以"自己个性化的故事"讲述了"那个时代大众的精神关注"。

# 第五章　现代主义美国文学研究

现代主义文学运动是文学发展史上一次极其重要的文学运动,也是迄今为止最特殊、最复杂的一次文学大变革。在其影响下,美国产生了现代主义文学,并步入了空前繁荣的文学创作时代。同时,美国现代主义文学的出现标志着文学艺术形式脱胎换骨的颠覆和重构。本章将从四个方面进行详细论述:现代派思潮的传播与现代主义文学的产生,日益繁荣的当代美国戏剧,自白诗、垮掉的一代,崭露头角的黑色幽默小说家们。

## 第一节　现代派思潮的传播与现代主义文学的产生

现代派思潮是 20 世纪上半叶风行于西方各国的一种普遍的、无形的、高度自觉的现代艺术观,产生后以破竹之势对传统文学形成了猛烈冲击,同时在其影响下出现的现代主义文学给世人带来了全新的艺术感受和数不胜数的传世佳作。

### 一、现代派思潮的扩散

1880 年在法国出现的象征主义运动,引发了现代派思潮的出现,主要代表人物有斯特芳·马拉美(Stéphane Mallarmé, 1842—1898)、夏尔·皮埃尔·波德莱尔(Charles Pierre Baudelaire, 1821—1867)以及居斯塔夫·福楼拜(Gustave Flaubert, 1821—1880)。他们的文学创作为欧美作家展现了区别于浪漫主义和自然主义的创作方法,即现代主义,并促使现代主义成为席卷 20 世纪西方文坛的主要的文学新潮流。自此以后,文学的创作中心逐渐由英国转往法国,巴黎成了西方现代主义文学创作和理论发展的中心。

随着科学技术新发展的到来,19 世纪中叶,机械的思想方法又时髦起来。达尔文的进化论将浪漫主义诗人所歌颂的英雄偶像变成宇宙中孤立无援的一种动物,显得非常渺小,人性成了遗传和环境的产物。法国小说家左拉在他的作品中实践了这种理论,被称为自然主义作家。自然主义重视古典主义的客观性和严肃性,以科学地观察现实为主要特色,它在法国的表现最明显。福楼拜的小说和挪威戏剧家亨利克·约翰·易卜生(Henrik Johan Ibsen,1828—1906)的戏剧是自然主义文学发展的高峰,他们的艺术像 17 世纪的作家们一样,坚持语言的简洁和形式的精练,以及描述的客观性和非个性化。福楼拜是从浪漫主义创作开始的,后来逐渐演变成新的模式,形成新的观点。福楼拜的《包法利夫人》不仅在结构上和写作上和雨果的小说不同,而且包含着对浪漫主义个性的客观批评。如今,自然主义的客观性的看法和与它相适应的机械的艺术技巧开始使诗人的想象力匮乏,不适于表达其感情。读者对其作品感到厌烦,诗人终于另辟蹊径。因此,法国出现了象征主义运动。

法国浪漫主义诗人留下的韵律的规则被象征主义运动打破,并且象征主义运动最后完全抛弃了古典文学传统的平白和逻辑性。最初,象征主义运动主要局限在法国,随着时间的流逝,逐渐扩展到整个西方世界。它的应用原则逐渐从诗歌扩大到小说等范围,大大超出了它的奠基者的预料。

象征主义运动在法国出现后,吸引了一大批其他国家的作家寄居巴黎,如爱尔兰诗人威廉·巴特勒·叶芝(William Butler Yeats,1865—1939)、英国小说家詹姆斯·乔伊斯(James Joyce,1882—1941)和诗人 T. S. 艾略特(Thomas Stearns Eliot,1888—1965)、美国作家格特鲁德·斯坦因(Gertrude Stein,1874—1946)等。这些作家的作品大大继承和发展了象征主义文学的创作原则和方法,使得现代主义思潮逐渐传到世界其他国家。与此同时,斯坦因的现代主义走得更远,将马拉美的美学原则发挥到荒诞的地步,对美国 20 世纪现代文学的产生与发展发挥了极其重要的影响。

## 二、现代主义文学的问世

美国现代主义文学从诗歌开始,以埃兹拉·庞德(Ezra Pound,1885—1972)领导的意象派和漩涡派诗歌为发端。诗人不仅学习 20 世纪的流派,亦深受 19 世纪末法国象征派和 17 世纪英国玄学派诗人以及 19 世纪本国诗人如沃尔特·惠特曼(Walt Whitman,1819—1892)、艾米莉·狄更斯(Emily Dickinson,1830—1886)等的影响。同时,这时期的诗歌可以说是百花齐放,诗人们有意识地对诗歌的传统风格、表现形式和技巧进行革新,纷纷寻找十分个性化的语言和手法来展现自己对世界、社会、人生的看法。许多诗人采用自由诗体而不大喜欢格律、音步严谨的传统诗体。语言方面,他们反对传统的高雅诗歌语言,而采用日常生活的口语。当然,诗人们也各不相同,威廉斯的自由诗体跟艾略特和庞德的风格就大不一样。威廉斯更强调视觉效果,而艾略特则看重音步和节奏的音乐性。他们都主张用口语,但弗罗斯特采用新英格兰地区农民的语言,林赛和桑德堡使用中西部老百姓的语言,而艾略特的诗歌虽然有口语的味道,他却认为有些思想感情用其他风格也许能表现得更好。诗人们深切感到现代生活的复杂性,充满了矛盾和冲突,他们的诗歌就是要表现这种不协调,于是,他们大量采用幽默与反讽。桑德堡和林赛依靠西部幽默在高度夸大中达到挖苦的目的,弗罗斯特则突出新英格兰地区不露感情的冷漠式的讽刺,而艾略特、威廉斯和史蒂文斯等的反讽则更为含蓄和深沉。艾略特运用"想象力的逻辑",在《荒原》中抛弃一般诗歌中的过渡、概括、论述等手法,把不同的意象并列在一起,用支离破碎的形象反映社会问题。在这个繁荣时期,涌现出大量至今被认为是经典的诗集。诗人们亦常常提出自己的文学主张,如庞德的"要日新月异"的口号和界定意象派诗歌的定义,艾略特的"客观对应物""感受的分化""想象力的逻辑""作家不能脱离传统但要像催化剂那样使传统起变化",威廉斯的"不表现观念,只描写事物",以及史蒂文斯关于客观现实和想象力的关系等观点,在当时及后来对诗歌均产生了很大影响。

美国的戏剧由于清教主义的影响一直未能顺利发展,但第一次世界大战后情况有了很大的变化。表现主义戏剧和剧作家奥古斯特·斯特林堡(August Strindberg, 1849—1912)、易卜生、萧伯纳(George Bernard Shaw, 1856—1950)等都开始影响美国戏剧界。与此同时,美国出现了许多由戏剧艺术爱好者组成的实验性小剧院,对百老汇等商业剧院进行了有力挑战。最为著名的是"华盛顿广场剧院"(战后改名为"戏剧会社")、普罗文斯顿剧艺社和以哈佛大学的"47号工作室"为代表的学生剧团。这些小剧场或戏剧团体几乎都有自己的剧作家。他们一反陈腐的俗套,努力表现当前的美国生活,抨击各种社会弊病,尤其是尤金·奥尼尔(Eugene O'Neill, 1888—1953)运用多种创作方法揭露社会问题,表现残酷的现实如何粉碎普通家庭的生活理想等有现实意义的主题。剧作家们还大量实验各种手法与技巧,如埃尔默·赖斯(Elmer Rice, 1892—1967)用表现主义手法写了《加算器》,而在《街景》中则采用了现实主义手法。奥尼尔不仅采用传统手法亦在作品里实验表现主义、象征主义等手法,甚至在一部作品中兼用多种技巧。奥尼尔的天才与哲学思想使他成为20世纪美国戏剧的重要人物。

跟"新诗"运动和"新戏剧"运动相比,美国小说也在不断革新。从1914年开始至20世纪20年代末,斯坦因、薇拉·凯瑟(Willa Cather, 1873—1947)、安德森、西奥多·德莱塞(Theodore Dreiser, 1871—1945)等老一代作家的许多优秀作品均在此期间问世。战后成长起来的年轻一代作家,如约翰·多斯·帕索斯(John Dos Passos,1896—1970)、菲茨杰拉德、海明威、福克纳以及黑人作家吉恩·图默(Jean Toomer,1894—1967)等,都开始在文学舞台上各领风骚,通过小说批评工业化和物质主义的恶果、批判战争对人的精神的伤害、揭露贫富不均和种族歧视造成的悲剧。美国小说在技巧方面的实验,并不落后于诗歌和戏剧。作为"现代主义文学运动巨人之一"的斯坦因,对语言和标点符号进行实验以捕捉流动不定的生活现实。安德森则对小说形式进行实验,在《俄亥俄州的瓦恩斯堡镇》中用具有同一个背景、同一个主人公和同一种气氛的一系列短篇故事来概括主题。帕索斯在小说中插入新闻纪录片、报纸甚至流行歌曲的片段。总之,作家们不断破坏故事的叙述线索以表现世界的混乱和社会的失控。当然,这一时期传统的手法并没有消失。德莱塞、刘易斯采用文献式的描写和细节堆积等自然主义手法,凯瑟、菲茨杰拉德十分注意对细节的取舍,更看重故事的氛围,使作品富有诗意。海明威通过小字、短句,多对话,少描述来进行试验,他的"冰山原则"确实开创了新的文风。与海明威相反,福克纳则用繁复的长句和晦涩的语言来表现世界的复杂。与戏剧、诗歌一样,小说文体风格的多样性也是这个时代文学的一个特点。

## 第二节　日益繁荣的当代美国戏剧

### 一、美国戏剧的兴起

美国戏剧与诗歌和小说相比,显得发展较晚且较为缓慢。随着20世纪上半叶现代主义思潮在美国的传播,戏剧创作的实验由此展开,现代主义戏剧创作随之出现。美国现代主义戏剧创作中,影响最大的是尤金·奥尼尔(Eugene O'Neill,1888—1953)的现代悲剧。

### 二、美国戏剧奠基人——奥尼尔

美国现代主义戏剧的奠基人是尤金·奥尼尔。他出生于纽约的一个爱尔兰移民家庭,父亲是演员,自小便跟随父亲四处演出,过着居无定所的生活。他曾在普林斯顿大学读书,但没多久便辍学了,开始四处漂泊和闯荡,做过多种工作,这为他日后进行戏剧创作提供了重要素材。1913年起,奥尼尔开始进行戏剧创作,先后发表了《渴》《东航卡迪夫》《天边外》《琼斯皇》《毛猿》《榆树下的欲望》《奇异的插曲》《进入黑夜的漫长旅程》《诗人的气质》等戏剧作品①,在美国戏剧界引起了极大反响。奥尼尔晚年身患帕金森病,常年饱受病痛的折磨。1953 年,奥尼尔因肺炎不幸去世。奥尼尔的戏剧创作深受威廉·莎士比亚(William Shakespeare,1564—1616)、易卜生、斯特林堡等戏剧家的影响,并在此基础上形成了自己的创作思想。他主张写悲剧,认为悲剧在精神上能鼓励人们更深刻地理解人生意义,他认为最有价值的主题应该体现在人类在其光荣的、自我毁灭的斗争中的永恒悲剧。在戏剧功能方面,他提出:"戏剧应是一种激励人心的源泉,这种源泉把我们提升到一个更高的自我认知的水平,驱使我们探索心灵深处的奥秘。戏剧应向我们展示人生真实的面貌。"②他认为剧作家应该以最明晰、最简洁的方法,像心理学家那样,揭示出内心深处最隐秘的矛盾,探索"这个支离破碎、丧失了信心的时代"③后面的深刻意义。与创作思想相呼应,奥尼尔在实际的戏剧创作中表现出很强的社会批判精神和悲剧意识,对拜金主义的抨击和寻找灵魂的归属构成其戏剧一贯的主题,并从不同方面反映现实的丑陋和残酷、人对理想的追求和失败、人的异化和心灵扭曲的精神状态,揭示了贪婪对梦想的毁灭和对灵魂的毒害,具有深刻的思想性和哲理性。此外,奥尼尔的戏剧创作深受现代主义文学思潮的影响和冲击,并因此创作出一批表现主义悲剧、精神分析悲剧和信仰探索悲剧。

### 三、美国戏剧作品探讨

奥尼尔的表现主义悲剧通过对现实的扭曲,将人物的内心世界外化,从而曲折地对当代的社会问题进行反映,对当代人的地位和价值进行探讨。《琼斯皇》和《毛猿》是奥尼尔最重要的两部表现主义剧作。

《琼斯皇》描写的是琼斯从一个黑人逃犯爬上一个小岛部落的皇帝宝座,最后在部落人的反抗追杀中死去的故事,一针见血地揭示了美国社会人妖颠倒的黑暗现实④。该戏剧以原始森林为背景,着力表现被追捕中的琼斯恐惧、紧张、内疚等复杂心理及恍惚的精神状态。同时,该剧借助布景与道具的变化,将人物的内心活动(回忆、幻象、潜意识等)外化为具体形象,呈现于舞台,并用不断加快的咚咚鼓声,突出琼斯不断加剧的心理冲突和紧张感。

该剧在对主人公内心世界的活动和他的坎坷经历进行揭示时,借助于一系列

① 张子清.二十世纪美国诗歌史[M].长春:吉林教育出版社,1995.
② 聂珍钊.外国文学史:四 20 世纪文学[M].武汉:华中师范大学出版社,2010:44.
③ 周倩.简析《进入黑夜的漫长旅程》中主人公的生存状态[J].语文建设.2013(23):35-36.
④ 张子清.二十世纪美国诗歌史[M].长春:吉林教育出版社,1995.

幻觉或者说梦魇。全剧共有8场,只有第1场和第8场是写实的,其余6场皆为表现幻象的,如同梦魇,但它却更加逼真地揭示出琼斯不幸的一生,充满辛酸、痛苦、恐惧和绝望的情绪,从而进一步阐明人类的权力欲望会使人丧失理智。此外,这部剧作中运用了大量的象征主义手法。比如,琼斯穿的衣服是现代文明的象征,他的衣服逐渐被撕破,最后到赤身裸体,标志着他的现代文明特征的逐渐丧失。贯穿在剧本始末的鼓声不断地增大和靠近,标志着形势渐趋紧迫和外界对琼斯的压力不断增大。

《毛猿》是奥尼尔继《琼斯皇》之后又一部杰出的表现主义剧作,描写了司炉工扬克一生奋斗不息、到处碰壁,思想无法跟社会中的其他人沟通,最后被动物园中的大猩猩抓死的悲惨遭遇,揭示了普通劳动者在西方现代工业化社会中没有"归宿"这一重要社会问题,揭露了现代资本主义制度的不合理,如现代人的异化,人与自己生存条件的疏离,人面对强大的外界力量无能为力的困惑、悲愤,人寻找归属而不可得的幻灭感,人在现存的资本主义社会中日益深重的精神危机等问题。

《毛猿》中扬克是美国现代产业工人的代表,他的遭遇反映了现代资本主义社会中劳动人民的悲惨处境。扬克开始时自以为了不起地自我肯定,是建立在一种自我误解之上的。他误认为自己是资本主义社会物质力量的代表,因而否定资产阶级,也否定"社会主义的救世军"。其实真正代表资本主义物质力量的是资产阶级。扬克作为物质财富的创造者,除了被奴役、被支配、创造财富供他人享乐外,在现代西方社会根本无立足之地,他等于甚至低于毛猿。同时,扬克也是"人的象征",他从开始自认为是能在地狱里工作的好汉,是个极重要的角色,到意识到自己地位低下,被人蔑视并无足轻重,经历了一个幡然醒悟的过程。"本来我是钢铁,我管世界。现在我不是钢铁了,世界管我啦!"一切"全都颠倒了"!扬克不能不感到震惊和猛醒。作者把扬克醒悟的过程视作人类终于从幻想回归现实的过程。而扬克一旦醒悟,便开始反复思考自己的地位与处境,寻找自己在社会中的位置。扬克探索寻找的过程,也是反叛与抗争的过程,他的抗争表现为反对现存社会秩序,反对资产阶级。但他的努力抗争和寻找探索都以失败而告终,象征着现代人寻找自我、追寻人类的生存价值却终不可得。自我的失落、自由的得而复失是现代人所面临的共同问题,反映了现代人内心的苦闷、烦躁、困惑和迷惘。

为了对现代人的精神危机进行真实的凸显,奥尼尔在剧中塑造了几个与扬克相关联的人物,其中最为典型的是派迪和勒昂。

派迪是爱尔兰人,曾是一名水手。他对自己所处的、代表着资本主义现代文明的钢铁世界充满了憎恨,并因此变得悲观、消沉、萎靡不振。在他看来,在这样的世界中,工人就像是动物园里被关在铁笼子里的人猿,毫无自由。因此,他始终梦想能回到过去的帆船时代,过和风丽日、健康的人与美丽的大自然和谐的生活。勒昂是工人代表,有一定的思想觉悟,想要"启发"工人的阶级意识,使他们为平等而奋斗。因此,他积极激发扬克对资产阶级的愤怒,并告诉扬克资产阶级身上晃荡的珠宝,"一件的价钱,能给一个挨饿的家庭,买下一年的粮食""必须打击的是她的阶级"。可是,当扬克要真正采取行动时,他却劝扬克不要冲动,要忍耐。可是,他的劝告并没有被扬克接纳。眼见劝阻无效,他便选择了逃离。应该说,扬克、派迪和勒昂的思想代表了工人阶级中的不同思想倾向,他们都对现存的资本主义制度感到不满,都寻找失落的自我,探索自身存在的意义,都有所追求,但都没有寻找到正确的出路。

在现代物质文明高度发展的时代,人类虽在征服自然界方面卓有成效,却又为人造自然所困扰。人更大程度地丧失了自我支配能力,人被异化成了物的奴隶,成了机器;财富、资本主义生产方式则异化为统治人、与人敌对的力量。剧中,扬克及工人们机械地工作着,处于领导地位的资产阶级也是木偶般地运动着。人与人之间疏远、隔膜,相互对立,人孤独而空虚。人与大自然失去了昔日的和谐,又陷于新的不安宁中。这就是现代人,就是他们的可悲境遇。奥尼尔将扬克等人的处境扩展为人类的普遍生存状态,展示出他关注整个人类命运的宏大气魄。

在《毛猿》中,奥尼尔注重将人物的心理活动表现于外,使思想感知化。整个剧作表达的是扬克精神危机产生发展的全过程:从自信到怀疑到失落到绝望。与此同时,奥尼尔还用外界音响来表现人物的内心奥秘,把人的意识外化为声音,诉诸观众的听觉,使观众获得更真切深刻的体验。比如第四场中,扬克感觉受了侮辱,陷入沉思,内心痛苦愤怒而几近疯狂。但此时,奥尼尔却安排周围工人齐声鼓噪嘲笑,这些喧闹声实际上是扬克内心苦闷惶惑、狂躁不安情绪的外化。此外,奥尼尔在这部剧作中运用了象征主义手法,贯穿全剧的毛猿是人的象征。剧本一开始,我们看见的工人,个个都是长臂,小眼,眼露凶光,低而后削的额头,毛茸茸的胸脯,且力大无穷,极像人猿。扬克是他们的代表。在静下来思考问题时,扬克的外形"恰像罗丹的《沉思者》",最后一场中,笼子里蹲着的大猩猩的姿势亦很像罗丹的《沉思者》。扬克、沉思者和毛猿,这一组形象融合为一体,毛猿就是现代人,现代人一如古代毛猿,皆为环境所困。与毛猿密切相关的是剧中系列的笼子意象,邮船的前舱是"被白色钢铁禁锢的一条船腹中的一个压缩的空间。一排排的铺位和支撑着它们的立柱互相交叉,像一只笼子的钢铁结构,天花板压在人们的头上。他们不能站直"。除笼子般的船舱外,还有监狱里关押人及动物园里关押兽的笼子。在世界产联工人协会一幕中,密集的建筑物包围着窄窄的街道,人的整个生存空间像个笼子,笼子是现代人生活环境的象征,扬克穿梭于这些笼子之间。笼子是钢铁所造,钢铁正是现代工业文明的标志。全剧表达了人类陷于资本主义文明的困境中,又渴望摆脱困境的主题。

奥尼尔的精神分析悲剧深受德国悲观主义哲学家亚瑟·叔本华(Arthur Schopenhauer, 1788—1860)和弗洛伊德的精神分析学说的影响,并常常运用古希腊悲剧模式对现代生活进行精神分析。但同时,这类剧作多不直接对现实的重大社会问题进行描写,因而内容显得十分晦涩。

《奇异的插曲》是一部精神分析悲剧,围绕着中心人物——大学生尼娜·利兹与她的清教徒父亲利兹教授和儿子之间的冲突以及与戈登、山姆、达雷尔三个男人之间的感情纠葛,展现了其悲剧的一生,并将她的自私和情欲淋漓尽致地刻画出来。在对人物的内心世界以及人物之间复杂的感情纠葛进行剖析时,奥尼尔运用了精神分析手法。为了更细腻、更清楚地表达人物复杂的内心世界,奥尼尔创造性地大量运用了内心独白的戏剧手法,人物在舞台上直接向观众解剖自己,当一个人物讲话时,其他人物都被"定格"。该剧以解剖人物的潜意识为主,也从侧面反映了一定的社会内容,如资本主义社会里人们已从对财产金钱的占有扩展到对感情的占有,利兹教授父女互相指责对方自私就是例证。

在这部剧作中,奥尼尔还创造性地将意识流手法移植到戏剧舞台上来,通过内心独白和旁白来揭示人物有意识和无意识的内心世界,"就使《奇异的插曲》在现代戏剧史上获得了与詹姆斯·乔伊斯的《尤利西斯》在现代小说史上获得的同样的地位"[①]。奥尼尔探索悲剧的创作,与他一直试图找出新的上帝有着极为密切的关系。奥尼尔认为,"旧的上帝已经死去,科学和物质主义在提供新的信仰方面也已失败"[②],这是现代社会的病根,他要挖掘时代的病根,"以便找到生活的意义,安抚对死亡的恐惧"[③]。奥尼尔试图超越一切物质基础,超越具体的社会问题,从生死对立的角度去探索人与神之间的关系,追寻人存在的终极意义,为这无价值的人生重建价值,以拯救痛苦的灵魂及失却灵魂的芸芸众生。因此,他常将具体的社会问题抽象化,做形而上的探讨。但物欲横流、灵魂物化而使人生无意义毕竟是十分

---

① 郭继德.美国戏剧史[M].天津:南开大学出版社,2011:132.
② 王志军,陈桂艳.论奥尼尔剧作中的道学要义[J].长城,2010:101-102.
③ 王志军,陈桂艳.论奥尼尔剧作中的道学要义[J].长城,2010:101-102.

具体的现实,超越终究不可能。渐渐地,他不仅失去了对上帝的信仰,而且对科学日益发达、拜金主义日益严重的美国社会亦感失望。因此,他试图通过自己的创作来寻觅新的上帝,——他自己的上帝,或上帝的替身,即为自己创造一种新的宗教信仰。他坚持寻觅信仰主题的写作,塑造了一批探索型人物,对人生的奥秘进行新的探索。《泉》和《天边外》就是奥尼尔在这方面的创作尝试。《泉》以15世纪的西班牙为背景,通过写古代题材来探索生活的神秘性,表达了他的一种人生哲学,即人跟自然的和谐统一是最重要的。他把人对自然神的信仰与人世间的生活进行了对比,认为前者是纯洁的,而后者却被残酷的争夺和野心所污染。《天边外》的主人公罗伯特从小就梦想离开闭塞的田庄,去遥远的地方寻找未知的美。他因冲动地接受露茜的爱留了下来,却一生陷于苦恼中。病死前,他眺望远方仍幻想着天边外的美好自由。戏剧用开阔的室外与狭窄的室内两种场景相互转换,以表现人的"渴求与失望"的交替,暗示人的梦想与现实间的不可弥合。

艺术上,奥尼尔的剧作引领了美国的现代剧创作,甚至说为世界的戏剧艺术做出了创造性贡献亦不为过;思想上,奥尼尔深受现代主义思潮的影响,广泛触及美国的社会现实,揭示了美国生活的悲剧性,对美国社会进行了批判。

# 第三节　自白诗、垮掉的一代

## 一、自白诗

### (一)自白诗的界定

自白诗是于美国战后诞生的一个独特的诗歌派别,是当时非常流行的一种诗歌,内容为自传体。可以从广义和狭义两个方面来分类。

属于这个派别的诗人的共同特征:对自己的背景、传统、个人内心最隐秘的欲望和幻想进行深刻详尽的剖析,以及有"我会将所有的都告诉你"这种急迫的冲动。

从狭义上来说,当提及自白派诗人,人们最常想到的是洛威尔、普拉斯和塞克斯顿。原因非常简单:尽管洛威尔不是自白诗的创始人(几个著名的创始人有惠特曼、庞德和艾略特),但是他深刻的自我解剖却引领了战后自白派诗歌的风潮。洛威尔的《人生研究》(Life Studies)也即《人生探索》为自白派诗歌注入了新生力量,使其受到前所未有的普及和欢迎,并且他在波士顿大学的诗歌课程也影响了很多人,这其中就包括他的两个学生西尔维亚·普拉斯和安妮·塞克斯顿,然而普拉斯在表现自我方面却比洛威尔更加直率。因此从某种意义上说,洛威尔开创了战后诗歌派别。有意思的是,这三位诗人有一个共同的特点:他们都曾经在马萨诸塞州的麦克克林精神病院待过。

### (二) 自白诗的代表诗人

自白派诗人包括德尔莫·施瓦茨(Delmore Schwartz)(强调"意识创伤")、斯坦利·库尼茨(Stanley Kunitz)、西奥多·罗特克(Theodore Roethke)、约翰·贝里曼(John Berryman)、斯诺德格拉斯(W. D. Snodgrass)、艾伦·金斯伯格(Allen Ginsberg)、罗伯特·洛威尔(Robert Lowell)、西尔维亚·普拉斯(Sylvia Plath)、安妮·塞克斯顿(Anne Sexton)和艾德里安娜·里奇(Adrienne Rich)等。

#### 1. 自白诗代表人:罗伯特·洛威尔

洛威尔来自英格兰,出生于一个显赫的家庭,他的家族中有像詹姆斯·拉塞尔·洛威尔和艾米·洛威尔这样的著名诗人。这样的家庭背景使洛威尔至少在两个方面具有优势:这使得他在文化修养和品位上有很好的资质,同时,又给他提供了仔细研究他的新英格兰家庭传统衰退的机会,而新英格兰传统的衰退正预示着整个民族的瓦解和分裂。洛威尔在哈佛大学受到了两年良好的教育,然后转入俄亥俄州的凯尼恩学院继续深造,并师从著名的新批评派诗人和评论家约翰·克罗·兰塞姆。战争期间,洛威尔试图参军却遭到拒绝,后来,他便拒绝参加对盟国的残酷战争。洛威尔由于拒绝服役,被判入狱,在狱中度过了几个月的时光,这段时间,他一直都在坚持诗歌创作。

#### 2. 自白诗代表作

罗伯特·洛威尔的自白诗代表作包括:《威利爵爷的城堡》《人生研究》《不同的大地》等。

1946 年,洛威尔的第二卷诗集《威利爵爷的城堡》(Lord Weary's Castle)获得普利策奖时,他的诗人生涯也达到了一个高峰。作为一个冉冉升起的新星,洛威尔于 1947 年被任命为美国国会图书馆的诗歌顾问。1951 至 1959 年,洛威尔因深感不适,沉寂了一段时间,待在精神病院潜心研究这一时代的诗歌。因常受到精神分裂症的困扰,医生建议洛威尔将自己情感上的痛苦经历写成诗歌以减轻他的精神压力,于是在 1959 年,洛威尔完成了他的诗集《人生研究》。当洛威尔的著作再次出版时,他的风格则由批评派转为了自由诗体,并开创了一种新的诗体——自白诗。鉴于新书所取得的巨大成功,洛威尔获得了国家图书奖。20 世纪 60 年代末,洛威尔因参与抵抗五角大楼的越南战争游行活动而再度被判入狱。

## 二、垮掉的一代开始风靡

20 世纪 40 年代,罗伯特·洛威尔的诗文风格是严谨的新批评派,他在诗的韵文方面受到了兰塞姆、沃伦、泰特和克林斯·布鲁克斯的影响。20 世纪 50 年代末期之前,洛威尔所有的诗歌形式都很规范,不仅言辞巧妙、情趣横生,而且还用词考究,但在受到新批评派风格 15 年的影响后,洛威尔对这种写作技巧及当时的时代风潮感到了厌倦。"垮掉的一代"(The Beats)开始风靡,约翰·贝里曼崭露头角。在大西洋彼岸,还有很多英文运动派诗人,他们大声说出自己的真实情感。洛威尔的风格转变的部分原因也是因为世界诗歌风格转变的这一大风潮,他的《人生研究》实际上正记录了洛威尔作为一个诗人的成长历程。但我们应当注意的是,洛威尔的诗歌形式从不松散,尽管他也写(自传式的)自由诗,然而原则和规律在他的作品中仍然清晰可见,洛威尔对形式始终非常重视。

洛威尔诗歌的主题是随着他对人类命运和"自我命运"的看法的转变而逐渐改变的,他对"所处年代发生的恐怖事件"感到大为震惊。洛威尔一直都对人类的存在和救赎感兴趣,在他的前两卷诗集的《不同的大地》(*Land of Unlikeness*, 1944)和《威利爵爷的城堡》(*Lord Weary's Castle*, 1946)里,洛威尔就非常关注基督教的人道主义,并因此有了对宗教的热忱,想要去探寻拯救人们脱离绝望的道路。洛威尔抨击了使社会失去人性的物质主义,即"疯狂的工业主义",以及由此导致的道德沦丧。《不同的大地》揭示了人类灵魂的转变,它再也不像上帝或者它自己了;人类处在危险之中,并不断走向地狱。《威利爵爷的城堡》则是以迟钝、绝望、不重视救赎的一群人为描绘对象。洛威尔就像在荒原中的预言家一样,在接连不断的诗歌里表达着自己的愤怒。从他的《爱德华先生和蜘蛛》(*Mr. Edwards and the Spider*)或《在惊奇的转变之后》(*After the Surprising Conversions*)等作品中我们可以清晰地看到作者的意图,即人们寻求救赎的时候到了。这里的描写有爱德华所描写的地狱的味道,在这里可以看见罪人正受着烈火的煎熬。同样,洛威尔的《南塔开特的贵格会墓地》(*The Quaker Graveyard in Nantucket*)被认为是他最好的战争诗歌。《威利爵爷的城堡》向我们生动地描述了一个充满战争和死亡、侵略、堕落、暴政、无能、强夺和贪婪、残忍、精神上的孤立的世界,以及所有的盲目和约束。诗歌,尤其是在前五个部分,到处都充满着毁灭的画面:船只失事、温斯洛和水手的死亡、皮阔德号的毁灭、军舰被愤怒的上帝所掌控、整个世界都将要被毁灭、鲸鱼那腐烂的内脏等。诗歌所展现的情绪是愤怒和忧伤的,然而在这些愤怒和忧伤之中尚存一些可以聊以自慰之处:贵格会的和平主义、麦珀的警示、基督的复活、弥赛亚杀死海中的巨兽、瓦纳辛海处女地的圣坛以及与上帝达成的新契约。诗歌的最后两部分描写了万物复苏,死者得以转世。在这里,诗人像传统的基督教徒一样陷入了深思。对他来说,上帝、他的力量、人类的疏离、警告和救赎等事情都是非常重要和急迫的,于是诗人建议人们信仰基督,信仰上帝,反思自己的生活。

在第三卷诗集《卡瓦纳家的磨坊》(*The Mills of the Kavanaughs*, 1951)中,洛威尔的选材从对宗教的狂热转向了更具长久性的素材,如对现实社会和个人生活故事的关注,并通过信仰的超个人形式、神话故事以及冥想来探究为人们找到稳定性(一种长期的稳定)的可能性。洛威尔对个人特征的描述似乎是要提供一种新的确定性,在《枕着〈埃涅阿斯纪〉入眠》(*In Falling Asleep over the Aeneid*)中,老人正是从爱和道德中找到了勇气和意义(这是整卷诗的中心思想)。《卡瓦纳家的磨坊》是洛威尔诗歌生涯的转折点,从此洛威尔的写作风格转向一个新的方向,他开始以自己为原型进行创作。这里需要说明的一点是,虽然上帝不常出现在洛威尔20世纪50年代之后的作品中,但在很长的一段时间里,我们还是可以在他的作品中听到上帝的声音。

20世纪50年代末,洛威尔转而寻觅内心灵魂的痛苦。这时,他离开了"上帝之城",转向了自己所在的"人类之城",并仔细研究了他所在的社会和家庭背景以及通过艺术来实现自我救赎的可能性。自此,洛威尔开始寻找其血统和自身的本性,并否定了自己的出身以及自身,这个过程让洛威尔非常痛苦,然而最终,他在一个荒凉之处找到了希望,而所有这些都在洛威尔的《人生研究》中有所记录。

《人生研究》这部自白诗诗集包括3个部分。

第一部分,包含了四首诗,限定了人类的行为并为之后的救赎提供了一个框架。在这里,诗歌的叙述人"我"身处"人类之城""生活转到了地面上""带领我们登山的列车来到了地球",这些都表明洛威尔渐渐失去了对上帝的信仰。在不断的努力下,洛威尔不再去寻找生命的归属,而是转向对他自身的归属进行研究。洛威尔意识到,世俗的问题需要世俗的判断标准和理解[《银行家的女儿》(*The Banker's Daughter*)];历史不断重复上演,从未吸取教训[《就职日:1953年1月》(*Inauguration Day: January, 1953*)];人类极度可悲,和动物没有两样[《身陷慕尼黑的一个疯狂黑人士兵》(*A Mad Negro Soldier Confined at Munich*)];《臭鼬时刻》(*Skunk Hour*)的结束部分则表达了作者一直埋藏在心底的想法。正是通过这些观察,诗人对自己进行了深刻的剖析。

第二部分,《里维尔街91号》(*91 Revere Street*)采取了散文形式。这部分是诗人的自传,描写了诗人从父亲的个性中看到了文化的衰落,并表达了作者的忧虑。

诗人的父亲是一个典型的新英格兰人,然而在儿子的眼里却十分无能。"他深沉,不是因为有深度",诗人这样写道,"而是深深地沉浸在各种数据中,对个人的经历完全不确信"。父亲 40 岁的时候,精神状态更加糟糕。离开海军后的 22 年来,父亲"从这个工作换到那个工作,古板严肃,就像离开水的鱼"。《里维尔街 91 号》还细致地描绘了诗人童年时期社会的腐化和堕落,新英格兰传统的变质和退化预示着民族正在走下坡路。此外,这部分还向读者介绍了诗人的成长环境,而正是这样的环境才使得他具备了艺术的修养,同时也为第三部分做好了铺垫。

第三部分,共有四首诗,探索了艺术作为一种途径为诗人逃避现实并生存下去提供了可能性。诗人通过这四首诗探讨了四个具有不同风格的美国诗人,这四首诗分别是《致马多克斯·福特》(For Madox Ford)、《致乔治·桑塔亚那》(For George Santayana)、《致德尔莫·施瓦茨》(To Delmore Schwartz)和《致哈特·克兰》(Words for Hart Crane)。福特展示了坎坷的探索过程;桑塔亚那展示了艺术家的神圣和崇高;施瓦茨既爱幻想,又以自己为原型进行创作;克兰则向诗人揭示了成功的代价——身体及灵魂的全部投入。

洛威尔对人类生存的探索在他之后的作品中还有涉及,如《献给联邦死难者》(For the Union dead, 1964)《历史》(History, 1973)和《日复一日》(Day by Day, 1977)等。《献给联邦死难者》这首诗应该引起我们特别的关注。这首诗描绘了现代人道德的沦丧以及英雄主义和理想主义的缺失。该诗的铭文用拉丁语写成,是波士顿萧尔纪念碑(the Shaw Monument in Boston)的碑铭;碑铭从一开始就将诗歌的主题展现出来:"他(萧尔上校)一心为了国家。"然而英雄主义的爱国精神已经不复存在,取而代之的是自私和由此引发的怯弱,这种自私自利使人们退回到了数世纪前的原始状态。这首诗以艾略特式的荒原为背景("白雪一片的撒哈拉"满目冷漠寒冷的景象),诗人看着都市的风景和四个著名的标志性建筑,却很难将它们与现代人和他的生活关联并融合起来。这四个建筑包括现在已经荒废并关闭的旧南方波士顿水族馆、正在修建的地下车库、为纪念阵亡的联军而修建的萧尔纪念碑以及虚张声势的莫斯勒保险柜广告。水族馆已经不复存在,任何阻挡地下车库建设的阻碍都予以清除,并且通过阅读后面的诗歌,很显然,车库一旦建成,将容纳"野蛮的奴性的巨型有翅汽车"。萧尔纪念碑和州议会会场的地位由于车库的建设而动摇,不再是人们眼中的神圣之地。对诗人而言,这些建筑都是现代人们的"指南针",可是现在没有人在乎了,美国莫斯勒公司的广告以及因为莫斯勒保险柜而沸腾的广岛无不让我们看清了现代人的生活:因为一点物质利益而欢喜万分(在广岛的原子弹攻击下,莫斯勒保险柜里的财物仍然完好无损),全然不顾灾难中丧生的数以万计的生命。诗人觉得不能指望这样的人去面对挑战,投身公正和正直的高尚事业,如广岛的核爆炸、学校的融合以及更重要的人权问题,因此诗歌通过对现代人(包括诗人本身)的谴责而致力于发掘人怎样更有尊严地生存下去的主题。

洛威尔觉得他并不比他的同伴好到哪儿去,1965 年他曾说过"这是我的年代,我非常想成为其中的一部分"。洛威尔的这句话的伟大之处就在于他能够坦然面对自己和审视自己民族的文化。对个人经历以及时代特征的定位能使诗人的作品永垂不朽,如艾略特的《荒原》、菲茨杰拉德的《了不起的盖茨比》(*The Great Gatsby*)和之前歌德的《少年维特的烦恼》(*The Sorrows of Young Werther*, 1774)。洛威尔似乎为一种历史使命感所激励,这赋予了诗歌史诗般的宏博。他先知性的斥责或是命令,还有他强烈的献身精神,都给读者留下了一种更深远的且鼓舞人心的影响。因此可以说洛威尔是战后美国最杰出的诗人之一。

# 第四节 崭露头角的黑色幽默小说家们

传统意义上"黑色"是悲剧的颜色,"幽默"是喜剧的效果。以不时制造点笑料的喜剧手法表现悲剧的内容,为的是突出当时美国人民对社会生活的不满、对人类状况的担忧以及对生存的种种疑惑,使预料与结果产生强烈的偏差,从而制造荒诞的艺术效果。

黑色幽默小说家之所以诞生,首先,黑色幽默小说消解了西方传统的悲剧模式。西方传统悲剧以严肃、崇高为其本质特征,突出的是社会生活、家庭生活中的矛盾与对立,表现的是对家庭、社会的责任感和价值感。它们无法体现出任何自我价值,甚至连人格和人性都无法保障,生存受到极大的威胁,只能以无可奈何的幽默作为解脱。其次,黑色幽默小说同时消解了西方传统的戏剧模式。就黑色幽默小说的"幽默"特点来看,这类小说似乎又可划归"喜剧"的范畴,而在"喜剧"的意义上,黑色幽默小说显然是对传统舞剧模式的背离。黑色幽默小说的喜剧色彩是典型非理性的。黑色幽默嘲笑的就是理性,以传统的喜剧效果消解传统的理性原则,其价值标准是与传统喜剧截然相反的。如下文介绍的黑色幽默小说家的代表作,以《第二十二条军规》为例,包括军规在内的所有令人发笑的情节都让理性陷入困境,是理性无法解释的,因而造成了对理性的巨大挑战。黑色幽默小说"把理性的荒谬性和所存在的巨大的漏洞提升到本体论的高度,从而认为世界的本质是荒谬的、非理性的,即便是理性,也是存在着自己无法排除的荒谬悖理性"。制造喜剧的效果,具有极大的艺术表现力和感染力。

## 一、黑色幽默小说家:约瑟夫·海勒

### (一)约瑟夫·海勒与《第二十二条军规》

约瑟夫·海勒(Joseph Heller,1923—1999)是"黑色幽默"小说的杰出代表,1923 年 5 月 1 日出生于纽约市布鲁克林区科尼岛。父母都是犹太人。1942 年,他参加了美国空军赴欧洲作战,曾驻扎过意大利等地。战后,他复员回国进入纽约大学,本科毕业后升入哥伦比亚大学。1949 年他获得硕士学位。随后,他作为富布莱特学者前往牛津大学深造。1950—1952 年,他去宾夕法尼亚州立大学短期教过英国文学。1952—1961 年,他先后担任《时代》和《展望》等杂志的广告作家,业余动笔写《第二十二条军规》。1961 年小说正式出版后,引起全国轰动。它的反战思想在读者中产生了共鸣。海勒一举成名,成为全国瞩目的作家。

成名后,海勒辞去了工作,专事文学创作,相继发表了几部长篇小说,如描写某公司职员的心理矛盾和精神苦恼的《出了毛病》(1974),叙述犹太教授高尔德想往上爬的空虚心态和堕落生活的《像高尔德一样好》(1979)等。八九十年代他又有新作问世,如长篇小说《天晓得》(1984)、《画这个》(1988)和《结局》(1994)。《结局》是《第二十二条军规》的续集。主人公还是约塞连。他经历了两次与妻子离婚后心灰意冷,孤独地住在纽约曼哈顿区。他感慨一生潦倒,这回面对死亡已无能为力了。海勒还与斯皮德·伏格尔合写了《绝非开玩笑的事》(1986)。此外,他早年还发表过两个剧作:《我们轰炸了纽黑文》(1968)和《克莱文杰的审判》(1974),但反响不大。

1999 年 12 月 12 日,约瑟夫·海勒在纽约州汉姆顿因病离开了人世。

### 1.《第二十二条军规》作品概述

《第二十二条军规》(*Catch-22*)的故事发生在第二次世界大战期间的 1944 年意大利附近地中海的皮亚诺扎小岛上的美国空军基地。主人公约塞连是美国驻欧洲 256 空军轰炸机中队的上尉飞行员。他按照上级命令,已经飞往法国和意大利执行了四十八次轰炸任务。他不想升官发财,只想飞完规定的次数早日回家。但他马上还得再去飞。中队司令卡恩卡特上校想当将军,向上级报功,刻意将每人飞行任务提高至四十次、五十次甚至六十次,约塞连很气愤,想抵制他,也装疯卖傻过,总是无济于事。空军内部有个第二十二条军规。按规定,疯子可停止飞行,但停止飞行要由本人提出申请。可是,能提出申请的人,说明他头脑正常,没有发疯。

这样,他还得再去飞。约塞连感到很失望。第二十二条军规成了军官们瞎指挥和愚弄士兵的骗局,犹如套在飞行员脖子上的圈套。军官们又常随意解释,谁不执行他们的命令,谁就违反军规要受惩罚。约塞连看到两个战友死得很惨,对战争厌倦。最后,他拒绝继续飞行去执行轰炸任务。上司想跟他做一笔交易,只要他说他喜欢他们,他们就授予他一枚英雄勋章,但他没有接受。后来,他在随军牧师和战友的帮助下开小差逃往瑞典。

**2.《第二十二条军规》作品风格**

《第二十二条军规》的艺术风格是个创新。它不同于现实主义的小说。

该小说充满着混乱、疯狂和喧闹的气氛,作者称之为一种"严肃的荒诞",洋溢着"黑色幽默"的色彩。所以,小说被称为美国黑色幽默小说的开山之作。

什么叫黑色幽默呢?它是用怪诞的喜剧手法来表现20世纪60年代美国社会的悲剧性事件,展示社会的畸形和人性的扭曲。它不同于传统的幽默。有人称它是荒诞的幽默、变态的幽默或病态的幽默。它常常与传统的幽默相结合,以辛辣的讽刺、古怪的挖苦、哭与笑的颠倒混合等手法,在小说里构建一个可恨、可怕和可笑的艺术世界。小说主人公往往是"反英雄"的形象。他们无可奈何地生活在变态的社会里,命运坎坷,任凭权威力量的摆布,身心备受无理的折磨,变成言行古怪、人性扭曲的"荒诞人"。他们在社会环境无情的压制下逆来顺受,既无法改变现状,又没能力逃脱,解救自己,只能用黑色幽默的笑声,来忍受一切说不清的孤独和痛苦。

除了艺术结构没有统一的情节以外,小说是由一幅幅不同画面组成的一个有机体,如官兵的酗酒、吵架和嫖娼等,以主人公约塞连为中心,将这些片段或插曲串联起来。《第二十二条军规》完全摆脱了传统小说"三一律"的老框框,闯出了一条新路子,为20世纪60年代衰竭的美国小说找到了突破口。

尽管如此,小说里仍不乏精彩的细节描写。小说还通过颠倒时空的写作手法,通过变换场景,想象与事实相结合,以美国空军来比喻整个美国社会,将欧洲战场上暴露的军队腐败与社会的混乱、官僚制度的弊病联系起来,冷嘲热讽入木三分,富有喜剧性的夸张和幽默,令人耳目一新。

小说语言简练,通俗易懂,对话简洁有力。海勒早年曾受海明威精练文体的影响,讲究用词的经济、简练和生动。他所创造的新词"Catch-22"已进入英语词典,为大家所接受,成了表示人们自己的困境和苦恼的一个新词条。《第二十二条军规》成了最出名的黑色幽默的代表作。海勒的新探索为美国后现代派小说的发展开辟了途径。

### 3.《第二十二条军规》作品影响力

《第二十二条军规》以第二次世界大战中美国驻外空军战斗的题材揭露了美军内部争权夺利、上级压制下级的腐败现象,将讽刺矛头指向美国权力中心,具有深刻的现实意义。小说技巧上锐意创新,从结构、情节到语言大胆试验,形成黑色幽默的独特风格,开创了美国后现代派小说的先河,使美国小说走出 60 年代的困境,进入后现代派小说的新时代。

作为一部划时代的创新之作,《第二十二条军规》意义极不平凡,影响相当深远。从它 1961 年问世至 1980 年的 20 年中,单是科吉出版社就发行了 150 多万册。至今它已出现多种语言的不同版本,受到各国读者们的欢迎。在美国,对它的评价一直很高。有人说,这是一部艺术魅力巨大的小说。有人说,它是第二次世界大战后最受推崇的作品,甚至有人认为"这是英语文学的伟大创举"。

《第二十二条军规》将当代美国小说推向后现代主义的新阶段。美国小说终于告别了 20 世纪 60 年代枯竭时期的死胡同,走上新的发展大道。约瑟夫·海勒成了一位伟大的开拓者并被载入史册。

### (二)海勒的其他作品

#### 1. 长篇小说

《出了毛病》(*Something Happened*,1974)

《像高尔德一样好》(*Good as Gold*,1979)

《天晓得》(*God Knows*,1984)

《画这个》(*Picture This*,1988)

《结局》(*Closing Time*,1994)

#### 2. 剧作

《我们轰炸了纽黑文》(*We Bombed in New Haven*,1968)

《克莱文杰的受审》(*Clevinger's Trial*,1974)

#### 3. 自传

《此时彼时》(*Now and Then*,1998)

## 二、黑色幽默小说家:约翰·巴思

### (一)约翰·巴思与《烟草商》

约翰·巴思(John Barth,1930—  )是个风格奇特的第一代美国后现代派小说家。1930 年 5 月 27 日,他出生于美国马里兰州剑桥市。他早年念过纽约市朱丽安音乐学校,后考入约翰·霍普金斯大学新闻系,又读了研究生,1952 年获硕士学位。毕业后,他留校教英语,后受聘为宾夕法尼亚州立大学副教授,1965年改任纽约州立大学教授。1973 年,他返回母校约翰·霍普金斯大学任教授兼驻校作家。他经常一面授课一面写作。

约翰·巴思擅长写长篇、短篇小说,以长篇小说见长。他往往以自己的故乡马里兰州的历史和文化风情为背景,借用英国 18 世纪小说家菲尔丁等人的艺术手法和语言技巧,描绘家乡的人和事,展现了广阔的生活画面,受到读者的热烈欢迎。

受欢迎的中长篇小说有《大路尽头》《烟草商》《羊孩子贾尔斯》《休假年》和《三条路交会处》等。其中,结构最完美、人物最众多、场面最广阔、技巧最奇特、语言最丰富、主题思想最深刻的是《烟草商》。

因此,《烟草商》(*The Sot-Weed Factor*)成了学界公认的巴思的优秀代表作。

### 1.《烟草商》作品概述

《烟草商》是一部反映马里兰州遭遇不幸灾祸的历史小说。主人公埃比尼泽·库克是个真实的历史人物的化身。巴思以此为基础,虚构了一位他的同胞妹妹安娜。库克在导师帮助下读书仍没起色。他父亲叫他回家乡料理烟草种植园。他花了许多时间写诗,保持自身的纯洁。虽然多次横遭攻击,他仍不动摇。1707年,他完成了讽刺长诗《烟草商》,叙述马里兰州各种危险的经历和灾难性的遭遇。后来,库克到了美国,被誉为"桂冠诗人"。他决心写一部史诗《马里兰姑娘》,赞扬她的美德,最后,他却将其写成对长诗《烟草商》的讽刺。库克经历了多次冒险,有几次几乎送命,幸亏他的主人伯宁加姆出手相救,他才化险为夷。未了,他突然不见踪影,后来在巴思其他小说里又露面。

主人公埃比尼泽·库克是个英俊的青年。他天真无知,又聪明勇敢,遇事不慌,在历次冒险中沉着应对。他热爱诗歌,不辞劳苦创作了长诗《烟草商》,在美国荣获"桂冠诗人"的称号。他还想继续写诗,用新作《马里兰姑娘》讽刺《烟草商》。他是个有理想、有抱负的青年。据说他是个重要的历史人物,著有讽刺诗《烟草商》(1707)。按照诗中所说,他是个访问马里兰州的英国人,也有人说他是个美国人。生卒年不详。在他的激励下,巴思创作了《烟草商》,库克在小说中成了他的代言人。

### 2.《烟草商》作品风格

《烟草商》展现了巴思锐意创新的多姿多彩的后现代派小说风格,从艺术结构、人物塑造、体裁搭配到遣词造句、文字运用和语言风格都显示了作者的独到匠心,令人应接不暇。具体特点如下:

（1）真实历史与虚构人物相结合。小说将马里兰真实的历史事件与虚构的人物相结合，在广阔的场面里活跃着一百多个人物，上演了一场狂欢、滑稽、诙谐的闹剧。他们既有美国人、印第安人，又有英国人和西班牙人。男人、女人、英雄、骗子以及基督教徒和天主教徒组成一个奇特的社会。小说仿佛成了世界的缩影，亦真亦幻，虚实结合，趣味横生，多姿多彩，引人入胜。

（2）整体艺术结构完美。小说艺术结构设计完美，变换复杂。小说中又有小说，犹如中国的魔匣，一个套一个，富有神秘色彩。小说中有诗歌和离题的评论，跨越了体裁的界限。作者还采用拼贴的手法，将海盗掠夺、遗产争夺和宗教冲突等几个画面与主人公库克乘船驶往马里兰的途中经历串联起来，增加情节的起伏和变化，使库克的历险更加丰富而神秘。

（3）特殊的叙述和描写手法。用模仿 18 世纪的英语来叙述和描写库克不平凡的冒险，这在当代美国小说中是不多见的。巴思崇尚英国 18 世纪小说家菲尔丁的小说语言和艺术手法，从中汲取了滋养。他的模仿能力特强，几乎到了以假乱真的地步，令人拍案叫绝。《烟草商》是一部描述 18 世纪美国烟草商库克的冒险故事。巴思用模仿 18 世纪的英语来表述，显得更加逼真、更加动人有趣。同时，巴思喜欢遣词造句标新立异，文字游戏花样百出，形成了多层次和多角度的叙述，富有独特的艺术魅力。

随着时代的发展，巴思融入了许多创新的元素。尽管存在缺点，《烟草商》仍不失为一部多种小说技巧综合运用和创新的杰作。

### 3.《烟草商》作品影响力

《烟草商》通过新颖的流浪汉小说视角的描写，成功展现了殖民时期马里兰州的历史题材，叙述了主人公库克的冒险经历，借古喻今，揭示了复杂的社会矛盾、宗教冲突和家族的遗产争夺等问题，完美地突显了重要的历史意义和艺术价值。

巴思自称《烟草商》是他的成功实验之作，意义非凡。他强调题材的新颖和艺术风格的独特是一部小说成功的关键。他博采众长，自成一格。他从英国小说家菲尔丁、乔伊斯，意大利作家伯吉斯和美国作家纳博科夫那里汲取了滋养，对传统小说的艺术大胆革新，使神话般的长篇小说创作在当代美国文坛复活了，从而促进美国小说走出 60 年代枯竭的死胡同，迈上新的发展大道。

他的艺术技巧是将拼贴、反讽、跨体裁、时序颠倒、事实与虚构相结合，尽管小说中的性描写往往太露骨，显示了自然主义的痕迹，但是小说的艺术创新是难能可贵的。他对新一代美国小说家产生了重要的影响，为美国后现代派小说的不断发展做出了新贡献。

## （二）巴思的其他作品

### 1. 长篇小说

《漂浮的歌剧》（*The Floating Opera*，1956）

《大路尽头》（*The End of the Road*，1958）

《羊孩子贾尔斯》（*Giles Goat-Boy* or *The Revised New Syllabus*，1966）

### 2. 中短篇小说集

《消失在开心馆里》（*Lost in the Funhouse*，1968）

《三条路交会处》（*Where Three Roads Meet*，2005）

### 3. 评论集

《星期五之书》（*The Friday Book*：*Essays and Other Nonfiction*，1984）

《星期五续集》（*Further Fridays*：*Essays，Lectures，and Other Nonfiction*，1984—1994，1995）

## 三、黑色幽默小说家：弗拉基米尔·纳博科夫

### （一）纳博科夫与《洛丽塔》

弗拉基米尔·纳博科夫（Vladimir Nabokov，1899—1977）是个著名的黑色幽默大师、小说家和批评家。1899 年 4 月 23 日,他生于俄国圣彼得堡一个贵族官僚家庭。祖父当过沙皇政府司法部部长。父亲做过法官,后来成了立宪民主党的领导人之一,1908 年被抓进监狱,1917 年二月革命后曾在临时政府任职。十月革命后举家流亡国外。纳博科夫随父母移居西欧。1919 年他入读剑桥大学,1922 年获文学学士学位,后去德国柏林。他父亲在那里办了一份俄国自由派的报纸,同年遭暗杀。1937 年,他移居巴黎。1940 年德国纳粹军队入侵法国前夕,他去了美国。他先在哈佛大学讲授昆虫学。1948—1959 年,他到康奈尔大学教俄罗斯文学、欧洲文学和写作理论。

纳博科夫很早就对文学创作感兴趣。早在离开俄国前就出过两本诗集,以诗人的身份走进文学殿堂。起先他用俄语写诗,1925 年后,他集中精力用英语写小说。在欧洲流亡期间,他用俄语写了许多诗歌、剧本和长篇小说,如自传体小说《玛丽》（1926）,描写他本人的浪漫故事和家庭变迁,后来收入他的自传《说吧,记忆》（1951）。曾经在英国译成英语出版的长篇小说有《暗箱》（1936）和《黑暗中的笑声》（1938）以及他首次用英语写的小说《塞巴斯蒂安·奈特的真实生活》（1941）和《迷幻的凶兆》（1947）等。退休前他一直坚持小说创作。退休后,他仍不停息。他用英语写了 12 部长篇小说。《洛丽塔》（*Lolita*）使他一举成名,轰动美

国。三周内,《洛丽塔》售出 10 万册,成了《飘》问世以来卖得最好的畅销书。《普宁》(1957)、《微暗的火》(1962)也很受欢迎。这些小说奠定了他的小说家地位。

纳博科夫 50 年代成名后从康奈尔大学退休。1959 年移居瑞士。1977 年 7 月 2 日在那里平静地去世。他去世后,他的遗作《文学讲座》(1980)和《俄罗斯文学讲座》(1981)等又与读者见面。他给美国文学留下了一笔宝贵的遗产。

纳博科夫以诗人的姿态登上文坛,创作成就最突出的是长篇小说。早期他用俄文写作,其中《玛丽》比较受欢迎。后期他改用英文写小说,硕果累累,成了一位多产作家。其中《洛丽塔》《普宁》和《微暗的火》最受文坛的注目。

《洛丽塔》这部作品在美国被人们接受,经历了一个曲折的过程。由于小说里有不少露骨描写,《洛丽塔》曾遭到纽约四家出版社的拒绝。后来,纳博科夫的妻子多方努力,1955 年才在巴黎一家地下出版社出版。三年后,它终于在美国问世,立即引起长时间的激烈争论。有的指责小说中的色情描写有伤风化;有的则认为它在艺术上有独到之处,值得研究。到了 60 年代,美国嬉皮士运动蓬勃兴起,所谓"性革命"盛行一时,《洛丽塔》很受赞扬,十分畅销。不过,直到今天仍有不少国家将《洛丽塔》列为禁书,不许公开流通。但美国认为它是一部充满活力和机智的小说。

《洛丽塔》不仅是纳博科夫的成名作,而且是他最出色的代表作。

### 1.《洛丽塔》作品概述

《洛丽塔》(*Lolita*)原先是一篇仅三十页的短篇小说,1939—1940 年用俄语写就,后来用英文全部重写。小说的副标题是"一个白人鳏夫的自白"。全书由两部分组成。男主人公亨伯特是在欧洲受过高等教育的学者。他到美国某大学当教授。他租了房子,看到房东十二岁的女儿洛丽塔美丽动人,刻意紧追不舍。洛丽塔对他的追求不仅不拒绝,反而迎合他,跟他去汽车旅馆过夜。为了长期占有洛丽塔,亨伯特故意娶她的寡母夏洛蒂为妻。婚后不久,他就想害死她。夏洛蒂从他的日记里发觉他爱的不是她,而是她未成年的女儿。她怒不可遏,当面痛骂亨伯特。然后有一天,夏洛蒂被汽车撞死了。亨伯特便公开带着洛丽塔开车到美国各地旅行,在公园、野外和汽车旅馆到处做爱。这就是小说的上半部。

小说的下半部讲的是洛丽塔长大了。她设法悄悄地离开亨伯特,念完了高中又读大学。她厌倦了亨伯特,称他"爹爹"。著名戏剧家克列尔·奎尔蒂迷恋她,带她私奔了。亨伯特闻讯后驾车急追二人。奎尔蒂强迫洛丽塔与一群裸体的男人乱伦,又要她参加一部黄色影片的演出,洛丽塔拒绝了,结果遭奎尔蒂抛弃。最后,洛丽塔嫁给失聪青年席勒,不久怀了孕。这时,她十七岁了,她又碰到亨伯特,告诉他,她爱过奎尔蒂。虽过去好久了,亨伯特仍不罢休。他专门追到奎尔蒂家中开枪杀死了他,然后去警察局自首。他被关进了监狱,没来得及受审判便在狱中病死。洛丽塔不幸难产,生下一个女婴后死了。小说男女主人公双双死亡。故事以惨痛的悲剧告终。

### 2.《洛丽塔》作品风格

《洛丽塔》是一部风格奇特的小说。纳博科夫将现代主义、后现代主义与现实主义的艺术手法相结合,将叙述、抒情、拼贴、比喻、讽刺、侵入式话语和黑色幽默融为一体,形成了自己新颖而独特的艺术风格,影响了后来许多美国后现代派小说家。

这部小说采用了电影蒙太奇倒叙手法来破题,具有跨体裁的特点,以亨伯特的自由为主体,夹杂着日记、书信、广告和报刊剪辑等。小说多次用抒情式的独白来表现男女主人公的内心活动:他们困惑、苦恼和失望。该小说借用了现代派意识流手法展示了洛丽塔思想转变的一系列内心意识流活动,收到了很好的效果。喜剧性的夸张与悲剧性的哀怨相结合,流露了小说的后现代主义色调。

小说语言通俗平易,富有抒情性。纳博科夫爱用古怪的词汇,玩文字游戏。对话简洁,明快,带有戏剧性。字里行间充满怪诞的讽刺、比喻和幽默。这一切都充分体现了作者大胆实验、锐意创新的匠心。

### 3.《洛丽塔》作品影响力

作为纳博科夫最有名的代表作,《洛丽塔》已经成为世界公认的一部现代文学经典之作。它具有很高的艺术价值和现实意义,影响了美国好几代后现代派作家的小说创作。

《洛丽塔》通过叙述亨伯特与洛丽塔的故事揭露了欧美社会的没落、变态和衰败,提出了青少年的命运和前途问题,引起了社会各界人士的困惑和反思。

《洛丽塔》标志着纳博科夫文学创作的重要转折。虽然他的小说里不乏颓废情绪又充满怪诞的讽刺和比喻以及令人费解的词汇,艺术结构又杂又乱,纳博科夫仍是个较早崛起的、威望很高的黑色幽默大师,为美国后现代派小说的兴盛做出了巨大的贡献。

### (二)纳博科夫的其他作品

### 1. 长篇小说

《暗箱》(*Camera Obscura*, 1936)

《黑暗中的笑声》(*Laughter in the Dark*, 1938)

《塞巴斯蒂安·奈特的真实生活》(*The Real Life of Sebastian Knight*, 1941)

《庶出的标志》(*Bend Sinister*，1947)

《普宁》(*Pnin*，1957)

## 2. 评论、诗集及其他

《果戈理传》(*Nikolai Gogol*，1944)

《俄罗斯文学讲座》(*Lectures on Russian Literature*，1981)

《诗集》(*Poems*，1959)

《诗歌与问题》(*Poems and Problems*，1971)

《独抒己见》(*Strong Opinions*，1973)

## 3. 自传

《说吧，记忆》(*Speak，Memory: An Autobiography Revisited*，1966)

# 第六章　多元化时期的美国文学研究

在美国,20世纪是一个非理性化的复杂时代,同时也是一个文学思潮繁荣的时代。这一时期的美国名家辈出、流派众多,对整个西方文学的发展产生了重大的影响。本章针对非裔美国文学和美国多种族文学进行了探讨。

## 第一节　非裔美国文学

### 一、非裔美国文学概述

非裔美国文学已经历了一个漫长的发展过程。这是一种很有自己特点的文学,因为它和一个很有自己特点的民族的独特成长过程紧密相连。非裔美国人有自己的历史。他们在非洲的生活情况,他们被运来美国途中的地狱般经历,被卖作奴隶后牛马不如的生活,美国内战,与主流文化的融合,黑人权力运动及民权运动——这一切都决定了非裔美国文学和主流文学相比将会迥然不同。长久以来,非裔美国人在主流文学中以被歪曲的形象出现,即便是确无偏见的马克·吐温在其作品中也难免出现偏见。比如《哈克贝利·费恩历险记》中吉姆的形象就很滑稽,是为衬托哈克的成长而描绘的。人们所熟悉的《飘》(*Gone With the Wind*)一书中写一些奴隶快活地生活在奴隶主的庄园里,那是一种明显的歪曲。福克纳的名著《去吧,摩西》、奥尼尔的《琼斯皇》及举世闻名的斯托夫人的《汤姆叔叔的小屋》也有类似的描写。并不是说这些作家有意歪曲,他们描写自己未经历的生活时难免出现这种情况,应当说情有可原。非裔美国作家所创作的非裔美国文学就迥然不同了。美国主流作家创作有一个共同点,那就是他们自一开始就受到《圣经》中伊甸园神话的启迪,但非裔美国文学却以另外一种神话为发端。这个神话源于《圣经》的另外一个故事,即《出埃及记》。这个故事说,古以色列人到埃及求生,在那儿待了400余年后,沦为奴隶,受到埃及法老的迫害,上帝体恤他们的境况,派先知摩西前去,率领他们逃离埃及。《去吧,摩西》是 19 世纪在黑人中流行的一首圣歌,20 世纪著名作家福克纳以它来命名自己的一部小说。所以逃离奴役、向往自由是非裔美国文学的主旨。

非裔美国文学的历史相当漫长。先是口头传说、歌曲、民谣、圣歌等各种形式的民间文学,而后黑人诗歌于 18 世纪出现。非裔美国诗人如哈蒙(Jupiter Hammon, 1720—1800)和惠特利(Phillis Wheatley, 1753—1794)唱出了非裔美国人的心声。废奴运动及美国内战为非裔美国文学带来发展的新机遇。诗人邓巴(Paul Laurence Dunbar, 1872—1906)及约翰逊(James Weldon Johnson, 1871—1938)都创作果实累累,饮誉北美。19 世纪中叶开始,非裔美国小说问世,布朗(Williams Wells Brown)的小说《克洛苔》(Clotel or The President's Daughter, A Narrative of Slave Life in the United States)于 1853 年在伦敦出版了。威尔逊(Harriet Wilson)是美国第一位出版小说的非裔作家,她的小说《我们的尼格》(Our Nig or Sketches from the Life of a Free Black, 1859)重点描写了种族与阶级之间的关系。19 世纪末与 20 世纪初,不少非裔美国作家出版了小说或传记,多以出身于中产阶级的混血儿为主人公,多为表现种族压迫的主题,目的是在现有体制内争取平等地位和权利。

## 二、非裔美国文学发展中的历史人物及事件

### (一)有影响力的历史人物

#### 1. 道格拉斯的经历与著作

在 19 世纪中期及美国内战前后,非裔美国文学中最引人注目的是道格拉斯(Frederick Douglass, 1817—1895)的经历与著作。他生为奴隶,亲身经历了、亲眼看到了他的种族所遭遇的压迫与剥削。后来他逃到波士顿,先做码头工,后来逐渐受到某些白人的注意,并为他找到好一些的工作。他讲演,编辑三种报纸,让人们了解和认识黑奴的悲惨境遇。他做的一件大事是反驳南方白人关于黑人过得快活的歪曲性宣传。他成为废奴运动中一员主将。后来他到英国,那里有一些人集资,以 700 英镑为他赎身,这样他就不用为安全担心了。道格拉斯成为 19 世纪后半叶美国文化界的重要一员。内战期间,他努力帮助军队在黑人中征集兵员,确保北方军队在前线的胜利。他的声音成为 19 世纪美国黑人的最响亮的声音。他的自传性名作《我的枷锁及我的自由》(My Bondage and My Freedom)叙述了他的典型的黑奴的故事:从残酷、暴虐的白人奴隶主奴役下逃脱走向自由的动人经历。这是一部历史的忠实记录。道格拉斯诉说自己,也是叙说自己种族的苦难、感受及向

往。该书一经出版,人们便喜闻乐道,从未滞销过。后来又增加篇幅,把作者的内战时期经历也包括进去,书名改称为《弗雷德里克·道格拉斯的生平及时代》(*The Life and Times of Frederick Douglass*)。

**2. 存有异议的黑人领袖:华盛顿**

黑人领袖人物是华盛顿(Booker T. Washington, 1856—1915)。他的影响主要是在 19 世纪最后 20 多年以及 20 世纪初。内战之后,奴隶制已被废除,华盛顿努力对抗种族歧视。他的路线和道格拉斯不同。道格拉斯要自由和平等,华盛顿选择的是妥协道路。他在 1895 年的一次著名演讲中说,黑人不要选举权,不要社会平等和政权;他们要工作,虽然不是高级工作;他们要教育,虽然不是高等教育;他们要挣钱活命。这就是后来杜波依斯(William E. B. Du Bois, 1868—1963)所讥笑的"做工与赚钱的福音"。虽然如此,当时这一讲话却风靡一时。白人立刻表示欢迎,不少黑人也支持,华盛顿被认为是黑人领袖。白人对他尤其欣赏,因为他的此番讲话似乎承认黑人的二等公民地位,只要给予黑人某种经济利益便可避免制度本身的大变革。华盛顿因此能在白人中有不少有钱有势的朋友,也能募捐为黑人子弟办起一所技艺学院。但黑人族群本身对他的讲话却反应不一。年轻一代称他为"叛徒",对他群起而反之。总而言之,华盛顿在当时的历史地位是模棱两可的。

**3. 反对华盛顿的代表人:杜波依斯**

带头反对华盛顿的年轻人是杜波依斯。他当时是黑人反抗的思想领袖。杜波依斯就读于哈佛大学,成为第一个黑人博士。他是社会学家、历史学家,著作颇丰。他的名著之一是《黑人的灵魂》(*The Souls of Black Folk: Essays and Sketches*, 1903),原旨之一是针对华盛顿的。杜波依斯还帮着建立起"全国有色人种发展协会",为争取民权而斗争。后来从 20 世纪 20 年代开始,他觉得在美国争民权是无望的,于是他开始发展泛非运动,1961 年加入共产党,94 岁时入籍加纳。他的名字是和非裔美国人争取自由的斗争紧密相连的。

**(二)有影响力的历史事件**

**1. "大移民"运动**

"大移民"运动是废奴以后的重要事件,其高潮发生在 1890 年至 1920 年间。当时城市里工业迅速发展,极需劳动力,而在农村,自然灾害、土壤贫瘠以及农业的机械化等因素,把大批农民赶出乡村。这些人在万难之中只有朝城市移动。一时之间,成千上万的人潮由南方向北部城市汹涌而去。这就是历史上的"大移民"运动。随之而来的是多数人的贫民窟生活,一些人开始富足,以及出现受教育的机会等,这些因素都为文学的发展铺平了道路。在所有非裔美国人集居的地方当中,纽约的哈莱姆区位居第一。他们从各地、各阶层积聚于此,于是哈莱姆成了黑人生活的中心,吸引了许多文化人、作家及艺术家云集这里。第一次世界大战以后,非裔美国人中开始出现知识分子阶层。其中不少作家与艺术家处于当时纽约这个文学艺术革新的中心,而在格林尼治村这种前卫地区的附近,四面又有爵士乐声充耳不断,他们的价值观发生了变化,他们开始发掘自己种族的传统。这一切发展的总成果是非裔美国文学创作活动的空前高涨,形成了历史上闻名的"哈莱姆文艺复兴"。其中最著名的当然是休斯(Langston Hughes,1902—1967),此外还有以诗歌和小说形式讴歌非裔美国人传统的麦凯(Claude McKay,1889—1948),以小说《甘薯》(*Cane*,1923)而闻名的诗人、小说家图默(Jean Toomer)及著名诗人卡伦(Countee Cullen)等人。当时出名的非裔作家还有赫斯顿(Zora Neale Hurston),这位女作家后来被时间所湮没,近年来她的小说《他们的眼睛在望着上帝》(*Their Eyes Were Watching God*,1937)颇受文学评论界的青睐。1940年,赖特(Richard Wright)发表他的名著《土生子》(*Native Son*),这标志着非裔美国小说渐臻成熟。到20世纪50年代非裔美国小说获得空前发展,艾里森(Ralph Ellison)及鲍德温(James Baldwin)先后出版他们的经典著作。

### 2. 民权运动

20世纪60年代对非裔美国人民来说是一个非凡的年代。非裔美国人民多年来争取自己权益的斗争终于火山般地爆发了,民权运动如火如荼达到高潮,非裔美国文学也顺时应势获得长足进展。一大批非裔美国作家做出了杰出贡献。诸如里德(Ishmael Reed)、吉林斯(Oliver Killens)、凯利(William Melvin Kelley)、福特(Jesse Hill Ford)以及威廉斯(John A. Williams)等人,都以其出色的文学作品获得了评论界和广大读者的高度评价。这些包括威廉·梅尔文·凯利(William Melvin Kelley)的《民主主义者》(*Dem*)和《邓福兹到处旅行》(*Dunfords Travels Everywhere*)、约翰·A.威廉斯(John A. Williams)的《叫喊我存在的人》(*The Man Who Cried I Am*)、伊什梅尔·里德(Ishmael Reed)的《黄色背面的收音机出了故障》(*Yellow Back Radio Broke-Down*),以及20世纪70年代后期轰动美国文坛的亚历克斯·哈利(Alex Haley)的《根》(*Roots*)等。《根》追溯了美国黑人族系自18世纪中期至目前的苦难史,标志着黑人自我认识所达到的新高度。20世纪以来,黑人知识分子所寻求的黑人传统、黑人性格及黑人美学,正在人们的意识中生根与成长。

### 三、非裔美国文学突现大量名家名作

当时的非裔美国文学非常盛行,涌现出大量的名家名作。莫里森(Toni Morrison)1993 年荣获诺贝尔文学奖,沃克(Alice Walker)已多次荣获多种文学大奖,非裔美国文学的后起之秀亦大有人在,如安吉洛(Maya Angelou)及泰勒(Gloria Taylor)等人,都是不可等闲视之的文学家。说到非裔美国剧坛,20 世纪 60 年代亦见可观的进步。鲍德温与巴拉卡(Amiri Baraka)的剧作为民权运动的发展与胜利呐喊助威。总之,非裔美国文学可点可圈的名家与名作不计其数,也不同程度上推动了美国文学的进步。

# 第二节　美国多种族文学

## 一、印第安人文学

### (一) 印第安人的由来

美国文学与文化界非常重视文化与文学表达的多样性,把它视为美国文化的一个强项。对多元化的文化热情高涨,它和 20 世纪 60 年代的民权运动以及其后各种族的觉悟的逐渐提高有密切联系。率先崛起的是黑人族群,民权运动成绩卓著,而后其他少数族裔陆续崛起,最终引发了美国社会与文化的大变革。例如各族群的名称,黑人已被尊称为非(洲)裔美国人,继而就有了本土美国人(即印第安人)、亚裔美国人、西班牙裔美国人(即美籍墨西哥人)等。

本章第一节已经阐述过非裔美国文学。在此不再赘述,非裔美国人是美国的"土生子",他们的文学活动历史较之其他少数族群的要长得多。现在要说的本土美国文学是当今美国文坛上一支不可小觑的生力军。这些作家异军突起,一改本土美国人在传统美国文学里的形象,真实地反映出自己民族的历史与现状,道出了自己人民的愿望与希冀,喊出了他们心中淤积多年的声音。

### (二) 主流文化中的印第安人

在相当长一段时期内,印第安人是美国文学中一直被歪曲的形象,描写他们的作家并非印第安人出身,作品中对印第安人善恶的判断,与印第安人自己的标准相差甚远,但却符合一些白人作家充满偏见的想象。因此,主流文学中所刻画的印第安人形象,都有或多或少的失真甚至歪曲。譬如,在詹姆斯·费尼莫尔·库柏

(James Fenimore Cooper)的短篇小说《皮袜子五部曲》里①,所谓的"好"印第安人几乎总是那些与英国人并肩作战、抗击法军的人。而库柏自己也承认,他实际上从未亲眼见过一个土著印第安人,仅仅听人谈论过他们,或在书本上读到过有关的描写。正如印第安作家纳瓦拉·斯科特·莫马戴(Navarre Scott Momaday)所指出的,在一个时期内,曾经存在过一种真正的危险,即美国人心目中只有一个僵化的印第安人形象。有鉴于此,印第安人长期以来坚持从本民族的视角叙述自己的故事,并成功地改变了原先被歪曲的印第安人形象,使得文学作品中的印第安人更贴近真实,也更富有活力。但直至最近的三四十年,他们的作品才得以大量面世。

### (三) 印第安人文化

在欧洲人向北美殖民时期,北美大陆上已存在着 300 多种印第安人文化。美洲存在着不同部族的印第安人,如拉科他人(Deportivo others)、豪匹人(Howe horse people)和莫霍克人(Mohawk)等,都有各自独立的文化形态。因而,严格地讲,把出身于不同部族的印第安人作家的作品统称为"本土美国文学",这样做并不太合适。唯一说得过去的理由是,这样做只是便于分门别类而已。如前所说,在欧洲人到来时,印第安人不同部族都已发展了自己的独特文化及传统。

印第安人文化,最开始是内容丰富的口头传说,后来有了文字,再后来演变为用英文写作。其后随之而来的是关于著名印第安人的传记文学。自 19 世纪中叶至 20 世纪初,《黑鹰传》(*The Life of Ma-ka-tai-me-she-kia-kiak or Black Hawk*, 1983)、《木腿》(*Wooden Leg: A Warrior Who Fought Custer*, 1931)及《黑榆树如此说》(*Said the Black Elm*, 1932)等重要传记著作问世。时至今日,这依然是美国本土文学的一种重要文学形式。

### (四) 印第安人文学代表人: 达西·麦克尼科尔

达西·麦克尼科尔(D'Acry McNickle)是 20 世纪 60 年代本土美国人的"文艺复兴"最初奠基人。这位作家一生都在致力于改善美国印第安人同胞的命运。麦克尼科尔是混血儿,母亲是克里(Cree)族人,父亲是白人。他被印第安人平头(Flat head)部落收养,在居留地长大,进入蒙大拿大学(University of Montana)读书,后来用变卖田产得到的钱上了牛津大学。他年轻时拒绝认同本民族的文化,但后来他逐渐接受了这种文化,并竭尽全力改善印第安同胞的生活。他写了一大批非虚构小说作品,最重要的一篇是《美国本土的部落文化——印第安的幸存者与再生代》(*Native American Tribalsim: Indian Survivals and Renewals*, 1973)。但真正

①　常耀信.精编美国文学教程:中文版[M].天津:南开大学出版社,2005.

使他享誉文坛的,还要数小说《被包围者》(*The Surrounded*)(1936),这部小说是本土美国文学发展史上的一个里程碑。

《被包围者》讲述的是一个文化错位与身份分裂的悲剧故事。年轻的阿奇尔德·利昂是个混血儿,母亲是萨利什(Salish)族人,父亲是白人。他不愿与父母任何一方生活在一起,于是离家进城,以白人的方式生活①。后来他回家探亲,原打算只做短暂停留,看望一下父老乡亲,却身不由己地被卷入故乡生活的旋涡中而无法自拔,面对无奈的人生困境,他别无选择,只有默默地接受命运的安排。他先是听说哥哥路易斯闯了祸:哥哥因偷了人家的马而躲进山里,后来了解到他的侄子们才是始作俑者。一直与妻儿离异的父亲,见到他这个小儿子回家,竟也流露出难得的慈祥,于是阿奇尔德竭力帮助父母重归于好。母亲请儿子陪她最后一次进山打猎,他在山中遇见哥哥路易斯,次日三人一同出发。路易斯猎杀了一头小鹿,引来护林员丹·史密斯盘问,反抗中路易斯被击毙,母亲见状又打死了护林员。阿奇尔德掩埋了丹·史密斯,将路易斯的尸体带回家。他先是被拘留,随后被释放,以后父母相继离世。他与埃丽莎·拉罗丝相爱,埃丽莎劝他与她一起逃进山里,否则一旦丹·史密斯的尸体被发现,没人能证明他的清白。阿奇尔德接受了建议,但随即遭到乡警的逮捕,埃丽莎开枪打死乡警,已被团团包围的阿奇尔德只好束手就擒。

主人公阿奇尔德这一形象明显带有麦克尼科尔青年时代的影子,故事展现了本土美国人文化解体的痛苦历程。小说将谴责的矛头直指白人对印第安传统生活的强横侵犯。阿奇尔德是印第安人与白人两个种族结合的产物,父母不和使他内心分裂、左右为难。他不堪精神重负,只好选择逃避。但混血种的"恶运"始终如影随形地跟着他,使他命里注定要走向毁灭。作为从外界引进的技术文明成果,枪给他的家乡带来了更多的暴力与死亡。阿奇尔德心肠很软,连一头小鹿都不敢杀,更不用说杀人了。这样一个青年,却因回乡探亲期间发生的命案,而成为替罪羊。印第安人开始疑惑:为何他们的生存环境变得日益恶劣?保护他们的神明到哪里去了?过去部落争斗只是为了考验勇气,如今却变成了一种杀戮,古老的神明再也无法使他们免遭不幸,他们渴望更有力量的神能庇佑自己,于是便改信耶稣基督,但后者充其量只是一种不可靠的庇护伞。小说中另一人物格雷匹路克斯教士的日记表明,在印第安传统生态遭到破坏的过程中,他很可能是一个不自觉的帮凶。

近几十年来最有影响力的本土美国作家是 N. 斯科特·莫马戴。他是一位小

---

① 杨仁敬.简明美国文学史[M].上海:复旦大学出版社,2014.

说家兼诗人。莫马戴是吉奥瓦(Kiowa)族人,在纳瓦霍(Navajo)与杰米斯(Jamie)的印第安人集居的保留地长大,就读于新墨西哥大学和斯坦福大学。他的第一部小说《黎明之屋》曾获大奖,其后他又创作了其他作品,并出版了自传《名字》(1976)及第二部小说《古代的孩子》(*Ancient Child*, 1989)。莫马戴认为自己本质上是个诗人。他的诗集包括《众鹅的天使》(*Angle of the Geese*, 1974)、《葫芦舞者》(*The Gourd Dancer*, 1976)以及《在太阳面前:短篇小说与诗歌集》(*In the Presence of the Sun: Stories and Poems*, 1992)等。

他最著名的小说《黎明之屋》,讲述了一个本土美国人文化认同的艰难历程:一方面,他疏离自己的民族文化传统;另一方面,他又被资本主义的主流社会所排斥。

主人公艾贝尔是一位印第安青年,他难以认同本族群的生活方式。他从不知道自己的父亲是谁,而且在他参军以前,母亲和兄弟就已去世。他在战争期间返回家园,发现自己很不习惯回归印第安人集居地的部落生活,而把他从小带大的祖父早就和部族生活融为一体。艾贝尔找了份工作,为一个叫安吉拉·圣约翰的女白人当砍柴工。安吉拉是从洛杉矶来此地开温泉浴池的,但主要还是为了从落寞中振作自己。艾贝尔与她发生了关系。这期间,艾贝尔与一个印第安白癜风病人斗殴,将对方杀死。他受到审讯,被判服 6 年监禁。出狱后,他进一家工厂做工,厂里一个叫本的纳瓦霍人与他结为朋友,邀他同住。一次,两人被一个名叫马丁内兹的恶警拦截,马丁内兹抢走了本的工钱,但在艾贝尔身上却一无所获,就把他揍了一顿。艾贝尔对进入白人社会已不抱任何幻想,他四处寻找马丁内兹以求报复,结果自己反被打得奄奄一息。本将他送到医院,安吉拉闻讯赶来探望。至此艾贝尔才确信,他人生道路的最佳选择就是回到祖父身边。他见到了不久于人世的老人,在老人弥留的最后六天尽心服侍,老人也充分利用这最后的六个清晨,向孙子传授必备的本土文化精华,以使他能在自己去世前重新融入印第安人的生活。经过这次再教育,艾贝尔向祖父做出新保证,他洗心革面,准备迎接即将来临的印第安民族仪式——拂晓赛跑。

本土美国作家的诗歌创作数量惊人,其独特之处在于:绝大多数小说大家同时也是一流的诗人,他们都为表现美国印第安民族经历而展尽才华。本土美国作家的辛勤耕耘终于开花结果,如今他们的作品已经从默默无闻到了名声远扬,在书店里占据了稳固的位置。

## 二、亚裔美国文学

### （一）亚裔美国文学的分类

亚裔美国作家在写作中融入了他们的各不相同的文化和历史背景，亚裔美国文学因此也呈现出高度多样化的特点，大致可以分为五大类：

（1）华裔美国文学。

（2）日裔美国文学。

（3）印度裔美国文学。

（4）韩裔美国文学。

（5）菲律宾裔美国文学。

### （二）亚裔美国文学的起源及演进

这些亚裔美国文学的产生可追溯到 20 世纪初叶，那时有关亚洲或亚裔美国人的书籍多是由非亚洲人所写。比如赛珍珠（Pearl S. Buck，1892—1973）便是一个很好的例子。她的《大地》（*The Good Earth*，1931）当时风靡一时，为她后来获得诺贝尔文学奖铺平了道路。第一位在商业上获得成功的亚裔美国作家是黎锦扬（C. Y. Lee，1915—2018）。他的第一部小说《花鼓颂》（*The Flower Drum Song*，1955）被百老汇改编为歌剧，后来又被拍成电影。20 世纪 70 年代，亚裔美国文学作为美国文学一个独立的分支开始得到人们的认同。当时，始于 20 世纪 60 年代的民权运动已经深入人心，激起了美国各少数族裔的自我意识。美国大学里开始开设有关少数族裔作家作品的课程，开始有人从事对亚裔美国人的研究。1965 年开始实施的新美国移民法掀起了具有较高教育程度的移民涌入美国的新浪潮，从而为亚裔美国文学的进一步发展提供了良好的文化环境。20 世纪 70 年代初，一批亚裔美国作家的作品选集纷纷问世。1976 年，汤亭亭（Maxine Hong Kingston）发表《女勇士》（*The Woman Warrior: Memoirs of a Girlhood Among Ghosts*）一书而名扬天下，后来又出版了《中国人》（*China Men*，1980），巩固了自己在当代美国文坛的地位。20 世纪七八十年代，越来越多的亚裔美国人开始活跃在文坛，尤其是那些在美国居住时间较长的民族，如华人、菲律宾人和日本人等。他们的作品的选集相继出版，如《亚裔美国作家选》（*Asian American Authors*，1972）、《哎咿咿！亚裔美国作家选集》（*Aiiieeeee! An Anthology of Asian American Writers*，1974）以及《亚裔美国文学：作品及其社会背景介绍》（*Asian American Literature: An Introduction to the Writings and Their Social Context*，1982）等。之后随着谭恩美（Amy Tan）、翁达杰（Michael Ondaatje）和穆赫吉（Bharati Mukherjee）等作家在文坛取得成功，亚裔美国文学作为一个独立的分支进一步获得世人的承认,主流出版社也才开始对亚裔作家刮目相看。这些作家自 20 世纪 70 年代开始在文坛崭露头角,取得了令人注目的成就。谭恩美的《喜福会》(*The Joy Luck Club*, 1989)成为亚裔美国文学发展的分水岭。《喜福会》问世之前,纽约的主流出版社平均每两三年才出版一部亚裔作家的作品,而 1989 年以后,每个月都有 2~3 本亚裔作家的作品摆上书店的书架。与此同时,越来越多的亚裔美国作家的作品选集得以出版,如《亚裔美国文学:简介与文选》(*Asian American Literature: A Brief Introduction and Anthology*, 1996)和《浪潮再起:最新亚裔美国女性作品选》(*Making More Waves: New Writing by Asian American Women*, 1997)等等。

### (三)亚裔美国文学的代表作品解析

#### 1. 亚裔美国文化的代表作家汤亭亭

亚裔美国作家中最为出名的是汤亭亭(Maxine Hong Kingston, 1940—  )。她的《女勇士》(*The Woman Warrior: Memoirs of a Girlhood Among Ghosts*, 1976)荣获当年美国国家图书评论奖非虚构文学奖,并确立了她在当代美国作家中的卓越地位。汤亭亭的父母于 20 世纪 30 年代移民到美国。她是在双重文化的氛围中出生并成长的,因而她的成长过程带有明显的中美文化冲突与交融的特色,这也使得身份与种族问题成为她生活和作品中的重要主题。《女勇士》《中国人》(*China Men*, 1980)以及《孙悟空》(*Tripmaster Monkey: His Fake Book*, 1989)里谈论的就是此话题。

#### 2. 亚裔美国文化:汤亭亭作品解析

《女勇士》虽然备受评论界好评,但是始终很难被清楚地归入某种体裁。它本身是一部传记,然而读起来又似自传与虚构的结合体。全书由 5 篇融汇了事实与虚构的叙述性文字构成。第一章"无名妇女"转述了作者的母亲所讲述的一个真实的家庭悲剧故事。"无名妇女"实际上是作者的姑姑,她由于未婚生子而备受家庭和社会的责难,最终不堪压力而被迫自尽。在作者看来,她姑姑之所以不得不和她生下的孩子一起投井自杀,只因为她是一个弱小无力的女子。她的命运是在男性至高无上的封建社会和种族主义盛行的美国所有遭受迫害的女性命运的缩影。作者对她们的同情是显而易见的。第二章"白虎"虚构了一名女勇士,她替无名妇女报了仇。这名女勇士就是在中国家喻户晓的传奇女英雄花木兰。作者对花木兰的故事情节做了修改:花木兰出征、获胜,衣锦还乡,最后将迫害她父亲的皇帝送上断头台。在故事中,花木兰有一夫一子,丈夫听任她的差遣。这显然是作者对女性理想生活的憧憬。本章的后半部分讲述了作者自身痛苦的种族和性别歧视经历，表达了作者胸中蓄积已久的愤怒。她渴望成为一名所向无敌的女勇士：人物花木兰手中有剑，而作者手中有笔。她以男女平等主义者的口吻说道："我就是手持利剑的女勇士。"第三章"萨满法师"描述了作者的母亲和作者本人在美国的遭遇。作者的母亲历经了中美两种文化，她信奉中国的传统价值观念，难以接受美国文化。而作者的情况却截然相反：她生长于美国，却一直受到母亲的中国传统文化的影响。两代妇女都深为身份问题所困扰。第四章"在西方殿堂里"讲述了作者姨妈的悲惨命运：她30年前遭丈夫抛弃，后来移民美国寻夫，而后又遭抛弃，最终发疯而悲惨地死去。作为一个纯洁、朴实的人，作者的姨妈无法接受她外甥女的美国式行为，也无法被她美国化了的丈夫所接受。最后一章"野蛮人的簧管之歌"描述了作者为争取美好生活而进行的努力。作者效仿一位著名的古代女诗人（蔡琰，即蔡文姬），以笔为武器进行战斗。这位女诗人曾在"野蛮人"的部落里生活了12年，后来又重新拿起笔来从事写作，宣告自己的再生。作者把自己和女诗人看作是另外一种女勇士——以笔为武器的女勇士。作者感到，她必须以英雄般的气概，与不断侵蚀她的万恶世界抗争到底。

在形式上，《女勇士》一书有许多值得人们关注的地方，如象征主义手法的运用以及作品的语言风格。书名中"幽灵"（ghost）一词的象征意义贯穿于全书："无名"姑姑终日为那些隐藏的村民所扰；女勇士的驯马师，即那对老夫少妻，行为举止总是带有一丝神秘色彩。作者面对的是一个充满了幽灵的世界，它们威胁到作者自我的存在。与此同时，作者还不得不与她的不确定的身份做抗争。透过这些幽灵，人们可以看到过去，可以看到事物不为人所知的另外一面，可以看到一个更为广阔的环境，而作者正是在这样的环境中解决了令她饱受折磨的种族与民族归属问题。书中还有一处尤其值得关注，那就是它的独特写作风格。它的语言简略，读来宛如中文翻译的文字一般。它富有诗意，给人以丰富的想象空间。它的文字富于抒情，透出一种田园诗歌般的优美，这可从下文看出：

一天午后，群山沐浴在夏季的安静中。婴儿们在高草丛中小睡，毯子上的绣花盖住了野花。一切是那样的宁静。蜜蜂在嗡嗡地歌唱；河水在欢快地与卵石、岩石和洞穴嬉戏着；树下的牛群拂动着尾巴；山羊和鸭子跟在孩子们后面四处乱跑；小鸡在泥土里啄食。在和煦的阳光下，村民们三三两两地站着，面带微笑。他们在自己的土地上聚在一起，无人锄地，如神仙一般，无人除草，夏天里洋溢着新年的气氛。

两种迥然不同的文化对作者生活的影响融合为一，通过书中这段描述，彰显无疑。作者敏锐地捕捉到并竭力在行文中保持中美两种语言之美。汤亭亭巧妙地将中文的简洁与意象美融于英文之中,形成了她独特的语言风格,因而广受读者的青睐。

### 三、墨西哥籍美国人文学

#### (一)墨西哥籍美国人文学的起源

美国多种族文学的另外一支生力军是西班牙裔美国作家,亦称墨西哥籍(Chicano,Mexicano 一词的派生词)美国作家。墨西哥籍美国人文学是墨西哥籍美国人以及居住在美国的墨西哥人所创作的文学作品。对这些作家来说,种族意识是至关重要的思考因素,描写墨西哥籍美国人移居美国的生活经历是他们最为关注的创作素材。墨西哥籍美国人文学的起源可以追溯到 19 世纪中期,其时墨西哥西南部被美国占领,当地的墨西哥人成为墨西哥籍美国人。面对居于统治地位的美国白人,一种墨西哥人的自我意识开始形成。墨西哥籍美国作家在他们的作品中表达了这种自我意识,但一直未能引起世人的注意,直至 20 世纪 60 年代民权运动以后,墨西哥籍美国人文学才进入了一个新阶段。墨西哥籍美国人文学的基本主题是墨西哥籍美国人家庭、墨西哥籍美国人社团以及墨西哥籍美国人争取自身权益的斗争。墨西哥籍美国人文学在 20 世纪 60 年代至 80 年代异军突起,蓬勃发展,曾有"墨西哥籍美国人文学复兴"之称。1970 年,一部名为《镜子》(*The Mirror*)的墨西哥籍美国人文学作品选集问世①。墨西哥籍美国人文学作品也开始进入大学的课堂。墨西哥籍美国人文学自问世以来,无论在主题还是在形式方面,对美国主流文学的沙文主义都是一种挑战。它也是墨西哥籍美国人对他们认为存在于美国主流文化中的反西班牙裔、反墨西哥裔偏见的回击。

#### (二)墨西哥籍美国人文学的演进

墨西哥籍美国人文学发展最重要的阶段,即 20 世纪 60 年代中期墨西哥民权运动以来的发展历程。

墨西哥籍美国作家的小说创作在过去的几十年中已经取得了长足进步。墨西哥籍美国作家的主题之一是寻找或申明墨西哥籍美国人的身份,这就涉及在主流文化的压力下保持自己的文化传统,反对主流文化的同化。约瑟·安东尼奥·维拉里尔(Jose Antonio Villarreal)的小说《美国化的墨西哥人》(*Pocho*)、雷蒙德·巴里奥(Raymond Barrio)的《摘李子的人》(*The Plum Plum Pickers*),以及理查德·瓦

---

① 黄铁池.当代美国小说研究[M].上海:上海三联书店,2014.

斯奎兹(Richard Vasquez)的《奇卡诺》(*Chicano*)就是早期墨西哥籍美国人反对主流文化的极好例证。《美国化的墨西哥人》描述一个随父移居美国的男孩的成长历程;《摘李子的人》描述农场工人们的奋斗;《奇卡诺》描述的则是墨西哥籍美国人及其后代的痛苦生活。这些作品都体现了墨西哥籍美国人作为一个独立的民族实体努力保护自己传统文化不被分化、流失的自我意识。之后便是三大小说家的突起:托马斯·里维拉(Tomas Rivera)、鲁道夫·阿纳加(Rudolfo Anaya)及罗兰多·希诺胡萨(Rolando Hinojosa)。他们的作品继续申明墨西哥籍美国人的身份。里维拉的《而大地未离开》(*And the Earth Did Not Part*, 1971)、阿纳加的《乌尔蒂玛,保佑我》(*Bless Me, Ultima*)以及希诺胡萨的《谷地掠影》(*Estampas del valle*)都是以农村为背景,提出应如何在主流文化的冲击下保持传统文化和身份的完好无损①。这些作品竭力开创出一片属于墨西哥籍美国人自己的天地。由于这些作品距今已有数十载,读起来便容易引起读者的怀旧之情。紧随他们之后的是以描写墨西哥籍美国人都市生活著称的孟德斯(Miguel Mendez)。尽管他的作品中描绘了墨西哥籍美国人团体之间的冲突,但他的主人公都是底层社会的墨西哥籍美国人,故事也总是以申明墨西哥籍美国人的传统而收尾。他的成名之作是小说《阿兹特兰朝圣者》(*Peregrinos de Aztlan*)。其他知名的墨西哥籍美国小说家还有约翰·里奇(John Rechy)、奥斯卡·泽塔·阿科斯塔(Oscar Zeta Acosta)、阿马多·莫罗(Amado Muro)、尤西比奥·查孔(Eusebio Chacon,彻斯特·塞尔泽的笔名)、加利·萨托(Gary Soto)以及安娜·卡斯蒂罗(Ana Castillo)等。他们中有些已经荣获美国国家图书奖的小说奖。

墨西哥籍美国诗人的诗歌创作也取得了空前的成就。与小说家们一样,诗人们旨在表现墨西哥籍美国人的生活经历以及他们维护自己传统的艰苦卓绝的斗争情况。这些作品中有许多和政治及社会生活有极密切关系,和墨西哥籍美国人民的争取平等和承认的努力紧密相连。他们看问题的角度和美国主流诗人不同,他们所运用的形象和比喻取自他们自己的生活,他们的语言是英语和西班牙语的混合。墨西哥籍美国诗人竭力描绘本族群的贫困处境,他们所面临的被同化的危险,他们渴望变化的迫切心情和他们对爱、尊严、公理的渴求,以及他们强烈的民族自豪感。近年来闻名诗坛的墨西哥籍美国诗人为数不少,如约瑟·蒙托亚(Joseph Montoya)、塞万提斯(Cervantes)等②。

---

① 黄铁池.当代美国小说研究[M].上海:上海三联书店,2014.
② 常耀信.精编美国文学史:中文版[M].天津:南开大学出版社,2016.

### (三)墨西哥籍美国人文学的代表人

促进当代墨西哥籍美国人文学发展的先驱人物之一是里维拉(Tomas Rivera, 1935—1984)。他出生于得克萨斯州一家墨西哥移民农民家庭,接受的是西班牙语的教育,后进入得克萨斯州大学。后来,他就读于俄克拉何马州大学,并获博士学位。此后,他在各中学和大学任教多年。1969年,里维拉任加州大学里弗赛德分校校长,并任此职至去世。里维拉同时从事诗歌与小说的创作。他的创作生涯受安德森(Anderson)及福克纳(Faulkner)的影响颇深。墨西哥民间传说也使他获益匪浅。里维拉的作品中有一种独特的张力,这来源于他作为一名墨西哥籍美国人的生活经历,特殊的人文环境给墨西哥籍美国人造成的困境、纷乱与失望,墨西哥籍美国人对自己的文化、生活和传统的自我意识以及对主流文化不断增长的同化力量的抵抗。他写作的目的就在于警醒自己种族人民提高觉悟,以在实际生活中加强应变能力。他的成名之作是短篇小说集《而大地未离开》(*And the Earth Did Not Part*)。这部小说集包括14个故事,不同的叙事线索由一条主线,即出没于这些故事中的主角——一个无名的孩子——汇总起来。这个无名的孩子是一个移民农业零工,他的思路和感想构成不少故事的中心情节。小说集的主题是显而易见的:墨西哥籍美国人生活在一个外国文化环境里,四顾无亲,步履维艰。人们对这种文化氛围的反应及态度又各异:有些选择接受,有些选择反抗,还有些则如同书内主角一样,无可奈何,唯有祈求上天赐予好运。人的异化现象严重。

## 四、美国文学的现状及发展

美国文学史正在经历一个再思考、修改与补充的过程。主要作家与作品的排列正在逐步与五彩缤纷的文坛现实吻合起来。越来越多的少数族裔作家进一步认识到本族群生活的重要性,他们的声音也越来越响亮了,于是种类繁多、数量惊人的文学作品便展现在读者面前。诚然,这些作品需要进一步接受文学批评的检验,美国各文学大奖委员会也应对当代文坛更加认真地加以审视。这些都正在进行中。越来越多的少数族裔作家在得到应有的承认。这一切都无疑地丰富了美国文坛,使之成为反映美国多元文化的窗口。这种发展也无疑将给美国文学史的撰写及教学带来巨大的影响,甚至会导致对美国文学作家和作品的重新估量和评价。当"主流"与"支流"间的分界最后消失时,"多族裔"的提法自然也就没有意义了。这种情况的出现当然需要时间,但已经开始显露迹象了。

总观美国文学历史,人们可以发现,不少美国作家都有一种不断探讨和尝试的精神。他们不断推陈出新,总是殚精竭虑,以求有所建树。在美国文学早期,他们为争取文化与文学的独立而进行艰苦卓绝的奋斗。后来又有乡土文学和现实主义文学出现,竭力表现美国现实生活。到19世纪末20世纪初,一批自然主义作家又应运而生。20世纪20年代信仰危机加剧,生活失去秩序和目的感,而呈现一种支离破碎状,现代主义作品问世,创造出美国文学史上继浪漫主义之后又一个光辉灿烂的时代。到了20世纪30年代大萧条时期,作家们以其独特的灵感顺时应势,写出反映时代精神的作品来。"二战"以后,美国文坛是一片姹紫嫣红、百花争艳的景象。作品数量惊人地多,技巧革新惊人地别出心裁。后现代主义已在文学诸领域内取得空前的成就。每年都有新面孔出现,时时都有新的惊喜。自从20世纪60年代民权运动以来,文坛又添新兵新将,不同族裔与文化背景的作家大批涌现出来,给美国文坛带来一股新鲜的和煦的风。300多年以来,历代美国作家在美国文苑辛勤劳作,新花新草不断生长,满园一片生气。有些作家,尤其在当代,可能自我放任了一点,有些则露出一副颓废状,但所有的人都在竭尽全力翻新花样,以求耳目一新的效果。唯有这种努力才会创造伟大。这一点对世人也应有所启迪。

# 参考文献

［1］常耀信. 精编美国文学教程：中文版［M］. 天津：南开大学出版社，2005.

［2］陈凯. 绿色的视野——谈梭罗的自然观［J］. 外国文学研究，2004（4）：129-134.

［3］陈启杰，曹泽洲，孟慧霞. 中国后工业社会消费结构研究［M］. 上海：上海财经大学出版社，2011.

［4］陈世丹. 美国后现代主义小说详解：中文版［M］. 天津：南开大学出版社，2010.

［5］程爱民，等. 20 世纪美国华裔小说研究［M］. 南京：南京大学出版社，2010.

［6］赵红英. 美国文学简史（第三版）学习指南［M］. 成都：西南交通大学出版社，2013.

［7］常耀信. 精编美国文学史：中文版［M］. 天津：南开大学出版社，2016.

［8］博所德. 美国文学［M］. 杨林贵，译. 长春：东北师范大学出版社，2015.

［9］董洪川. 庞德与英美现代主义诗歌的形成［J］. 外语与外语教学，2006（5）：35-38.

［10］杜明甫. 传承与嬗变——美国浪漫主义文学浅说［J］. 青年文学家，2009（1）：16-17.

［11］《读者原创版》编辑部. 草叶集：惠特曼诗选［M］. 兰州：敦煌文艺出版社，2014.

［12］范湘萍. 后经典叙事语境下的美国新现实主义小说研究［M］. 上海：上海交通大学出版社，2015.

［13］富兰克林. 富兰克林自传［M］. 姚善友，译. 2 版. 北京：生活·读书·新知三联书店，1985.

［14］郭继德. 美国戏剧史［M］. 天津：南开大学出版社，2011.

［15］郭继德. 美国文学研究：第七辑［M］. 济南：山东大学出版社，2014.

［16］方成. 美国自然主义文学传统的文化构建与价值传承［M］. 上海：上海外语

教育出版社,2007.

[17] 胡冬,高岩.回归抑或转向:美国后现代主义文学特质[J].求索,2013(12):167-168.

[18] 黄铁池.当代美国小说研究[M].上海:上海三联书店,2014.

[19] 伯科维奇.剑桥美国文学史:第1卷[M].北京:中央编译出版社,2008.

[20] 刘佳.多元文学运动影响下的美国文学研究[M].北京:中国水利水电出版社,2017.

[21] 匡兴.外国文学史:西方卷[M].北京:北京师范大学出版社,2010.

[22] 杨仁敬.20世纪美国文学史[M].上海:复旦大学出版社,1999.

[23] 杨仁敬.简明美国文学史[M].上海:复旦大学出版社,2014.

[24] 刘保安.诗人爱默生:继承与开拓[J].河南财政税务高等专科学校学报,2009(5):94-96.

[25] 曹曼.美国文学名篇导读[M].武汉:武汉大学出版社,1999.

[26] 胡荫桐,刘树森.美国文学教程[M].天津:南开大学出版社,1995.

[27] 李宜燮,常耀信.美国文学选读[M].天津:南开大学出版社,2002.

[28] 李正栓,吴晓梅.英美诗歌教程[M].北京:清华大学出版社,2004.

[29] 张冲.新编美国文学史:第一卷　起始—1860[M].上海:上海外语教育出版社,2000.

[30] 朱刚.新编美国文学史:第二卷　1860—1914[M].上海:上海外语教育出版社,2002.

[31] 杨金才.新编美国文学史:第三卷　1914—1945[M].上海:上海外语教育出版社,2002.

[32] 刘建华.危机与探索:后现代美国小说研究[M].北京:北京大学出版社,2010.

[33] 刘秀玉.当代语境下的美国自然主义文学概观[J].解放军艺术学院学报,2014(1):58-63.

[34] 刘英.美国现代主义文学的地方主义与世界主义[J].外国文学,2016(2):3-11.

[35] 卢敏,陈怡均.美国文学名著研读[M].上海:上海交通大学出版社,2011.

[36] 聂珍钊.外国文学史:四　20世纪文学[M].武汉:华中师范大学出版社,2010.

[37] 毛信德.美国小说发展史[M].杭州:浙江大学出版社,2004.

[38] 欧华恩.论美国废奴文学及其代表作《汤姆叔叔的小屋》[J].湘潭师范学院学报(社会科学版),2006(3):103-104.

[39] 潘淑娟.论美国现实主义文学的产生与发展[J].吉林省教育学院学报(旬刊),2009(9):136-137.

[40] 彭继媛.激情绽放的诗之奇葩——论惠特曼诗歌抒情方式对中国现代诗歌的影响[J].湖南科技学院学报,2007(11):54-56.

[41] 彭予.二十世纪美国诗歌[M].开封:河南大学出版社,1995.

[42] 任丽娜.浅议19世纪美国现实主义小说[J].新西部,2010(8):134.

[43] 申丹,王丽亚.西方叙事学:经典与后经典[M].北京:北京大学出版社,2010.

[44] 苏福忠.将精神与物质融入诗中——爱默生的两首名诗赏析[J].名作欣赏,2001(3):83-85.

[45] 梭罗.瓦尔登湖[M].张知遥,译.天津:天津教育出版社,2005.

[46] 唐根金,等.20世纪美国诗歌大观[M].上海:上海大学出版社,2007.

[47] 王宏印.世界名作汉译选析[M].上海:上海交通大学出版社,2000.

[48] 王建平.美国后现代小说与历史话语[M].北京:中国人民大学出版社,2012.

[49] 王夷平.美国西部文学研究[M].北京:北京理工大学出版社,2015.

[50] 王中强.简约不简单:美国"极简主义"文学研究[M].广州:暨南大学出版社,2014.

[51] 王忠祥.外国文学史[M].武汉:华中师范大学出版社,2010.

[52] 王卓.后现代主义视野中的美国当代诗歌[M].济南:山东文艺出版社,2005.

[53] 吴佩芬.马克·吐温与约瑟夫·海勒:美国幽默文学的两座丰碑——论美国文学的传统幽默与黑色幽默[D].苏州:苏州大学,2007.

[54] 吴元迈.20世纪外国文学史:第2卷[M].南京:译林出版社,2004.

[55] 夏光武.美国生态文学[M].上海:学林出版社,2009.

[56] 向玉乔.人生价值的道德诉求:美国伦理思潮的流变[M].长沙:湖南师范大学出版社,2006.

[57] 徐颖果,马红旗.美国女性文学:从殖民时期到20世纪[M].天津:南开大学出版社,2010.

[58] 杨仁敬.20世纪美国文学史[M].3版.青岛:青岛出版社,2014.

[59] 杨仁敬.新历史主义与当代美国少数族裔小说[M].上海:上海外语教育出版社,2013.

[60] 杨小兰.从"突破"现实到"回归"现实——对新时期现实主义文学的一种考察[J].学术论坛,2015(2):109-113.

[61] 殷历国.略论19世纪美国现实主义文学[J].鸭绿江月刊,2014(1):30.

[62] 殷企平,朱安博.什么是现实主义文学[M].上海:上海外语教育出版社,2011.

[63] 袁可嘉,董衡巽,郑克鲁.外国现代派作品选:C卷[M].北京:北京燕山出版社,2006.

[64] 张秦.论美国传统现实主义文学的理性回归——以《自由》为例[J].淮海工学院学报(人文社会科学版),2013(16):67-69.

[65] 张云岗.爱默生超验主义思想的文本分析[J].石家庄铁道大学学报(社会科学版),2012(4):70-73.

[66] 张祝祥,杨德娟.美国自然主义小说[M].上海:复旦大学出版社,2007.

[67] 张子清.二十世纪美国诗歌史[M].长春:吉林教育出版社,1995.

[68] 郑克鲁.外国文学简明教程[M].武汉:华中师范大学出版社,2001.

[69] 郑克鲁.外国文学史:下卷[M].修订版.北京:高等教育出版社,2006.

[70] 蒋承勇,等.欧美自然主义文学的现代阐释[M].上海:复旦大学出版,2002.

[71] 刘海平、王守仁.新编美国文学史:四卷[M].上海:上海外语教育出版社,2003.

[72] 周倩.简析《进入黑夜的漫长旅程》中主人公的生存状态[J].语文建设,2013(23):35-36.